Karen Inge Niel:
Niemand hört d

KAREN INGE NIELSEN

NIEMAND HÖRT DICH

Grenzland 1

Thriller

Aus dem Dänischen
von Günther Frauenlob

PIPER

Mehr über unsere Autorinnen, Autoren und Bücher:
www.piper.de

Wenn Ihnen dieser Thriller gefallen hat, schreiben Sie uns unter Nennung des Titels »Niemand hört dich – Grenzland 1« an empfehlungen@piper.de, und wir empfehlen Ihnen gerne vergleichbare Bücher.

Inhalte fremder Webseiten, auf die in diesem Buch hingewiesen wird, macht sich der Verlag nicht zu eigen und übernimmt dafür keine Haftung.
Wir behalten uns eine Nutzung des Werks für Text und Data Mining im Sinne von § 44b UrhG vor.

Deutsche Erstausgabe
ISBN 978-3-492-06711-9
© Karen Inge Nielsen 2020
Titel der dänischen Originalausgabe:
»Færgemanden«, Dreamlitt, Dänemark, 2020
© der deutschsprachigen Ausgabe:
Piper Verlag GmbH, München 2025
Vermittelt durch die agentur literatur Gudrun Hebel, Berlin
Lektorat: Annika Krummacher
Satz: psb, Berlin
Gesetzt aus der Sabon
Druck und Bindung: CPI books GmbH, Leck
Printed in the EU

Für Sussie Cederstrøm Jensen

*Es sind die kleinen Dinge,
die unser wahres Ich zeigen.*

3. September

Er starrte durch die Kameralinse. Der schmächtige Körper war an den Tisch gefesselt, aufgespannt wie ein Fell. An mehreren Stellen lief Blut in dünnen Rinnsalen über die nackte Haut. Es war geronnen, der Schorf an manchen Stellen gebrochen, wie von der Sonne getrocknet. Er legte die Finger fester um das Objektiv, zoomte langsam ein und folgte mit der Kamera dem Körper. Ein Kunstwerk. Eine weiße Leinwand, verwandelt in ein Unikat. Schönheit und Angst vereint in einem Blick.

»Sieh mich an.« Sie zuckte zusammen, als sie seine Stimme hörte. Ihr Blick flackerte, ihre blutigen Finger kratzten kraftlos über die Tischplatte, doch sie bewegte nicht den Kopf. »Sieh mich an!« Er trat einen Schritt zurück. »Hast du mich gehört, du kleines Luder?« Ein Lächeln glitt über seine Lippen, als sie die Augen zusammenkniff und den Kopf resigniert zur Seite fallen ließ. »Na also.«

Er beugte sich über sie. Ihr Atem strich schwach und zitternd über sein Gesicht. Er öffnete den Mund, fuhr mit der Zunge über ihren Hals und schmeckte die Angst. Eine bittere Note auf ihrer Haut. Dann schloss er die Augen und sog die Luft tief in seine Lunge. »Du schaffst das schon, mein kleiner Schatz.« Die Worte stahlen sich beim Ausatmen über seine

Lippen. Wie Seide glitten sie über ihre Wangen und brachten ihren Körper zum Erbeben. »Zeig mir, wie schön du bist.«

Er richtete sich auf und strich mit den Fingern über ihre nackte Haut. Über dem Schlüsselbein kniff er zu, zog die dünne Haut hoch und drehte sie zur Seite. Sie wimmerte vor Schmerzen. Die Luft zitterte, und der Duft der Angstpheromone, der von ihr ausging, erregte ihn. »Sieh mich an.«

Seufzend öffnete sie die Augen. Ihr Blick war leer und desorientiert vor Angst und Schmerzen, als schwebte sie bereits im Jenseits. Tief in ihr war aber noch ein Funken Leben zu erkennen.

Er schloss für einen Moment die Augen. Beim Gedanken an die Vollendung seines Werkes spürte er das Pochen zwischen seinen Beinen. Er beugte sich zur Kamera vor. Die Finger legten sich um den Zoomring, und durch den Sucher sah er ihren Blick, der seinem begegnete. Lang und forschend. Jede Nuance analysierend. Da war noch Kraft, trotz aller Apathie.

»Es ist an der Zeit.« Er nahm die Hand von der Kamera, ohne sie aus seinem Blick zu entlassen. Für einen Moment ließ der apathische Blick den Schutzschild sinken, und er sah die Angst in ihrer vollen Pracht, ehe sie sich wieder hinter einer Mauer aus Leere verschanzte. Er legte einen Fingerknöchel leicht auf ihre Haut. »Bist du bereit?« Für einen Moment huschte sein Blick zu den rot blinkenden Dioden an der Decke des Raumes.

Sie starrte ihn mit dem einen Auge an, während er an der Seite des Tisches entlangging. Mit jedem Atemzug kam ein leises Pfeifen aus ihrem leicht geöffneten Mund.

»Meine Schöne. Du wirst einzigartig sein. Ein Kunstwerk, über das alle sprechen.« Er wartete. Zählte die Sekunden.

Alles musste perfekt sein. Dann packte er mit einer schnellen Bewegung ihren Arm. Die Finger spannten sich an, als er nach der Spritze griff und die Nadel in die Vene einführte.

Vor Schmerzen verzog sie das Gesicht, über ihre Lippen kam aber nur ein leises Jammern. Sie richtete ihren Blick auf ihn. Die Muskeln zitterten, hatten aber keine Kraft mehr.

»Psst.« Er legte den Finger vor den Mund und genoss die Mischung aus Todesangst und Resignation in ihren weit aufgerissenen Augen. Bei jedem Atemzug zischte die Luft in ihrer Lunge, und der Geruch der Angst erfüllte den Raum.

»Psst«, wiederholte er und fuhr mit einem Finger über ihre Haut, bevor er langsam den Kolben der Spritze nach unten drückte.

Ihre Brust hob und senkte sich ruckhaft und ungleichmäßig, und durch die Bewegung sickerte auch wieder etwas Blut aus den Wundrändern der Ornamente. Er streckte den Arm aus, ohne den Blick von ihrer weißen Haut zu nehmen, und griff nach der Kneifzange. Winzige Blutungen zeichneten ein Netz aus dünnen roten Linien in das Weiß ihrer Augen. Die Finger umklammerten die Zange, während er noch einmal die Sekunden herunterzählte.

Ohne Vorwarnung schoss seine andere Hand nach vorn und drückte ihren Kiefer auseinander, während die Backen der Zange sich um ihre Zunge legten und sich gnadenlos in den Muskel bohrten. Blut rann über ihre Lippen, als er die Zange etwas zu sich zog. Er starrte sie an. Ein letzter Rest von Panik leuchtete dunkel in ihrem ansonsten apathischen Blick auf und zog ihn mit einer Kraft an, der er sich nicht widersetzen konnte. Mit einer schnellen Bewegung griff er zum Messer. Die Klinge glitt durch das hellrote Fleisch, und das Blut erfüllte ihre Mundhöhle. Panisch begann sie zu husten.

Kleine Tropfen flogen durch die Luft und zeichneten rubinrote Streifen auf alle Flächen, die sie trafen. Schließlich war so viel Blut in ihrem Mund, dass es über ihre Lippen floss. Der Rausch packte ihn. Er warf den Kopf nach hinten und brüllte wie ein Tier. Sah sie keuchend an.

Ihre blutigen Finger krümmten sich – kratzten auf der rauen Tischplatte herum, während sich ihre Brust panisch auf- und abbewegte. In ihrem verzweifelten Todeskampf traten ihre Halssehnen hervor, und die weit aufgerissenen Augen starrten in die Kamera über ihr.

*

Das Geräusch des am Bootsrumpf kratzenden Ankers durchbrach das monotone Glucksen der Wellen. Er richtete sich auf. Der Leichnam lag noch immer auf dem Tisch. Unberührt. Das bläulich weiße Licht des Computerbildschirms spiegelte sich in den glänzenden, schwarz-roten Blutflecken am Boden. Er schob den Laptop auf dem Tisch etwas weiter nach hinten und stand auf. Eine leere Bierdose kippte um, rollte über die Tischplatte, bis sie mit einem hohlen, metallischen Klang auf dem Fußboden aufschlug. Er legte das Kissen auf der kleinen Bank zur Seite. Die Wärme seines Körpers saß noch im Stoff. Für einen Moment glitt sein Blick über das alte Gemälde an der Wand, dann klappte er den Sitz der Bank hoch und nahm den Fuchsschwanz heraus. Mit einem Lächeln auf den Lippen drehte er sich um. Seine Finger umklammerten den Plastikgriff der Säge. Ihre Haut war bereits kalt und fremd – wie ein Kokon, der nur darauf wartete, in den Kreislauf der Natur einzugehen. Er schloss die Augen. Seine Finger folgten den Wundrändern. Klebriges Blut verbarg das weiche Fleisch unter den klaffenden Wunden ihrer Haut. Er erhöhte den Druck etwas und atmete tief ein, nahm die Konturen unter seinen Fingern wahr und genoss. Dann schlug er die Augen wieder auf, musterte sie gründlich und legte die Säge an ihren Arm. Ihr Blick war starr. Geplatzte Kapillaren färbten das Weiß ihrer Augen, und das Blut liebkoste ihren Hals, so wie auch er es getan hatte.

*

Er legte sie ab, lehnte sich mit dem Rücken an die Reling, nahm ein Päckchen Prince aus der Tasche und zündete sich eine Zigarette an. Die Glut leuchtete im Dunkeln und loderte mit jedem Atemzug heller auf. Er schloss die Augen. Der Geruch des Meeres mischte sich mit dem metallischen Duft des Blutes. Er nahm einen weiteren Zug und genoss die kühle, salzige Luft, die der Wind mit sich brachte. Dann blies er in die Glut und verfolgte, wie sie erst heller und gleich darauf wieder dunkler wurde. Genau wie das Schicksal. Nicht nur ihres, sondern das aller Menschen. Man strahlt immer nur für einen kurzen Moment. Hell und schön, bis der letzte, keuchende Atemzug getan und nur noch die Asche übrig ist.

Seine Hand fuhr sanft über die Reling. Der Lack war kalt. Kalt und glatt wie ihre Haut. Wie ein Firniss, der sein Werk beschützen wollte.

Nach einem weiteren Zug schnippte er die Zigarette ins Meer. Einen Moment lang tanzte der Rauch vor seinen Augen, bis der Wind ihn fortriss, als hätte es ihn nie gegeben.

12. September

Flensburger Förde

Kathrine Zohl zog sich die Mütze über die Ohren und ließ den Blick über das Meer schweifen. Die Wellen brachen sich ein Stück vor dem Spülsaum, und die Brandung schäumte weiß auf dem grauen Wasser. Der Wind war etwas abgeflaut, prickelte aber noch immer auf der Haut. Kathrine verließ den schmalen Weg und ging durch den Strandroggen nach unten zum Wasser.

»Ute?« Ihr Blick wanderte über die braunen Tanghaufen, die einen Grenzwall zum Meer bildeten, unterbrochen nur von den Buhnen, die ins Meer hinausragten. Am Waldrand wuchsen niedrige Büsche, aber auch dort war die Labradorhündin nicht zu sehen. Mit einem Seufzen setzte Kathrine sich in den Sand und legte die Arme um die Knie. Die langen Locken flatterten im Wind und hefteten sich an ihre Wange, bevor der Wind sie zu einem neuerlichen, wilden Tanz aufforderte.

Es war lange her, dass sie zuletzt hier gewesen war, trotzdem war noch immer alles wie früher. Weit hinten am Horizont blinkten die Lichter des Leuchtturms von Kegnæs. Sie legte den Kopf in den Nacken und strich sich die Haare aus dem Gesicht. Eine Möwe zog über der Brandungslinie eine enge Kurve in Richtung Land. Mit dem Blick folgte sie dem

Vogel, bis er sich wieder vom Wind in die Höhe tragen ließ und aufs offene Meer hinausflog. Kathrine kniff die Augen zusammen. Die tief stehende Sonne brachte das Wasser zum Glitzern, wenn die Gischt der Brandung nicht das Licht abfing.

Sie stand auf, hielt sich die Hand über die Augen und sah Ute hinter einer der zahlreichen Buhnen auftauchen. Das Tier lief zurück auf den Strand, bis es erneut innehielt, den Kopf hob und schnupperte. »Ute! Komm her!« Kathrine schlug mit der flachen Hand auf ihren Schenkel und rief die Hündin noch einmal. Für einen Moment sah es so aus, als wollte das Tier kommen, doch im letzten Moment entschied es sich anders. Kathrine biss die Zähne zusammen, vergrub die Hände in den Taschen und ging in Utes Richtung.

Ein lautes Bellen drang zu ihr, wurde aber gleich wieder vom Wind fortgerissen. Für einen Moment stand die Hündin still, dann verschwand sie erneut hinter der Buhne, um gleich darauf wiederaufzutauchen. »Jetzt komm schon her!«, rief Kathrine. Die Hündin blieb aber stehen und trat unruhig auf der Stelle. Der nasse Pelz stand vom Kopf ab. Kathrine seufzte ungeduldig, während die Hündin erneut hinter den großen Steinen verschwand. Hoffentlich hatte sie nicht schon wieder Aas gefunden.

Kathrine zögerte einen Moment, ehe sie der Biegung des Strandes folgte. Das Wasser brach sich an der Buhne, und sie stützte sich auf einem großen Stein ab, um über den Wall zu steigen. Die Gischt klatschte ihr ins Gesicht und klebte ihr die Locken an die Wange.

»Was ist denn da?« Sie beugte sich vor. Der Hund rannte immer wieder zum Spülsaum und zurück. Sein Fell war klitschnass. Eine neue Welle schlug gegen die Buhne, doch Kathrine bemerkte die Kaskaden aus kleinen, funkelnden

Tropfen nicht. Ihr Blick klebte an dem nackten Körper, der an den großen Steinen auf- und abdümpelte, und an dem kalten, leblosen Auge, das sie anstarrte.

*

Das Blaulicht blinkte gespenstisch im morgendlichen Dunst. Kathrine Zohl lief ein Schauer über den Rücken, während sie sich langsam vom Wasser entfernte, ohne den Blick von der Stelle zu nehmen, wo die Tote gelegen hatte.

»Kathrine Zohl?«

Sie blinzelte und nickte stumm, ohne den Blick zu heben und den Polizeibeamten anzusehen. Ihre Augen klebten an dem schwarzen Leichensack, der auf dem hellen Sand lag, und als die Sanitäter ihn auf eine Bahre hoben, umklammerte sie Utes Leine unwillkürlich etwas fester.

»Wenn ich richtig informiert bin, haben Sie uns angerufen?«

»Ja.« Sie schloss für einen Moment die Augen, dann sah sie ihn an.

»Mein Name ist Thomas Beckmann. Ich bin Kriminalkommissar.«

Sie nickte noch einmal, ihr Blick ging dabei aber zu dem Rettungswagen, in den die Tote geschoben wurde.

»Ist Ihnen kalt?«

Sie zuckte mit den Schultern, obwohl das Zittern ihres Körpers kaum zu übersehen war. Ihre Augen folgten dem sich entfernenden Fahrzeug.

»Wir können uns in meinen Wagen setzen«, schlug Thomas Beckmann vor und streckte den Arm aus.

Kathrine sah nach unten zu Ute, die ungeduldig zitterte. Salzwasser tropfte aus ihrem Fell.

»Da ist auch Platz für Ihren Hund«, fuhr er fort.

»Danke.« Sie hob den Blick und sah ihn an. Der dunkle, kurz geschnittene Bart passte gut zu seinen braunen Augen. Wieder lief ihr ein Schauer über den Rücken, und sie sah noch einmal aufs Meer hinaus. Eine dunkelgraue Front war aufgezogen und hing mit dicken Wolken über der Förde.

»Sollen wir?« Er nickte in Richtung der Polizeiwagen. »Es wird bald regnen.«

*

Kathrine Zohl legte den Kopf in den Nacken und atmete aus. Die warme Luft aus der Lüftung beruhigte sie und machte sie irgendwie benommen. Sie drehte den Kopf und sah nach draußen. Das Absperrband, das sie um die Fundstelle gespannt hatten, flatterte im Wind.

»Hilft die Wärme ein bisschen?«, fragte Thomas Beckmann, der auf dem Fahrersitz Platz genommen hatte.

»Ja, danke.« Sie warf ihm ein kurzes Lächeln zu.

»Gehen Sie oft hier in dieser Gegend spazieren?«

»Nein. Eigentlich nicht«, antwortete Kathrine und sah nach hinten zum Laderaum. »Ute und ich sind häufig im Wald oder am Wasser unterwegs, es ist aber lange her, dass wir zuletzt hier in der Gegend von Nieby waren.« Sie ließ ihren Blick erneut über das Meer schweifen. Die Brandung zog sich noch immer wie ein weißer Strich am Strand entlang, während die dänische Küste nur noch als grauer Streifen weit hinten am Horizont zu erkennen war. »Vielleicht wollte ich einfach mal wieder was anderes sehen.« Sie zuckte mit den Schultern.

Er nickte und notierte sich ihre Antwort.

»Hat sie da schon lange gelegen?« Kathrine spürte, wie ihre Stimme zitterte.

»Darauf kann ich Ihnen leider keine Antwort geben«, antwortete Thomas Beckmann und sah von seinem Block auf. »Sie wird jetzt nach Kiel in die Rechtsmedizin gebracht.«
»Sie war so blass.« Wieder lief ein Schauer über Kathrines Rücken.
»Ich verstehe Sie nur zu gut.« Thomas Beckmann sah sie an. Seine dunklen Augen waren gleichermaßen distanziert und entgegenkommend. Professionell. Gelernte Empathie.
»Gibt es jemanden, der jetzt bei Ihnen sein kann?«
»Außer Ute niemanden, nein«, antwortete sie. »Aber das wird schon gehen.« Sie zuckte wieder mit den Schultern und versuchte zu lächeln, doch ohne Erfolg. »Wahrscheinlich muss ich das einfach nur irgendwie abschütteln.«
»Vielleicht wäre es doch gut, wenn Sie jemanden finden würden, der bei Ihnen sein kann.«
Sie schloss die Augen. Seine tiefe Stimme bildete einen so krassen Kontrast zu dem toten Auge, das sie angestarrt hatte, während die Wellen den nackten Körper wiegten. Blass und aufgedunsen. Sie wandte das Gesicht ab und sah erneut aufs Meer hinaus. Leer. Dieses eine Wort beschrieb am besten das Gefühl, das sie beim Anblick der Toten gehabt hatte. Es war nicht einmal ein stummer Schrei nach Hilfe. Als hätte die Seele den Körper längst verlassen.
»Ich bringe Sie nach Hause.« Sie zuckte zusammen, als Thomas Beckmann ihren Arm berührte. Sein Blick war ernst, und sie bezweifelte, dass sie alles gehört hatte, was er gesagt hatte. »Einer meiner Kollegen wird Ihren Wagen nach Hause fahren. Haben Sie die Schlüssel?«
»Äh, ja. Manchmal ist mein Auto etwas bockig.« Sie reichte ihm den Schlüssel für ihren alten roten Renault und lächelte entschuldigend. »Der Anlasser.«

14. September

Toftlund

Mads Lindstrøm legte sein Boardcase in den Laderaum und schlug die Klappe zu. Einen Augenblick blieb er stehen und hob den Blick. Dunkle Wolken waren aufgezogen. Die stickige, schwere Luft der letzten Tage war verschwunden. Stattdessen wehte ein böiger Wind. Es roch nach Regen.

Er schob den Ärmel hoch und sah kurz auf seine Uhr, bevor er sich mit einem letzten Blick auf das alte Backsteinhaus ins Auto setzte, den Gang einlegte und aus der Einfahrt fuhr. Das Navi prophezeite ihm eine Stunde und acht Minuten. Er drückte aufs Gas, nachdem er das Ortsschild von Toftlund passiert hatte, und fuhr weiter in Richtung Flughafen Billund. Rechts und links lagen kahle Felder, so weit das Auge reichte. Er lehnte sich zurück. Musik strömte aus den Lautsprechern, und er sank etwas tiefer in den Sitz, während die Landschaft an ihm vorbeirauschte.

Der schrille Klingelton des Telefons ließ ihn ein paarmal blinzeln. Er warf einen Blick aufs Display, verdrehte die Augen und umklammerte das Lenkrad noch etwas fester, als er den Namen von Kommissar Per Teglgård las. Erst als das Klingeln verstummte, entspannte er sich wieder etwas und atmete seufzend aus. Er biss die Zähne zusammen, als das

Handy erneut zu klingeln begann. Leise Flüche kamen über seine Lippen, bevor er den Anruf entgegennahm.

»Hier Mads Lindstrøm!«

Die Stimme am anderen Ende zögerte.

»Was willst du, Per?«, zischte Mads. »Ich habe Urlaub, oder hast du das schon vergessen? Urlaub!«

»Du weißt, dass ich nur anrufe, wenn es wirklich wichtig ist.«

»Ich weiß gar nichts«, fuhr Mads ihn an. »Außer dass ich auf dem Weg zu meiner Schwester in London bin.«

»Ich hätte dich nicht angerufen, wenn es auch nur eine andere Lösung gäbe«, entgegnete der Dezernatsleiter.

»Tatsächlich?«, schnaubte Mads.

»Du weißt doch, dass Aalund krankgeschrieben ist, verdammt. Ich muss auf die Ressourcen zurückgreifen, die ich habe.«

»Es ist doch jedes Mal dasselbe«, sagte Mads und warf einen kurzen Blick in den Rückspiegel. Hinter ihm verschwand ein Lastwagen in die entgegengesetzte Richtung.

»Bei Nieby im Landesteil Schleswig ist eine Leiche an Land getrieben worden«, fuhr der Dezernatsleiter fort, ohne auf Mads' Kommentar einzugehen. »In der Gegend wird niemand vermisst, auf den die Beschreibung passen würde, weshalb sie sich an uns gewendet haben. Ich bin die Angaben durchgegangen, die wir haben, und es könnte sich bei der Toten um Caroline Hvidtfeldt handeln, die vor knapp drei Wochen verschwunden ist. Eigentlich glaube ich aber nicht daran.«

Mads Lindstrøm seufzte. »Dieses Mal muss es eine andere Lösung geben. Mein Flug geht in drei Stunden.«

»Ich habe sonst niemanden. Sonst hätte ich dich nicht

angerufen. Außerdem spricht hier im Dezernat niemand so gut Deutsch wie du.«

»Verdammt, Per«, sagte Mads und schlug mit der Hand aufs Lenkrad. »Ich dachte, wir wären uns einig, dass ich dieses eine Mal wirklich Urlaub nehmen kann.«

»Das war ja auch so gedacht. Bis jetzt. Natürlich erstatte ich dir das Ticket. Es geht ja nur um die Identifikation. Der Beschreibung nach kann sie es eigentlich nicht sein, aber wir müssen uns da ganz sicher sein. Der Leichnam ist in der Rechtsmedizin in Kiel. Werner Still hat den Obduktionsbericht verfasst. Wie weit bist du weg?«

»Nicht weit genug«, antwortete Mads. »Ich bin kurz vor Vamdrup.« Er rieb sich mit den Händen das Gesicht und schloss die Augen.

»Dann fahr zurück. Wir sehen uns auf dem Revier.«

»Vergiss es. Ich muss meinen Flieger kriegen. Du musst jemand anders finden. Was ist denn mit Kjær oder Laugesen?«

»Tut mir leid. Die sind mit dem Fall in Christiansfeld beschäftigt.«

»Dann musst du das umorganisieren. Wie du das machst, ist nicht mein Problem. Mein Urlaub ist schon einmal verschoben worden.« Er drückte die Lenkradtaste mit dem roten Hörer und beendete das Gespräch.

14. September

Billund

Mads nahm den Pappbecher mit Kaffee und sah aus den großen Panoramafenstern. Ein Flugzeug war gerade gelandet und rollte langsam in Richtung Terminal. Er beugte sich vor. Der Hocker, auf dem er saß, war unbequem. Hinter ihm stieß eine Espressomaschine eine Reihe von Zischlauten aus, und wie von den Geräuschen angetrieben, legte er den Becher an die Lippen, trank einen Schluck und sah sich in der kleinen Kaffeebar um. Noch zwanzig Minuten bis zum Check-in. Mit einem letzten großen Schluck leerte er den Becher. Der bittere, lauwarme und viel zu teure Kaffee kribbelte auf seiner Zunge. Er schnitt eine Grimasse, zerdrückte den Becher und warf ihn in den Abfalleimer. Mit einem Blick zum Barmann nahm er seine Tasche und ging langsam in Richtung Gate. Draußen fuhren die Gepäckwagen zum soeben gelandeten Flugzeug.

»Alle Passagiere für den Flug nach Heathrow um 13:10 Uhr werden zum Gate 8 gebeten.« Er blieb stehen und lauschte, als sein Flug aufgerufen wurde. Ein asiatisch aussehendes Paar hastete an ihm vorbei, und er hörte ein paar unverständliche Wortfetzen. Er sah ihnen ein paar Sekunden nach, ehe sein Blick wieder zu den Schildern ging, die ihm den Weg wiesen.

*

»Willkommen an Bord des Fluges 826 nach Heathrow«, tönte es durch den Lautsprecher. »Wir warten noch auf die Freigabe der Startbahn, die vermutliche Wartezeit beträgt fünfzehn Minuten.« Mads sank tiefer in seinen Sitz und sah aus dem kleinen Fenster. Etwas weiter entfernt rollten einige Flugzeuge in Richtung Startbahn. Die dahinter geparkten Autos bildeten einen farbenfrohen Kontrast zu den weißen Flugzeugen. Er schloss die Augen und lehnte den Kopf an die Seitenwand.

»Herr Lindstrøm?«

Mads schlug die Augen auf. Im Mittelgang stand eine Flugbegleiterin. Ihre Miene war professionell, trotzdem nahm er in ihrem Blick eine gewisse Unruhe wahr.

»Wir haben ein kleines Problem«, sagte sie und schenkte ihm ihr freundlichstes Lächeln. »Würden Sie mir bitte folgen?«

»Was für ein Problem?«, fragte Mads und zog die Brauen zusammen.

»Wenn Sie mir bitte folgen würden?«, erwiderte sie und trat einen Schritt zurück, damit er vor ihr in Richtung Cockpit gehen konnte.

»Ja, natürlich.« Er löste den Sicherheitsgurt und nickte seinem Nebenmann entschuldigend zu, als er sich an ihm vorbeischob.

»Was für ein Problem?«, fragte er noch einmal, während die Flugbegleiterin den Vorhang zur Kabine schloss, damit sie ungestört reden konnten.

»Ihn da«, antwortete sie und zeigte durch ein Seitenfenster zum Wartebereich von Gate 8. »Er besteht darauf, noch vor dem Take-off mit Ihnen zu reden.«

Mads spürte die Wut, die sich in ihm ausbreitete. »Das können Sie vergessen. Ich habe nichts mit ihm zu bereden. Sehen Sie lieber zu, dass wir in die Luft kommen.« Er starrte zu dem Mann hinter der Panoramascheibe hinüber. Seine Jacke war offen, die Hände waren tief in den Hosentaschen vergraben.

»Das geht leider nicht«, antwortete sie und öffnete die Tür. »Haben Sie Handgepäck?«

»Ja, natürlich habe ich Handgepäck«, antwortete Mads, ehe er das Flugzeug über die Passagierbrücke verließ.

»Das ist ja wohl die Höhe«, fauchte er, als sich die Tür zum Wartebereich öffnete und Per Teglgård zum Vorschein kam.

»Du musst diesen Auftrag annehmen«, erwiderte Per.

»Ich muss gar nichts«, schimpfte Mads. »Ich bin auf dem Weg zu meiner Schwester. Verstehst du das nicht? Ich habe Urlaub.«

»Dein Urlaub ist hiermit gecancelt«, erklärte Per und sah ihn mit verbissener Miene an, ehe sein Gesichtsausdruck wieder neutral wurde.

»Gecancelt? So einfach geht das ja wohl nicht.«

»Du bist Beamter. Dein Urlaub ist auf morgen verschoben. Ich habe niemanden außer dir. Verdammt, es geht doch nur um einen Tag. Hörst du, was ich sage, Lindstrøm? Einen Tag, dann kriegst du deinen Urlaub.«

Mads biss die Zähne zusammen. Hinter sich hörte er die Flugbegleiterin sagen: »Wir sind startklar.« Sie warf ihm einen verunsicherten Blick zu. »Ich muss wissen, ob Sie mitfliegen«, fuhr sie in fragendem Ton fort. Sein Boardcase stand neben ihr auf dem Boden. Für einen Moment fragte er sich, wie viel sie wohl mitgehört hatte.

»Ich komme«, antwortete er und wandte sich ihr zu. »Entschuldigen Sie bitte.«

»Mads!« Per Teglgårds Stimme traf ihn wie ein Stein am Rücken. »Du gehst nirgendwohin. Das ist ein Befehl.« Mads ballte die Hände zu Fäusten. Sein Blick war auf die Flugbegleiterin gerichtet, die unsicher einen Schritt nach hinten zurückwich. Langsam drehte er sich um und sah Per in die Augen. »Befehl?« Seine Stimme zitterte nicht minder stark als seine Muskeln. »Du sagst also, dass mein Urlaub gecancelt ist?«

»Tut mir leid«, erwiderte Per Teglgård mit einem Nicken. Der verbissene Unterton war weg, sein Mund drückte echtes Bedauern aus. »Ich brauche dich. Die Aufgabe ist einfach. Und ich verspreche dir, dass du morgen fliegen kannst.«

14. September

Haderslev

»Was hast du gesagt?«, fragte Mads, als Per Teglgård die Tür seines Büros hinter ihnen schloss.
»Die haben in der Rechtsmedizin in Kiel eine Leiche, bei der es sich vielleicht um eine Dänin handeln könnte«, erwiderte Per und setzte sich an seinen Schreibtisch. »Die Beschreibung stimmt nicht ganz überein, theoretisch könnte es sich aber um Caroline Hvidtfeldt handeln, die vor circa drei Wochen auf dem Heimweg von der Schule verschwunden ist. Du musst nach Kiel fahren und bestätigen oder ausschließen, dass es sich um das Mädchen handelt.«
»Und dafür hattest du wirklich niemanden sonst?«, fragte Mads und verschränkte die Arme vor der Brust.
»Nein«, antwortete Per und reichte ihm einige zusammengeheftete Papiere. »Ich habe den Polizeibericht ausgedruckt, der nach ihrem Verschwinden erstellt wurde. Fahr hin, und überprüf das. Wenn du schnell bist, kriegst du ja vielleicht noch einen Flug heute Abend.«
»Glaub bloß nicht, dass die Sache vergessen ist«, sagte Mads und nahm die Papiere widerwillig entgegen. Sein Blick huschte über die erste Seite, auf der sich ein Foto von Caroline Hvidtfeldt befand. »Ich sehe mir die Sache an.«

»Danke.«

»Ich habe jetzt aber was gut bei dir«, meinte Mads, als er das Büro seines Chefs verließ.

Am Kaffeeautomaten blieb er stehen, stellte einen Becher unter die Düse und drückte auf die Taste für schwarzen Kaffee. Langsam blätterte er die erste Seite um und überflog die Erklärungen, während der Becher sich füllte.

Fahndung
Caroline Hvidtfeldt, Alter: 11 Jahre, Wohnort: Fjordvej,
6000 Kolding

Er griff zum Becher, ohne den Blick von den Papieren zu nehmen, und ging zu seinem Büro. Drinnen schaltete er den PC ein und öffnete Google Maps. Der Fjordvej verlief an der Nordseite des Kolding Fjords. Große, lichtdurchflutete, moderne Villen mit Aussicht aufs Wasser.

»Hä? Hast du nicht Urlaub?«, fragte Torben Laugesen und warf ein paar Dokumente auf seinen Schreibtisch, der dem von Mads gegenüberstand.

»Jetzt nicht mehr«, antwortete Mads und sah kurz zu ihm hoch. »Per Teglgård meint, du hättest keine Zeit für eine Identifikation.«

»Ach, die Geschichte«, sagte Torben, lehnte sich an den Rand des Tisches und rieb sich über die lange, rote Narbe an seiner Stirn. »Nein, der Fall in Christiansfeld nimmt uns echt in Beschlag. Außerdem wird dir eine Fahrt nach Kiel guttun.« Er blieb noch ein paar Sekunden stehen, dann gab er ein Grunzen von sich, das vielleicht ein Lachen sein sollte, und verließ das gemeinsame Büro.

Mads schüttelte langsam den Kopf, als die Tür ins Schloss fiel. Dann konzentrierte er sich wieder auf den Text.

Familienverhältnisse: Mutter: Susanne Elise Hvidtfeldt,

42 Jahre, freie Journalistin. Vater: Steen Hvidtfeldt, 45 Jahre, Ingenieur bei Hvilshøy Energie. Keine Geschwister.
Er stützte das Kinn in die Hände und atmete aus. Auf den ersten Blick sah das nach einer ganz gewöhnlichen Familie ohne Bonuskinder und nach guten finanziellen Verhältnissen aus. Er spitzte die Lippen und sah nachdenklich vor sich hin. Seine Augen überflogen noch einmal den Text, fanden aber nichts. Keine Lösegeldforderung. Er blätterte weiter zur Vermisstenanzeige.

Anzeige wurde am 26. August, um 19:36 Uhr von Susanne Hvidtfeldt aufgegeben. Die Vermisste wurde zuletzt gegen 14:00 Uhr gesehen, als sie die Lyshøjschule in 6000 Kolding verließ. Personenbeschreibung: Größe ca. 154 cm. Normaler bis schmächtiger Körperbau. Lange, braune Haare. Bekleidet mit einer dunkelblauen Jeans, einem weißen T-Shirt mit Tiger-Print auf der Brust, hellen Sneakers und kurzen Socken. Die Vermisste hatte einen schwarzen Schulrucksack der Marke Eastpak bei sich.

Er griff nach dem Becher und trank einen Schluck, während er sich die Zeugenbefragungen durchlas.

Caroline Hvidtfeldt wurde zuletzt von ihrer Freundin Sasja Nordgren gesehen, als sie sich an der Weggabelung Skolevænget/Skolebakken trennten, von wo aus Caroline weiter in Richtung Fjordvej ging. Laut Susanne Hvidtfeldt hätte Caroline um 15:00 Uhr zu Hause sein sollen, um die Putzfrau ins Haus zu lassen, da das Au-pair-Mädchen freihatte. Nach Aussage des Reinigungsdienstes hat niemand geöffnet, weshalb die Angestellte einige Minuten später wieder gegangen ist. Diese Aussage bestätigt auch der Nachbar Troels Hammer, der gesehen hat, wie die Reinigungskraft das Grundstück der Hvidtfeldts um 15:05 Uhr verließ. Susanne Hvidtfeldt kam um 18:20 Uhr nach Hause und fand das Haus leer vor. Nachdem sie Carolines Klassenkameraden und Freundinnen angerufen und vergeblich versucht hatte, mit ihrem Ehemann Steen Hvidtfeldt zu kommen, der auf einem geschäftlichen Treffen in Flensburg war, rief sie bei der Polizei an. Es gab keine Anzeichen für einen Einbruch, und es deutete nichts darauf hin, dass Caroline zwischenzeitlich zu Hause war. Dort wurden weder die Schultasche noch die Schuhe des Mädchens gefunden.

Mads richtete sich etwas auf und blätterte weiter. Der Einsatz einer Hundestaffel ergab, dass die Spur des Mädchens – genau wie von Sasja Nordgren ausgesagt – über den Skolebakken und den Trappergårdsvej verlief, bis sie sich irgendwo auf den kleinen Wegen zwischen Vinkelager und Karlshøj verlor. Man hatte einen hellen Turnschuh (linker Fuß) in Größe 36 gefunden, den Susanne Hvidtfeldt als Carolines identifizierte. Darüber hinaus waren zahlreiche Zigarettenstummel, ein Kondom, Lachgaspatronen und ein entsprechender Cracker sichergestellt worden. Nichts davon wies DNA-Spuren oder Fingerabdrücke auf, die der Polizei bekannt waren.

Seufzend kratzte Mads sich den Nacken. Die Spur war kalt. Carolines Handy war seit dem 26. August ausgeschaltet. Mehrere Suchaktionen der Polizei und von Freiwilligen der Organisation Missing People waren ergebnislos geblieben.

Erneut betrachtete er das Foto auf der Vorderseite. Die Beschreibung des Leichnams, der bei Nieby in Schleswig-Holstein an Land gespült worden war, passte zu Caroline Hvidtfeldt, sah man einmal davon ab, dass die Haarfarbe der Toten als Hellblond angegeben worden war.

Er faltete die Unterlagen zusammen, steckte sie in seine Tasche und verließ das Polizeirevier in Haderslev. Er musste es hinter sich bringen. Eine andere Wahl hatte er nicht.

14. September

E45 Richtung Süden

Mads fuhr vom Polizeirevier durch Haderslev in Richtung Autobahn. Eine Mischung aus Unruhe und Verärgerung rumorte in seinem Körper. Die Finger trommelten auf das Lenkrad, und er fluchte leise, als ein Lastwagen vor ihm ausscherte. Er beugte sich vor und tippte auf den Touchscreen des Wagens. Kurz darauf war durch die Freisprechanlage ein Klingelton zu hören.

»Ja, Lisa hier?«

»Hallo, Schwesterherz«, antwortete Mads und beschleunigte, als die Spur vor ihm wieder frei war.

»Bist du schon gelandet?«

»Nein. Es ist etwas dazwischengekommen.«

»Sag nicht, dass der Flieger verspätet ist.« Ihre Stimme klang mit einem Mal deutlich tiefer. »Chris ist auf dem Weg nach Heathrow. Elliot freut sich schon auf dich.«

»Ich weiß«, antwortete Mads und überholte eine Reihe von Autos. »Ich bin auf dem Weg nach Deutschland.« Er kniff die Lippen zusammen. Seine Hand umklammerte den Schaltknüppel.

»Nach Deutschland?«

Er hörte ihre Schritte und das Schließen einer Tür. Dann waren die Hintergrundgeräusche verstummt.

»Was, zum Henker, willst du in Deutschland?«

»Teglgård hat mich gebeten, mir eine Sache anzuschauen.«

»Verdammt, Mads!«

»Es wird nicht lange dauern. Ich komme morgen. Das ist nur eine Routinesache.«

»Bist du dir eigentlich im Klaren darüber, was ich alles getan habe, damit du heute kommst?«

»Lisa, beruhige dich«, fiel er ihr ins Wort. »Ich habe mir das wirklich nicht ausgesucht. Ich habe sogar schon im Flieger gesessen.«

Sie blieb ihm die Antwort schuldig. Es knisterte leise in den Lautsprechern, und die kleinen elektrostatischen Entladungen durchfuhren ihn wie Blitze.

»Du bist genau wie Papa«, sagte sie schließlich.

»Bin ich nicht.«

»Doch«, schnaubte sie. »Die Arbeit kommt immer an erster Stelle.«

Er schloss für einen Moment die Augen und biss die Zähne zusammen, bis die Kiefer knackten. Irgendwann ließ er das Lenkrad los und streckte seine verkrampften Finger. »Du, ich komme morgen, anders geht es nicht. Okay?«

Ihr Atem war durch die Lautsprecher zu hören. »Ja«, sagte sie resigniert.

»Ich rufe dich heute Abend wieder an.« Er wartete ein paar Sekunden, dann beendete er das Gespräch.

Die graue Monotonie der Autobahn war schier grenzenlos. Er atmete die Luft aus, die er lange eingehalten hatte, und lehnte sich auf dem Sitz zurück. Ein Schild vor ihm kündigte die dänisch-deutsche Grenze an.

14. September

Kiel

Die Sonne hing tief über den Hausdächern, als Mads Lindstrøm auf den Parkplatz vor dem Institut für Rechtsmedizin in Kiel fuhr. Das Gebäude war hinter den hohen Bäumen kaum zu sehen. Einige Fenster standen auf Kipp, ansonsten wirkte der rote Bau beinahe menschenleer. Als er aus dem Auto stieg, schlug ihm die kühle Nachmittagsluft entgegen, und er warf einen Blick auf die Uhr. Dann nahm er seinen Laptop vom Sitz und schob ihn in seine Tasche, während er in Gedanken den Flughafen Heathrow vor sich sah. In weniger als einer Stunde hätte er mit Lisa, Chris und Elliot zu Abend essen sollen.

Er klingelte und wartete.

»Ja?«, kam es durch die Gegensprechanlage.

»Hier ist Mads Lindstrøm von der dänischen Polizei«, antwortete er auf Deutsch. »Ich habe einen Termin mit Werner Still.«

»Mads Lindstrøm?« Im Hintergrund war ein Rumpeln zu hören. »Einen Augenblick.«

Mads trat einen Schritt zurück, drehte sich um und ließ seinen Blick über den Platz schweifen. Erste gelbe Blätter lagen auf dem grünen Rasen. Eine Skulptur, die zwei sitzende Menschen darstellte, schmückte den Platz. In ihrer grauen Nachdenklichkeit wirkten die Figuren irgendwie einsam.

Als er den Öffner summen hörte, wandte er sich zur Glastür und drückte sie auf. Er zögerte einen Moment, bevor er das Institut betrat. Vereinzelte Deckenlampen hüllte die langen grauen Flure in ein kaltes, klinisches Licht.

»Hallo?« Seine Stimme hallte an den Wänden wider, während hinter ihm die Tür ins Schloss fiel. »Werner Still?« Er wartete, hörte aber nur das leise Rauschen der Klimaanlage. Mit dem Blick suchte er die Gänge ab, die vom Eingangsbereich abzweigten, sah aber nur geschlossene weiße Türen. Ein paar farbenfrohe Gemälde versuchten vergeblich, dem traurigen Ambiente etwas Leben einzuhauchen.

Er zuckte zusammen, als eine Stimme die Stille durchbrach.

»Mads Lindstrøm?«

Er drehte sich um und wurde am anderen Ende des Flurs auf einen kräftigen Mann aufmerksam. Die Gummisohlen seiner Holzclogs quietschten auf dem Linoleumboden, während auf dem Gesicht des Mannes ein herzliches Lächeln zum Vorschein kam. Die Augen hinter der dünnen Metallbrille leuchteten, als er Mads die Hand reichte.

»Willkommen in Kiel. Ich habe Sie schon erwartet.«

»Danke. Tut mir leid, dass es so spät geworden ist.«

»Das muss Ihnen nicht leidtun.« Werner Still wischte die Entschuldigung weg und legte Mads die Hand auf die Schulter. »Ich weiß ja nicht, ob das überhaupt ein Fall für die dänische Polizei ist. Kann ich Ihnen etwas anbieten? Kaffee?«

»Ja, bitte«, antwortete Mads und nickte dem Rechtsmediziner zu.

»Der Obduktionsbericht liegt in meinem Büro«, fuhr Werner Still fort und streckte den Arm aus, um Mads den Weg zu weisen.« Nehmen Sie doch schon mal Platz.« Er öffnete die Tür zu seinem Büro und nickte in Richtung eines kleinen Tisches mit vier Stühlen. »Ich bin gleich wieder da.«

Mads sah sich um, während er sich die Jacke auszog. Eine rote Architektenlampe warf gelbliches Licht auf den Schreibtisch an der Fensterfront. Daneben standen Regale mit Aktenordnern und dicken Büchern. Mads trat näher und betrachtete die Unterlagen, die die Holzplatte des Schreibtisches fast vollständig bedeckten. Handschriftliche Notizen, ausgedruckte Zettel und Tabellen sowie einige Nachschlagewerke.

»Ja, ja, ein wahres Genie beherrscht das Chaos«, sagte Werner Still lachend und stellte eine Kaffeekanne und einen Becher auf den kleinen Sitzungstisch. »Man mag ja daran zweifeln, aber es gibt in dieser Unordnung tatsächlich ein System.« Er griff nach seinem eigenen Becher, der neben dem PC stand, warf einen Blick hinein und leerte ihn mit einer Grimasse. »Der Kaffee da drin ist frisch«, sagte er und nickte in Richtung Kanne. »Bedienen Sie sich.«

»Danke.« Mads zog einen Stuhl zurück und setzte sich, während sein Blick weiter auf dem sympathischen Mann vor ihm ruhte. Der Kittel spannte über dem breiten Rücken, und die Schuhsohlen schleiften beim Gehen etwas über den Boden.

»Das ist der Bericht.« Werner Still reichte ihm eine Plastikmappe. »Alles, was wir gefunden haben, ist darin aufgelistet. Eine Fotodokumentation ist beigefügt. Wie ich schon Ihrem Chef gesagt habe, handelt es sich um eine an Land getriebene Leiche. Und da es zurzeit in Deutschland keine Vermisstenmeldungen gibt, die zu der Toten passen, war es ja naheliegend, mal bei euch nachzufragen.«

»Ja, natürlich«, erwiderte Mads und warf einen Blick auf die Mappe. Die Titelseite war schlicht gehalten und wies nur das Datum und die Unterschrift des Rechtsmediziners auf, der die Obduktion durchgeführt hatte. Werner Still. »Wann haben Sie die Tote bekommen?«

»Vorgestern«, antwortete Werner Still und goss sich einen frischen Kaffee ein. »Sie auch?« Er zog die Augenbrauen hoch.

»Sehr gerne.« Mads nickte, nahm den Obduktionsbericht aus der Mappe und betrachtete die Bilder. Die blonden Haare waren verklebt, der Körper etwas aufgedunsen und die bläuliche Haut an etlichen Stellen durch tiefe blutleere Wunden entstellt. Er zog die Vermisstenmeldung aus seiner Tasche und sah sie sich an. Caroline Hvidtfeldts glückliches Lächeln strahlte ihm entgegen. Er verglich die Fotos. Der Kontrast zwischen den warmen, sommerlichen Farben des Familienfotos und der sterilen Dokumentation des Todes konnte kaum größer sein.

»Ganz hinten finden Sie eine Liste der Analysen, die ich in Auftrag gegeben habe. Die Ergebnisse liegen leider noch nicht vor«, fuhr Werner Still fort und trank einen Schluck Kaffee.

»Es ist nicht ausgeschlossen, dass es sich bei der Toten um eine bei uns vermisste Person handelt«, sagte Mads und begegnete kurz Werner Stills Blick, ehe er sich wieder auf den Obduktionsbericht konzentrierte. Neben Größe, Gewicht, vermuteter Ethnie und dem Alter waren auch makroskopische Beobachtungen aufgelistet worden. »Auf den ersten Blick könnte es sich tatsächlich um Caroline Hvidtfeldt handeln«, fuhr er fort und nickte schweigend. »Haarlänge und -farbe passen aber nicht.«

»Wenn Sie ein paar Seiten vorblättern …«, sagte Werner Still und beugte sich über den Tisch, um besser sehen zu können, auf welcher Seite des Obduktionsberichts Mads war.

»Ich habe mich zur Haarfarbe geäußert. Die Haare sind erst kürzlich stark gebleicht worden. Von Natur aus ist das Mädchen vermutlich dunkelblond.«

»Hm«, sagte Mads, stellte den Becher ab und musterte noch eine ganze Weile das Foto von der Obduktion. »Das ist sie«, sagte er schließlich. »Das ist der Leichnam von Caroline Hvidtfeldt.«

*

Mads schloss die Tür von Werner Stills Büro hinter sich und blieb einen Moment auf dem grauen Flur stehen. Die Stille war fast erdrückend. Er lehnte sich an die Wand, nahm das Handy aus der Tasche, warf zögernd einen Blick auf das Display und rief dann Per Teglgård an.

»Sie ist es«, sagte er.

»Bist du dir sicher?«

»Ja. Natürlich müssen die Eltern sie erst noch identifizieren, aber eigentlich habe ich keine Zweifel«, antwortete Mads und fuhr sich müde durchs Haar.

»Natürlich, danke für die Hilfe, Mads. Ich werde die Familie informieren.« Per Teglgård zögerte etwas. Dann hörte Mads das Rascheln von Papieren. »Glaubst du, dass Werner Still morgen Zeit für die Identifikation hat?«

»Das ist aber noch nicht alles«, sagte Mads und stieß sich von der Wand ab. Seine Schritte hallten über den kahlen Flur, als er in Richtung Ausgang lief. »Ich habe die Fotos von ihr gesehen. Sie ist nicht einfach ertrunken.«

»Wie meinst du das?«, fragte Per.

»Genauso, wie ich es sage«, antwortete Mads und sah durch die Glastür auf die Wiese vor dem Gebäude. Es hatte zu regnen begonnen, und die kleinen, feinen Tropfen, die am

Glas herabrannten, verzerrten die graue Bronzeskulptur. »Sie ist ermordet worden«, sagte er schließlich.

»Verdammt«, fluchte Per Teglgård. »Dann muss ich Laugesen vom Fall in Christiansfeld abziehen.« Er seufzte schwer. »Danke für deine Hilfe, Mads. Ich wünsche dir einen schönen Urlaub.«

»Vergiss es«, fiel Mads ihm ins Wort und drückte die Tür auf. Der raue Fußabtreter kratzte unter seinen Schuhsohlen, als er ins Freie ging. »Ich bin doch schon am Fall dran.« Hinter ihm fiel die Tür ins Schloss. Der Wind drückte den Stoff seines Hemdes an die Haut und ließ ihn frösteln.

»Mads?« Per Teglgårds Stimme wurde tiefer. Er schwieg ein paar Sekunden, ehe er fortfuhr: »Du hast Urlaub. Ich muss die Aufgaben umverteilen. Laugesen kann sich darum kümmern.«

»Das tust du nicht«, antwortete Mads. »Du kannst mir nicht erst den Urlaub streichen und dann den Fall entziehen.«

Er rannte am Gebäude entlang, aber es gelang ihm nicht, die Wut zu dämpfen, die langsam in ihm aufstieg. »Verstehst du das, Per? Mein Urlaub ist gestrichen. Das ist mein Fall.«

»Du machst dich noch kaputt, Mads. Auch wenn ich dich natürlich verstehe.«

»Spar dir das. Darüber haben wir schon oft genug gesprochen. Ich bin nicht mein Vater. Ich war nie wie er und werde auch nie so werden.«

»Das meinte ich doch gar nicht«, verteidigte sich Per Teglgård.

»Und ob du das so gemeint hast«, entgegnete Mads. »Ich bin jetzt schon hier unten. Mein Flieger ist längst weg, und ich hatte noch nicht die Zeit, mir ein neues Ticket zu kaufen. Das ist mein Fall.«

»Okay«, antwortete Per seufzend. »Wenn du sicher bist, dass du das schaffst.«

Mads atmete angestrengt aus, nachdem er aufgelegt hatte. Er steckte das Handy in die Tasche, drehte sich um, biss die Zähne zusammen und ging zurück ins Institutsgebäude.

*

»Kann ich die Tote sehen?«, fragte Mads, als er wieder in Werner Stills Büro trat. »Es wäre leichter für mich, die Familie zu informieren, wenn ich die Leiche gesehen habe.«

Werner Still hob den Blick. »Na klar«, antwortete er und schob seine Brille etwas höher auf die Nase. »Natürlich.«

14. September
Kiel

Die Tür der Ankleide fiel hinter Mads ins Schloss und sperrte die warme Flurluft aus. Eine Reihe grauer Metallschränke bedeckte die eine Längswand vor ihm, während der Raum sich auf der anderen Seite zu einem Quergang öffnete. Auf den ockerfarbenen Bodenfliesen standen weiße Clogs und Gummistiefel Seite an Seite. Eine Klimaanlage säuselte, dennoch war der Geruch des Todes zu erahnen.

»Da im Regal stehen Überschuhe«, sagte Werner Still und zog sich einen grünen Kittel über die weiße Arbeitskleidung, ehe er seine Clogs gegen ein paar andere tauschte. »Sie hat eine Weile im Wasser gelegen«, fuhr er fort und reichte Mads einen Einwegkittel. »Natürlich kann ich da falschliegen, ich würde aber sagen, sie ist seit einer Woche tot.«

»Eine Woche?«, fragte Mads und zog die blauen Überschuhe an. »Caroline Hvidtfeldt wird seit drei Wochen vermisst.«

»Tja«, antwortete Werner Still und sah zur Tür des Sektionssaals hinüber, ohne weiter auf Mads' Antwort einzugehen. »Brauchen Sie Mentholpaste?«

»Nein, danke.«

»Gut, dann sehen wir sie uns mal an.« Er suchte Mads' Blick, als er die Klinke nach unten drückte. Der Unterdruck, der im Sektionssaal herrschte, machte sich durch ein Pfeifen bemerkbar, als die Tür geöffnet wurde.

Mads sah an die Decke. Das Neonlicht flackerte kurz, bevor es sich stabilisierte. Einen Augenblick stand er still da, dann heftete er seinen Blick auf das weiße Laken, das über einem Stahltisch lag.

»Ja, da liegt unser Opfer«, sagte Werner Still und streifte Latexhandschuhe über, ehe er das Laken vom Kopf der Toten nahm. »Weiblich, zwischen elf und dreizehn Jahren.« Er sah Mads über den Rand seiner Brille hinweg an, dann schaltete er die Operationslampe ein. »155 Zentimeter groß, Gewicht 46 Kilo. Nordeuropäisches Aussehen.«

Mads musterte das Mädchen. Die Augen waren geschlossen. Die langen Wimpern wirkten auf der blassen Haut beinahe unnatürlich schwarz. In Gedanken sah er das Foto von Caroline Hvidtfeldt vor sich. Auch wenn die Haare blond waren und der Leichnam aufgedunsen wirkte, hatte er keinen Zweifel. Die Form der Lippen, der Ohrläppchen. Er nickte und sah Werner Still an. »Es besteht kein Zweifel. Das ist sie. Können Sie Ihre Beobachtungen mit mir durchgehen?«

»Natürlich«, antwortete Werner Still. »Beginnen wir mit den äußerlichen Verletzungen.« Er justierte die große Operationslampe. »Die Haare sind, wie gesagt, gebleicht worden. Es gibt Wunden auf der Kopfhaut, vermutlich verursacht durch eine zu starke oder unprofessionell durchgeführte Blondierung. Ich hatte ein paar Haare unter dem Mikroskop, und der unterste Teil ist noch braun. Wollen Sie es sehen?«

»Nein, das reicht mir.«

»Okay, dann gehen wir weiter«, sagte der Rechtsmediziner und nahm das Laken ganz weg.

Es versetzte Mads einen Stich, als der nackte Körper entblößt wurde. Blanke Krampen verschlossen den Y-Schnitt, der über den Körper des Kindes verlief – sie bohrten sich in die blasse, lederartige Haut und hielten die Wundränder zusammen.

»Sie ist nicht das klassische Opfer eines sexuellen Übergriffs geworden, aber wie Sie den Bildern des Obduktionsberichts entnehmen konnten, hat der Täter sich auf andere Art an ihr vergangen«, sagte Werner und strich mit dem latexbekleideten Finger über die herzförmigen Schnitte an ihren Brustwarzen. »Es lässt sich nicht sagen, ob diese Schändungen vor oder nach dem Tod durchgeführt wurden. Eventuell koaguliertes Blut dürfte vom Meer weggespült worden sein. Die Schnitte, die sich durch Cutis und Subcutis ziehen, sind mit äußerster Präzision gesetzt. Die Haut wurde vorher nicht markiert, woraus ich schließe, dass der Täter viel Zeit hatte. Es gibt überall am Körper ähnliche Verletzungen, rund um die Vagina sind aber weder Läsionen noch Spermareste gefunden worden.«

Stille senkte sich herab, während Mads auf die erhabenen Wundränder starrte. Das monotone Säuseln der Klimaanlage wirkte mit einem Mal ohrenbetäubend laut.

»Die Schürfwunden an beiden Handgelenken könnten von einem Seil stammen«, fuhr Werner Still fort und hob den linken Arm des Mädchens an. »Leider konnten wir in den Wunden keine Fasern finden. Daher können wir nicht sagen, um was für ein Seil es sich gehandelt hat. Die Fußknöchel sind weniger mitgenommen – am rechten gibt es allerdings zwei Wunden.«

»Was sind das für Wunden?«, fragte Mads.

»Diese breiten Abdrücke«, sagte der Rechtsmediziner, legte den Arm des Mädchens zurück auf die Metallplatte und ging zu ihren Füßen, »stammen von Riemen. Sie sind an beiden Knöcheln identisch. Mit großer Wahrscheinlichkeit handelt es sich hierbei um Riemen aus Leder oder Silikon. Es sind weder Muster noch scharfe Kanten oder Ähnliches zu sehen. An einer Stelle des rechten Knöchels reicht die Abschürfung aber bis auf den Knochen«, fuhr er fort und zeigte auf die Läsion. »Die Art, wie die Haut abgeschürft ist, lässt mich auf eine Art Fußfessel tippen.« Er schob sich die Brille mit dem Handrücken weiter auf die Nase, ehe er wieder nach vorn trat und noch einmal den Arm anhob. »Die Haut der Fingerspitzen ist, wie Sie sehen können, bis zum Knochen abgetrennt worden. Nicht weniger interessant sind aber diese drei Läsionen am Unterarm.« Werner Still drehte den Arm etwas zur Seite. »Im Gegensatz zu allen anderen Verletzungen sind diese hier deutlich weniger sorgsam ausgeführt worden.«

Mads zog die Stirn in Falten und studierte die Wunden. Es war kein Blut zu sehen, die Haut war aber aufgerissen.

»Das sieht fast nach einer Säge aus, was mich an einen Fall denken ließ, der ein gutes Jahr zurückliegt«, fuhr Werner Still fort.

»Erzählen Sie.«

»Letzten Herbst wurde in einem Waldgebiet bei Süderlügüm südlich der deutsch-dänischen Grenze eine Kinderleiche gefunden«, sagte Werner. »Der Leichnam war bereits stark verwest. Die DNA-Analyse der Knochenreste hat ergeben, dass es sich um Lea Dietrich handelt – ein neunjähriges Mädchen, das seit dem Sommer davor vermisst wurde.«

»Ja?«

»Im Gegensatz zu unserem heutigen Opfer konnten wir damals zahlreiche Frakturen feststellen«, fuhr Werner fort. »Sowohl richtige Knochenbrüche als auch Risse. Die Fußknochen waren zertrümmert, während die Fingerknochen einem anhaltenden, gleichmäßigen Druck ausgesetzt gewesen sein müssen. Der Wangenknochen auf der rechten Gesichtsseite war eingeschlagen und die Augenhöhle verletzt. Darüber hinaus gab es eine Reihe von größeren Frakturen auf der rechten Schädelseite, weshalb wir damals von einem Schädelbruch als Todesursache ausgegangen sind. Auf den ersten Blick gibt es keine Ähnlichkeit zu unserem aktuellen Opfer, aber eben nur auf den ersten Blick.«

Er machte eine kurze Pause. Das grelle Licht glänzte auf seiner Stirn, und wieder schob er sich die Brille hoch.»Diese Läsionen dort ähneln nämlich doch dem alten Fall«, sagte er und deutete auf die drei Risse am Unterarm.

»Warum?«

»Lea Dietrich hatte eine ähnliche Wunde an ihrem linken Unterarm – wenn auch nur eine«, antwortete Werner Still. »Das kann natürlich Zufall sein.« Er zuckte mit den Schultern.

»Und was ist die Todesursache bei Caroline?«, fragte Mads.

»Sie ist ertrunken«, antwortete Werner Still und legte den Arm des Mädchens langsam zurück auf die Stahlplatte. »Aber nicht im klassischen Sinne. Das Opfer ist an seinem eigenen Blut ertrunken.«

Die Worte blieben in der kühlen Luft zwischen den gefliesten Wänden hängen.

»Dann war sie also schon ertrunken, bevor sie ins Wasser geworfen wurde?«

»Ja«, sagte Werner Still und nickte. »Ich habe die Organe entnommen und untersucht. Die Lunge war nicht voller Salzwasser, wie es sein müsste, wenn sie im Meer ertrunken wäre, sondern voller Blut. Das Magen-Darm-System war leer – sieht man von einer größeren Menge Blut in ihrem Magen ab, was darauf hindeutet, dass sie in ihren letzten Tagen keine Nahrung zu sich genommen hat. Darüber hinaus waren Blutungen an den Darmschleimhäuten, der Milz und der Leber zu erkennen.«

Mads nickte stumm.

»Wenn wir in ihren Rachen schauen, sehen wir die Quelle der großen Blutmenge in ihrem Magen und in ihrer Lunge«, fuhr Werner Still fort und beugte den Nacken der Toten nach hinten, bevor er die Lampe nach unten zog. »Wie Sie sehen, hat sie Verletzungen an Zähnen, Gaumen und Zungenmuskel. Und wenn Sie den Blick etwas tiefer in ihren Rachen richten, sehen Sie einen tiefen Schnitt in der Zungenwurzel. Allein dieser Schnitt würde schon stark bluten, aber in Anbetracht der vielen geplatzten Blutgefäße gehe ich davon aus, dass sie zusätzlich noch Blutverdünner bekommen hat. Im linken Arm ist auch ein Einstich zu erkennen, was zu einer intravenösen Verabreichung von Medikamenten passen würde.«

»Sie meinen also, dass der Mörder sie verbluten lassen wollte?«

»Ja«, antwortete Werner Still. »Ich habe Gewebeproben genommen und in die Toxikologie geschickt.«

»Gibt es sonst noch Auffälligkeiten?«, fragte Mads und warf einen letzten Blick auf den Leichnam, ehe der Rechtsmediziner ihn mit dem Laken abdeckte.

»Nein. Oder doch.« Er blieb stehen, zog sich die Handschuhe aus und warf sie in den Mülleimer. »Die Hornhaut des rechten Auges ist verbrannt. Sie finden das alles im Obduktionsbericht.«

14. September

Kiel

Werner Still schloss die Tür seines Büros hinter ihnen. Draußen senkte sich die Dunkelheit über die Gebäude. Er ging zum Fenster und stellte es auf Kipp. Sogleich strömte frische, feuchte Luft in den Raum.

»Darf ich Ihnen noch einen anbieten?«, fragte er und hob die Kaffeekanne an.

Mads warf einen Blick auf den kalten Kaffeesatz in seinem Becher und schüttelte den Kopf. »Nein, danke.« Er schlug den Obduktionsbericht auf und betrachtete das Foto von Caroline, ehe er den Bericht ein weiteres Mal durchblätterte.

»Wie gesagt, die Analysen der Toxikologie stehen noch aus, vermutlich kommen die Ergebnisse morgen oder spätestens übermorgen«, sagte Werner Still und schenkte Kaffee in seinen eigenen Becher. »Sollen wir sie nach Dänemark überführen lassen?« Er setzte sich zu Mads an den Tisch und sah ihn über den Rand seiner Brille hinweg an.

»Halten Sie das für sinnvoll?«, fragte Mads und blickte von dem Bericht auf. »Sie haben doch schon alles geregelt. Wenn die Familie sie identifiziert, kann sie doch von hier aus freigegeben werden, wenn alle Ergebnisse vorliegen.« Zögernd warf er einen letzten Blick auf den Obduktionsbericht. »Ich habe die Akten zu dem Vermisstenfall gelesen. Für die Spurensicherung war damals Kriminaltechnikerin Sarah Jonsen zuständig.«

»Gibt es denn noch irgendwelche Anhaltspunkte?«

»Nicht direkt. Die gesicherten Fingerabdrücke sind in keiner Datenbank zu finden«, meinte Mads. »Wie war das noch mal mit diesen drei Risswunden in ihrem Unterarm?«

»Die gehen mir auch nicht aus dem Kopf.« Werner Still griff nach einem der Papierstapel, die hinter ihm auf dem Schreibtisch lagen. Der Bürostuhl knirschte, und Mads sah verstohlen auf den ausladenden Körper, der zwischen den Armlehnen klemmte. »Hier«, fuhr der Rechtsmediziner fort und reichte Mads die Dokumente. »Das ist der Obduktionsbericht von Lea Dietrich.«

Mads zog die Stirn in Falten. Das Datum besagte, dass die Obduktion vor etwas weniger als einem Jahr durchgeführt worden war. Ein Bild zeigte die stark verweste Leiche auf dem Sektionstisch.

»Es geht in diesem Fall um eine skelettierte Kinderleiche, die in einem fast ausgetrockneten Bachbett in einem Waldgebiet bei Süderlügüm gefunden wurde. Sie wurde als die neunjährige Lea Dietrich identifiziert, die anderthalb Jahre zuvor auf dem Heimweg von einer Spielkameradin verschwunden war.« Werner machte eine Pause und trank einen Schluck Kaffee. »Die Ermittlungen gingen in alle Richtungen, aber die Spuren waren kalt. Der Mörder konnte bis heute nicht ermittelt werden«, sagte Werner Still und beugte sich zu Mads vor, damit er selbst im Obduktionsbericht blättern konnte. »Interessant ist die Kerbe in ihrem Speichenknochen.« Er zeigte auf ein Foto. Große Zacken hatten das verbliebene Gewebe aufgerissen und eine Kerbe im Knochen hinterlassen. »Ich habe einen Abguss machen lassen und gehe davon aus, dass es sich um die Spuren einer Säge handelt. Ich würde auf einen Fuchsschwanz tippen.« Schweigend richtete er seinen Blick auf Mads.

»Kennen Sie die Umstände ihres Verschwindens?« Werner Still zog die Augenbrauen hoch und bewegte den Kopf langsam von links nach rechts. »Meine Tochter wohnt ganz in der Nähe.« Er sah zu einem Foto von einer blonden Frau und zwei Kindern, das auf dem Schreibtisch neben dem Computer stand. »Der Fall hat damals keinen von uns kaltgelassen, an die genauen Details erinnere ich mich aber nicht mehr. Ich werde sehen, ob ich Ihnen den Polizeibericht beschaffen kann.«

»Danke«, sagte Mads, stand auf und schob den Stuhl an den Tisch. Draußen war es jetzt so dunkel, dass der Baum auf der Wiese kaum mehr zu sehen war. Lampen tauchten den gepflasterten Weg in einen gelblichen Schein. Er warf einen Blick auf seine Uhr. »Ich sollte zusehen, dass ich nach Hause komme. Ich hoffe, es ergibt sich eine Möglichkeit, Caroline Hvidtfeldt schon morgen identifizieren zu lassen.«

»Sie wissen, wo Sie mich finden«, antwortete Werner Still und hob die Hand zum Gruß, als Mads sich verabschiedete.

14. September

Kolding

Mads ließ den Wagen an der Seite des Fjordvej ausrollen. Der Fjord selbst lag im Dunkeln, während die hell erleuchteten Fenster der Häuser auf der anderen Seite wie Laternen in der Nacht strahlten. Er löste den Sicherheitsgurt und stieg aus, während sein Blick noch einmal über das Wasser wanderte. Etwas vom Ufer entfernt war ein Segelboot vertäut. Die weißen Schaumkronen auf den Wellen bildeten einen Kontrast zu dem schwarzen Wasser. Er sog die kalte, salzige Luft ein, drehte sich um und sah zu dem großen Haus hinüber. Schwarze, schmiedeeiserne Lampen erhellten den Vorplatz hinter der weißen Mauer, die das Grundstück einfasste. Er legte den Kopf in den Nacken, atmete langsam ein und entließ die Luft mit einem lang gezogenen Seufzer. Ein letztes Mal sah er hinüber zum Fjord, dann ging er auf das Haus zu.

Ein paar Meter vor der Tür blieb er stehen. Durch die großen, unterteilten Fenster strömte warmes Licht heraus. Zusammen mit dem schwarzen Dach und der weißen Mauer wirkte das Haus schlicht und ästhetisch zugleich. Die perfekte Kombination aus Distanz und Gastfreundschaft. Er ballte die Hände zu Fäusten und atmete aus. Ein paar Töpfe mit blutroten Dahlien flankierten die große Eichentür. Er richtete sich auf und brachte auch noch die letzten Meter hinter sich.

Das leise Geräusch der Türklingel drang nach draußen und mischte sich mit dem Rauschen des Windes. Mads Lindstrøm trat einen Schritt zurück. Die feuchte Luft klebte an seiner Haut. Er öffnete die Lippen und atmete tief durch. Das Salz vom Fjord prickelte auf seiner Zunge. Ganz anders als in Toftlund.

»Ja?«

Er richtete den Blick auf die junge Frau, die die Tür geöffnet hatte. Sie hatte die schwarzen Haare zu einem lockeren Knoten zusammengefasst und sah ihn mit dunkelbraunen, mandelförmigen Augen fragend an. Er räusperte sich.

»Kommissar Mads Lindstrøm«, stellte er sich vor und zeigte ihr seinen Ausweis. »Sind Steen und Susanne Hvidtfeldt zu Hause?«

»Ja«, antwortete sie und trat einen Schritt zur Seite. Mit gesenktem Blick bat sie ihn herein. »Steen Hvidtfeldt sitzt gerade noch in einem Meeting, aber Susanne ist im Wintergarten. Darf ich Ihnen Ihre Jacke abnehmen?«

»Nein, danke, es wird nicht lange dauern«, antwortete Mads.

Mit fast lautlosen Bewegungen ging sie zu einer Tür, die ins Innere des Hauses führte.

»Hier entlang«, sagte sie.

»Danke.« Er folgte ihr. Die Luft im Haus war abgestanden und klamm – wie in einem Mausoleum. Und die Stille, die nur von leisen Klaviertönen unterbrochen wurde, verstärkte den Eindruck. Die junge Frau öffnete die Tür zum Esszimmer und führte ihn weiter durchs Haus. Sie zögerte einen Moment, dann legte sie die Hand auf die Klinke der Tür, hinter der sich der Wintergarten befand. Das gedämpfte Licht und die wehmütigen Klaviertöne auf der anderen Seite der Glastür hüllten den Raum in eine Intimität, die ihn gleichermaßen aussperrte und anzog.

»Besuch für Sie.«

Susanne Hvidtfeldt drehte langsam den Kopf und sah zu ihnen, als die Tür geöffnet wurde. Ihr Blick war leer. Ohne Leben.

»Kommissar Mads Lindstrøm«, präsentierte Mads sich und reichte Susanne Hvidtfeldt die Hand.

Sie nickte und deutete auf das Sofa ihr gegenüber. »Nehmen Sie Platz.« Ein angestrengtes Lächeln umspielte ihre farblosen Lippen. »Ich vermute, dass es um Caroline geht? Gibt es Neuigkeiten?«

Mads nickte. »Wäre es möglich, dass Ihr Mann dazukommt?«

Sie nickte erneut. »Malee, kannst du bitte mal schauen, ob Steens Meeting zu Ende ist?«

»Ja, natürlich«, antwortete Malee und verschwand durch die Tür.

Susanne Hvidteldt stand auf und trat ans Fenster. Einen Augenblick sah sie schweigend auf den Fjord hinaus, dann drehte sie sich um und blickte ihn an. »Es tut mir leid. Mein Mann ist manchmal unabkömmlich, wissen Sie? Die Arbeit. Kann ich Ihnen etwas anbieten?«

»Nein, danke«, antwortete Mads und ließ den Blick durch den Raum schweifen. Ein Strauß Dahlien stand neben einem halb vollen Weinglas auf dem Couchtisch. Weiße Lamellenvorhänge waren vor den großen Panoramafenstern zum Fjord angebracht, die die Dunkelheit in schmale Streifen teilten.

Sie griff nach einer Fernbedienung. Einen Augenblick später verstummte die Klaviersonate. »Haben Sie sie gefunden?« Sie sah ihn an.

»Ja«, antwortete er und senkte kurz den Blick. Aus dem Wohnzimmer waren angeregte Stimmen zu hören, und kurz darauf kam Steen Hvidtfeldt in der Türöffnung zum Vorschein.

»Entschuldige, das Meeting hat sich etwas in die Länge gezogen. Mit wem haben wir die Ehre?«, fragte er und reichte Mads die Hand. Sein Atem roch nach Whisky.

»Mads Lindstrøm«, antwortete Mads und stand auf, ehe er Steen Hvidtfeldts Hand drückte. »Von der Polizei.«

»Sie haben sie gefunden«, unterbrach Susanne ihn. Eine vage Hoffnung schwang in ihrer Stimme mit. Verzweifelt, als klammerte sie sich an einen Strohhalm.

»Gefunden?« Steen Hvidtfeldts Blick huschte von seiner Frau zur Tür, wo ein großer Mann in einer Jacke den Arm zum Gruß hob. »Wenn Sie mich kurz entschuldigen«, sagte er und sah rasch zu Mads. »Ich muss meine Gäste noch verabschieden.« Mit langen Schritten eilte er aus dem Wintergarten.

Mads beugte sich vor und sah durch die Tür. Hinter dem groß gewachsenen Mann erahnte er zwei weitere. Einer von ihnen lachte polternd.

»Das ist Erik Hvilshøj«, erklärte Susanne Hvidtfeldt. »Von Hvilshøj Energi. Der Chef meines Mannes.« Sie ballte die Hände zu Fäusten und sah ihrerseits durch die französischen Türen zum Eingangsbereich. »Diese Besprechung war schon vor Carolines Verschwinden geplant.« Sie zögerte. Ihr Kinn bebte leicht, sie gab sich aber alle Mühe, das Zittern zu unterdrücken. Eine etwas gedämpftere Stimme verabschiedete sich auf Deutsch, dann wurde die Haustür geöffnet und wieder geschlossen.

»Hvilshøj Energi hat eine Baugenehmigung für eine Biogasanlage in Sottrupskov beantragt. Sie haben sicher davon gelesen«, fuhr sie fort, den Blick noch immer zur Tür gerichtet. »Dann wissen Sie auch, dass die Sache große Wellen geschlagen hat. Deshalb ist dieses Mal André Leitner aus Grellsbüll bei Süderlügum mit eingeladen worden.« Sie streckte sich nach ihrem Weinglas aus. Die Finger rutschten am Stiel ab, ehe sie das Glas zu packen bekam. Sie stellte es aber wieder ab, ohne zu trinken. »Entschuldigen Sie bitte, das interessiert Sie sicher alles nicht.« Ihr Blick wanderte erneut zum Weinglas, während sie nervös auf dem Sofa herumrutschte.

»Alles gut«, sagte Mads und lächelte sie entgegenkommend an. »Dieses Mal?« Er öffnete seine Jacke, bevor er wieder Platz nahm. Susanne Hvidtfeldt wirkte zerbrechlich, wie ein Stück Reispapier, das bei dem geringsten Druck zerriss.

»Es waren so viele Meetings«, antwortete sie. »Für Hvilshøj Energi ist das eine wichtige Investition. Und für Steen ist die Sache sehr, sehr wichtig.« Ihre Hand griff wie automatisch erneut zum Weinglas, und ein Tropfen rann an ihrem Mundwinkel nach unten, als sie etwas zu hastig trank. »Entschuldigen Sie.« Susanne Hvidtfeld lächelte beklommen, stellte das Glas ab und wischte sich mit dem Handrücken den Mund ab.

»Er hat immer so viel zu tun. Die Sache mit Caroline ist ihm da ziemlich in die Quere gekommen.« Verstohlen ging ihr Blick zur Tür. »Es war nicht leicht.«

»Das verstehe ich gut. Es ist nie leicht, wenn das eigene Kind verschwindet«, sagte Mads.

Ein trauriges Lächeln huschte über Susannes Lippen. »Nein, natürlich nicht, ich meinte jetzt aber die Anlage«, antwortete Susanne. »Steen hat sie geplant, und die vielen Proteste haben ihm zugesetzt. Es gab zahlreiche Treffen mit Jens Moe von der Kommunalverwaltung in Aabenraa. Ich hoffe wirklich, dass es da bald zu einer Einigung kommt.«

»Ist die Genehmigung nicht längst erteilt worden?«, fragte Mads.

Susanne Hvidtfeldt stieß ein leichtes Schnauben aus. »So einfach ist das nicht. Der Dänische Naturschutzbund hat eine Klage eingereicht, sollten für das Projekt wie geplant große Teile des Waldes gerodet werden. Auch die Anwohner sind, gelinde gesagt, nicht gerade begeistert von den Beeinträchtigungen, die eine solche Anlage mit sich bringen würde.« Sie schüttelte den Kopf. »Es ist so viel Energie in die Planung dieser Anlage gesteckt worden ... Inzwischen finde ich aber, dass die Kosten zu hoch werden.«

»Die gesellschaftlichen?«

»Die persönlichen«, antwortete Susanne Hvidtfeldt und starrte auf ihr Weinglas. »Steen war viel weg.« Sie lehnte sich zurück. Ihre Lippen begannen wieder zu zittern, und sie presste sie zusammen, bis sie sich wieder gefangen hatte. »Ich vermisse sie.« Wieder streckte sie sich nach ihrem Glas aus, zuckte aber zurück und legte die Hände in den Schoß, als Steen Hvidtfeldts Schritte im Esszimmer zu hören waren.

»Tut mir leid«, sagte er, als er sich neben seine Frau setzte.

»Von der Polizei, sagen Sie?« Eine gewisse Wachsamkeit hatte sich in seine Stimme geschlichen. »Ich kann mich nicht erinnern, Sie schon einmal gesehen zu haben.«

»Ich bin Kommissar beim Dezernat für Gewaltverbrechen«, antwortete Mads.

Steen Hvidtfeldts Gesicht erstarrte. Die Selbstsicherheit in seiner Miene verschwand, und sein Blick wurde unruhig.

»Es tut mir leid«, fuhr Mads fort.

Steen Hvidtfeldt schüttelte den Kopf. Er starrte Mads aus weit aufgerissenen Augen an, als könnte er die Worte so zunichtemachen.

»Sie ist …?« Susanne Hvidtfeldts Stimme versagte. Ihre Augen wurden feucht, und der letzte Rest Farbe wich aus ihrem Gesicht.

»Es tut mir leid«, wiederholte Mads. »Aber ich bin gekommen, um Ihnen mitzuteilen, dass wir mit großer Wahrscheinlichkeit Caroline gefunden haben.« Er schwieg. Für einen Moment huschte so etwas wie Hoffnung über Susanne Hvidtfeldts Gesicht. »Sie ist tot. Leider«, sagte er und sah erneut, wie das Leben aus der Frau vor ihm verschwand. Ihr herzzerreißender Schrei zerriss die Luft, und sie schlug sich die Hände vors Gesicht. Ihre Finger gruben sich in ihre Haare, während der Schrei bis in alle Unendlichkeit an den Wänden widerhallte.

»Malee!«, rief Steen Hvidtfeldt und stand abrupt vom Sofa auf. »Ihre Pillen.« Er drehte sich zu Mads und starrte ihn missbilligend an. »Tot?«

Mads nickte. »Sie wurde vor zwei Tagen an einem Strand nördlich von Nieby in Deutschland gefunden.« Er wartete die Reaktion seines Gegenübers ab, aber es kam nichts. Steen Hvidtfeldts Blick bohrte sich in ihn, als wollte er Mads der Lüge bezichtigen. »Sie ist an Land gespült worden«, fuhr Mads fort und senkte den Blick.

»O mein Gott, sie ist ertrunken«, schluchzte Susanne. Sie drehte sich auf dem Sofa etwas zur Seite und starrte ihren Mann durch den Tränenschleier an. Ihr Gesichtsausdruck war beinahe feindselig. »Du hättest sie niemals unten am Fjord spielen lassen dürfen, Steen. Hörst du? Niemals!« Sie stand auf und hämmerte ihre Fäuste auf seine Schulter, während die Schluchzer ihren Körper weiter erschütterten.

»Malee!« Steen Hvidtfeldts Stimme drang durch das Schluchzen seiner Frau. Dann packte er ihre Handgelenke und zwang sie zurück aufs Sofa. »Wie sicher sind Sie sich?«, wandte er sich an Mads.

»Ziemlich sicher«, antwortete dieser. »Sie ist nicht ertrunken«, fuhr er fort, aber seine Stimme ging in Susanne Hvidtfeldts Klagelied unter. Er wartete. Seine Finger gruben sich in das weiche Lederpolster, bis er den Griff löste und die Hände in den Schoß legte. Sein Herz klopfte hart gegen das Brustbein, und er spürte einen inneren Drang, aufzustehen und einfach zu gehen. Stattdessen biss er die Zähne zusammen und atmete langsam aus.

Steen Hvidtfeldt drehte sich um, als Malee in der Tür auftauchte. Er nahm ihr mit einer raschen Bewegungen die Tabletten aus der Hand und warf sie vor Susanne Hvidtfeldt auf den Tisch. »Hier.« Mit zitternden Fingern öffnete seine Frau die Packung, drückte zwei Tabletten heraus und schluckte sie mit dem Rest Wein, der noch in ihrem Glas war.

»Wenn es sich bei der Toten tatsächlich um Caroline handelte, dann ist sie Opfer eines Verbrechens geworden«, fuhr Mads fort, als Susanne Hvidtfeldt sich endlich etwas beruhigt hatte. »Mehr kann ich im Moment noch nicht sagen. Es tut mir sehr leid.« Er blieb noch einen Augenblick sitzen, dann stand er auf. »Sie liegt im Institut für Rechtsmedizin in Kiel. Ich weiß, wie hart das für Sie sein muss, aber Sie müssen sie identifizieren.«

Ein ersticktes Schluchzen drang aus Susanne Hvidtfeldts Kehle. Die verlaufene Mascara hatte ihre Wangen grauschwarz gefärbt. Sie starrte ihn an, als hätte sie seine Worte nicht verstanden. Ihre Finger umklammerten das Weinglas, und sie legte es an die Lippen, bis sie realisierte, dass es leer war.

»Können wir uns morgen in Kiel treffen?«, fragte Mads und sah von Susanne Hvidtfeldt zu ihrem Ehemann. Das Aschgrau in dessen Gesicht war verschwunden, stattdessen hatte er jetzt hektische rote Flecken an Wangen und Hals. Sein Blick wirkte ein wenig beunruhigt. »Es ist wichtig, dass wir Caroline eindeutig identifizieren«, fuhr Mads fort. »Ihnen zuliebe und auch für die Ermittlungen.«

Steen Hvidtfeldt nickte kurz. Er hatte die Lippen zu einem dünnen Strich zusammengepresst. »Wissen Sie, was mit ihr passiert ist?«, fragte er leise und sah zu seiner Frau. Das schrille Weinen war verstummt, hin und wieder kam noch ein Schluchzen über ihre Lippen.

»Ich kann zum jetzigen Zeitpunkt leider nicht ins Detail gehen. Erst muss ich mir ganz sicher sein, dass es wirklich Caroline ist«, antwortete Mads und richtete seinen Blick wieder auf Steen Hvidtfeldt. »Könnten Sie es einrichten, um elf Uhr in Kiel zu sein?«

Steen Hvidtfeldt schloss kurz die Augen und nickte. »Ja, natürlich. Haben Sie die Adresse?«

»Ich habe Ihnen die Adresse auf der Rückseite meiner Visitenkarte notiert«, antwortete Mads und reichte ihm das Kärtchen. »Wenn es Ihnen hilft, könnte ich Ihnen einen Krisenpsychologen schicken lassen.«

»Danke, aber wir kommen schon klar«, antwortete Hvidtfeldt und sah zu seiner Frau. Ihre rotgeränderten Augen starrten leer in die Dunkelheit zwischen den Lamellen. »Wir werden dort sein.« Er öffnete die Tür zum angrenzenden Raum und führte Mads nach draußen. »Danke, dass Sie gekommen sind.«

*

Der Regen trommelte auf das Autodach. Mads legte die Finger aufs Lenkrad und die Stirn auf die Hände. Susanne Hvidtfeldts Schrei hallte noch immer in seinem Kopf nach. Voller Schmerzen, Verzweiflung und Trauer. Er richtete sich auf und sah über den Fjord. Das blasse Mondlicht fiel auf die Schaumkronen. Er steckte den Zündschlüssel ins Schloss und ließ den Motor an, ehe er Per Teglgård anrief.

»Das Ehepaar Hvidtfeldt ist informiert«, sagte er, als er seinen Chef erreicht hatte. »Ich fahre jetzt nach Hause. Wir haben vereinbart, dass sie morgen nach Kiel kommen, um ihre Tochter zu identifizieren.«

»Gut. Und der nächste Schritt?«

»Ich muss mir die Vermisstenmeldung noch einmal genauer anschauen«, antwortete Mads und warf rasch einen Blick auf die Uhr. »Ich kann in einer halben Stunde im Büro sein.«

»Fahr nach Hause, Mads. Du kannst dir das auch morgen anschauen. Es ist schon fast halb zehn.«

»Ja, aber …«

»Nein, kein Aber. Fahr nach Hause, oder ich entziehe dir den Fall. Du hast den Ausdruck. Der Rest kann bis morgen warten.«

»Okay«, antwortete Mads widerstrebend. Einen Augenblick erwog er, trotzdem nach Haderslev zu fahren, auch wenn Per Teglgård ihm dafür den Kopf abreißen würde, aber schließlich nahm er doch den Tankedalsvej. Die vereinzelten, grauen Straßenlaternen wichen dichtem Buschwerk, je weiter er aus der Stadt kam. »Ich sage dir Bescheid, wenn sie das Mädchen identifiziert haben«, sagte er und gab Gas.

»Okay, so machen wir's«, antwortete Per Teglgård. »Sieh jetzt zu, dass du ein bisschen Schlaf bekommst.«

14. September

Toftlund

Mads bremste und setzte den Blinker. Vor ihm leuchteten die Ortsschilder auf, dahinter war die Straßenbeleuchtung von Toftlund zu erkennen. Er bog ab und folgte einer menschenleeren Straße. Der Autoscheinwerfer streifte über die dunklen Felder und ließ die Fenster der wenigen Häuser aufleuchten. Sie lagen ganz in der Nähe und trotzdem isoliert von Toftlund. Er legte den Kopf an die Nackenstütze und rollte in die Einfahrt. Der Kies knirschte unter den Rädern, und das Licht der Scheinwerfer wischte über die schwarzen Fenster des alten Backsteinhauses. Einen Moment blieb sein Blick an der Terrasse hängen. Die knorrigen Apfelbäume verbargen mit ihren langen Ästen den Verfall. Mads hielt den Wagen an und rieb sich das Gesicht. Er sackte auf dem Sitz zusammen, während er ins Dunkel starrte. Die Wärme entwich schnell aus dem Wageninneren, an den Füßen spürte er schon die aufsteigende Kälte. Seufzend löste er den Sicherheitsgurt.

Beim Aussteigen fiel sein Blick auf die Haustür. Er atmete tief durch. Der feuchte Wind war rau und weich zugleich. Er nahm die Schlüssel heraus und öffnete die Tür. Seine Hand fand den Lichtschalter, wie sie ihn schon sein ganzes Leben gefunden hatte, und einen Augenblick später erhellte das gelbe Licht der Deckenlampe den Flur.

Er streifte die Schuhe ab und begegnete über der niedrigen Kommode seinem Spiegelbild. Dunkle Ringe zeichneten sich unter seinen Augen ab. Er trat einen Schritt zurück. Sein Blick wanderte zu dem Bord hinter ihm und blieb an der roten Baskenmütze neben dem Regenschirm hängen.

Eine leichte Vibration in der Tasche holte ihn in die Gegenwart zurück.

»Lindstrøm.«

»Hallo, Mads, bist du wieder zu Hause?« Lisas Stimme war voller Erwartung. Sofort verspürte er einen Anflug von schlechtem Gewissen.

»Gerade gekommen.« Er öffnete die Wohnzimmertür. Sein Schatten fiel auf den braun melierten Teppichboden. Er schaltete das Licht ein und ging weiter in die Küche.

»Weißt du schon, mit welchem Flieger du morgen kommst?«

»Nein.« Er nahm ein Glas und hielt es unter den Wasserhahn.

»Für Chris wäre es am besten, wenn du irgendwann am Nachmittag kommen würdest. Dann könnte er dich nach der Arbeit abholen. Er nimmt sich ein paar Stunden frei. Es gibt einen Flug von Billund, der um 14:50 Uhr in Heathrow landet.«

»Ich …«

»Elliot freut sich wie verrückt auf dich.« Lisa war nicht zu bremsen. »Er hat ein Bild für dich gemalt.«

»Ich kann nicht. Ich musste den Fall aus Deutschland übernehmen«, unterbrach Mads sie.

Die Stille traf ihn wie ein Projektil in die Brust. Seine Finger umklammerten das Glas, und die kleinen Vibrationen an der Oberfläche verrieten sein Zittern.

»Was musst du?«, fragte sie ungläubig.

»Das hast gehört, was ich gesagt habe. Es ist ein Mordfall.«

»Das ist doch nicht dein Ernst, Mads! Ich habe alles für deinen Besuch vorbereitet. Und Chris nimmt sich extra ein paar Stunden frei.«

»Du weißt doch, wie das ist«, fiel Mads ihr ins Wort und stellte das Glas ab. »Das bringt der Job eben mit sich.«

»Und du musstest ja ausgerechnet denselben Scheißjob annehmen wie Papa.«

»Hör auf!« Seine Stimme klang härter als beabsichtigt. »Dass ich im Dezernat für Gewaltverbrechen arbeite, hat nichts mit Papa zu tun.«

»Und das glaubst du selbst?« Sie schnaubte. »Du hast Mama immer alles recht machen wollen. Und wolltest ihr den Mann ersetzen, den sie verloren hat. Siehst du das nicht selbst?« Ihr Lachen klang künstlich. »Alles, was du machst, ist eine Kopie von ihm. Schau dich doch mal im Haus um, du hast nichts daran verändert.«

»Es reicht!« Mads schlug so heftig auf den Tisch, dass Wasser aus dem Glas schwappte. »Du hättest ja versuchen können, ein bisschen mehr hier zu sein.«

»Ach, ist das jetzt etwa meine Schuld?«

»Ich will mich nicht mit dir darüber streiten.« Er zog einen Stuhl vom kleinen Esstisch zurück und setzte sich. »Mama hat uns gebraucht, und du bist einfach abgehauen. Bist du dir eigentlich im Klaren darüber, wie viele Abende sie geweint hat? Wie sie über die Jahre mehr und mehr in sich selbst verschwunden ist? Sie ist nur aufgelebt, wenn du gekommen bist. Glaubst du, das war einfach?«

»Versuch gar nicht erst, mir ein schlechtes Gewissen zu machen, Mads!«, schimpfte Lisa. »Ich war nie gut genug. Du hingegen konntest sie um den kleinen Finger wickeln.«

»Ach, meinst du wirklich, dass all die Auf und Abs mit ihr so einfach waren? Und wie kommst du darauf, dass ich sie um den Finger wickeln konnte?«

»Mads ist ja soooo toll«, äffte sie ihre Mutter nach.

»Ich sage nur, dass du keine Ahnung hast, wie es ihr wirklich ging«, antwortete Mads und schüttelte den Kopf. »Ihre Psychosen.«

»Ja, schieb es ruhig auf ihre Psychosen«, unterbrach Lisa ihn. »Sie ist nicht mehr da, und trotzdem benimmst du dich so, als wäre sie es. Du tust immer deine Pflicht – vor allem, was deinen Job angeht. Genau wie Papa. Guck dich doch mal um. Es sieht alles noch so aus wie früher. Wann hattest du zuletzt eine Beziehung?«

»Das ist doch irrelevant.«

»Nein, antworte mir«, forderte sie.

Er schwieg.

»Siehst du!« Ihre Stimme wurde etwas leiser. »Sie hat dir dein Leben gestohlen. Keine Frau, die noch alle Tassen im Schrank hat, will mit einem Typen zusammen sein, der mit achtunddreißig Jahren noch bei seiner Mutter wohnt. Darf ich raten? Du hast noch kein einziges Bild abgehängt, oder?«

»Ich habe mir dieses Leben auch nicht gewünscht«, wandte Mads ein. »Aber du hast ja nicht mal angeboten, hierzubleiben.«

»Nein«, antwortete Lisa. Einen Moment blieb es still, dann war ein langer Atemzug zu hören, der ihm verriet, dass sie sich eine Zigarette angezündet hatte. »Ich konnte nicht«, sagte sie schließlich.

»Du konntest nicht?« Mads stand auf und ging ins Wohnzimmer. Sein Blick fiel auf die dunkle Terrasse, dann drehte er ihr den Rücken zu. »Und wer sagt, dass ich konnte?«

»Du konntest immer alles, Mads.«

»Das glaubst auch nur du!«, antwortete er.

»Nein, im Ernst. Du warst alles, was sie sich gewünscht hat. Ihr Kind sollte bleiben.« Sie schwieg wieder, und er lauschte ihrem schweren Atem. »Versprichst du zu kommen, wenn der Fall aufgeklärt ist?«

»Natürlich«, antwortete er mit der Andeutung eines Lächelns auf den Lippen. »Sag Elliot, dass es mir leidtut.«

»Das werde ich tun.«

Er blieb mit dem Handy in der Hand stehen, nachdem sie aufgelegt hatte. Sein Blick ruhte auf dem hellen, ovalen Fleck an der Tapete neben dem Foto von seiner Mutter.

14. September

Maria Blotnika drehte sich schläfrig um. Das Klingeln des Telefons gellte in ihren Ohren, und sie zog die Brauen angestrengt zusammen, als sie sich aufrichtete. Das bläuliche Licht des Fernsehers flimmerte durch das Wohnzimmer. Sie schob die Decke zur Seite und sah desorientiert auf den Tisch. Eine Weinflasche war umgekippt. Fliegen flogen auf, als sie sie aufrichten wollte. Einen Augenblick starrte sie auf den Rest in der Flasche. Dann legte sie sie an die Lippen und leerte sie in einem Schluck, ehe sie sie auf den Boden gleiten ließ. Sie beugte sich vor und schob die Teller zur Seite, bis sie das alte Nokia sah. Das kleine Display leuchtete grüngelb. Kratzer verdeckten die Nummer, doch sie wusste ohnehin, wer es war. Sie schlug die Decke um sich, nahm das Handy und kniff die Augen zusammen. Versuchte, das Geräusch zu verdrängen, aber es gelang ihr nicht. Resigniert nahm sie das Gespräch entgegen.

»Ja?« Das Wort blieb ihr fast im Hals stecken. Es klammerte sich an ihre Kehle, als wollte es um keinen Preis gehört werden.

»Warum, zum Henker, hat das so lange gedauert?«

Sie schluckte. Ihre Hände zitterten, und sie umklammerte das Handy noch fester. »Ich habe geschlafen.«

»Du sollst verdammt noch mal nicht schlafen, wenn wir eine Verabredung haben.«

Sie sah zum Fernseher. Die roten Zahlen des Receivers leuchteten auf, als das blasse Licht des Bildschirms für einen Moment verschwand. »Ich...« Sie zögerte.

»Ich werde dir das noch einbläuen, du verdammte Hure!«, zischte er.

Unwillkürlich drückte sie die freie Hand aufs Sofa und schob sich etwas nach hinten. Ihre Kehle schnürte sich zu, und sie schnappte nach Luft, als hätte er bereits seine Hände um ihren Hals gelegt.

»Jetzt hör mir genau zu«, fuhr er fort. »Du weißt, was sonst passiert.«

»Nein, ich bitte dich.« Maria schlang den freien Arm um sich selbst und bohrte die Finger in den Oberarm. Das Gesicht verzog sich zu einer schmerzverzerrten Grimasse. Ihr Mund öffnete sich, es kam aber kein Laut über ihre Lippen. Langsam lockerte sie wieder den Griff. In dem flimmernden Licht betrachtete sie den blauen Fleck, der einen Großteil ihres Oberarms einnahm. »Sie ist alles, was ich habe«, stammelte sie.

»Du weißt, was passiert.«

»Ich tue es ja«, flüsterte sie in den Hörer. Ihr Körper zitterte ungehemmt, und sie zog die Beine weiter unter sich. Tränen liefen über ihre Wangen.

»Ich werde sie zerstückeln«, zischte er.

»Das darfst du nicht«, flehte Maria. »Ich tue es ja.« Ihre Stimme zitterte, und sie unterdrückte ein Schluchzen.

Vom anderen Ende kam ein heiseres Lachen. »Das klingt schon besser, mein Schatz. Du weißt, was du zu tun hast.« Er legte auf, und dann war da nur noch Stille.

Der Druck in ihrer Brust nahm zu, und schließlich begann sie laut zu schluchzen. Sie schloss die Augen, lehnte sich nach hinten an die kalte Wand und ließ die Hand auf das Polster des Sofas fallen. Dann drehte sie den Kopf und sah mutlos auf das Handy. Einen Augenblick später leuchtete das Display auf, und ein Tonsignal verriet, dass sie eine Nachricht empfangen hatte.

Helena Rybner, Grønnevej, Tinglev.

Sie schluckte. Ihr Blick huschte über die Nachricht, und der Name hallte in ihren Gedanken wider, während sie die Worte auswendig lernte.

15. September

Kiel

Mads fuhr auf den Parkplatz neben dem Institut für Rechtsmedizin und sah zum Eingang hinüber. Gelbe Blätter flatterten über das grüne Gras und sammelten sich an der Bronzeskulptur in kleinen Haufen, bis der Wind sie erneut auseinanderwirbelte und über den gepflasterten Weg trieb. Mads warf einen Blick zum Himmel, ehe er seine Tasche nahm und ausstieg.

»Mads Lindstrøm«, sagte er, als sich jemand durch die Gegensprechanlage meldete. Gleich darauf summte das Türschloss. Drinnen blieb er ein paar Sekunden stehen, bis die Tür hinter ihm ins Schloss gefallen war. Die Wärme legte sich auf seine Wangen und brachte die Haut zum Prickeln, obwohl er nur kurz draußen gewesen war. Unbewusst nahm er wahr, dass der klinische Geruch ihm bei Tageslicht weniger zusetzte. Etwas weiter auf dem Flur hörte er Stimmen. Er bog um die Ecke und ging zu Werner Stills Büro. Die Tür war einen Spaltbreit geöffnet, und von drinnen war Stills tiefer Bass zu hören. Er lachte herzlich. Mads sah auf die Uhr. Es war kurz vor elf. Vorsichtig klopfte er an.

»Kommen Sie rein.«

Mads schob die Tür auf. Werner Still saß am Schreibtisch. Eine Hand lag auf dem Telefonhörer. Offenbar hatte er sein Gespräch gerade beendet. Mit der anderen machte er sich ein paar Notizen. Er schloss mit einem entschiedenen Punkt, bevor er den Kugelschreiber weglegte und sich Mads zuwandte.

»Das war Thomas Beckmann«, sagte Werner Still und stand auf. »Er wollte wissen, ob das Mädchen jetzt endgültig identifiziert ist.«

»Thomas Beckmann?«

Ein Lächeln glitt über Werners Stills Gesicht. »Kommissar Thomas Beckmann war für den Fall verantwortlich. Die Medien hacken gerade wie die Geier auf ihn ein.« Er sah über den Rand der Brille hinweg zur Uhr, die über der Tür hing. »Wir hatten elf Uhr gesagt, nicht wahr?«

»Ja«, bestätigte Mads und sah durch das Fenster. Ein schwarzer Audi fuhr auf den Parkplatz. »Ich gehe nach draußen und nehme sie in Empfang.«

»Ich bin im Aufbahrungsraum. Nach Möglichkeit zeigen wir ihnen nur das Gesicht.«

»Danke«, antwortete Mads. Draußen auf dem Parkplatz sah er, wie Steen Hvidtfeldt seiner Frau aus dem Wagen half. Ihr Körper wirkte zu klein für den schwarzen Mantel.

»Ich lasse die Tür angelehnt«, sagte Werner Still und deutete mit einem Nicken in Richtung Aufbahrungsraum.

*

»Geben Sie Bescheid, wenn Sie bereit sind«, sagte Mads und warf einen Blick zu Werner Still, der auf der anderen Seite der Glaswand stand. Dann richtete er seine Aufmerksamkeit wieder auf Steen und Susanne Hvidtfeldt. Die Beleuchtung im Aufbahrungsraum war warm, und die schlichte Einrichtung, die cremefarbenen Wände und der grau gemusterte Boden wirkten beruhigend. Er trat einen Schritt nach hinten und folgte Susanne Hvidtfeldts Blick zur Bahre.

»Bringen wir es hinter uns«, sagte Steen Hvidtfeldt. Er legte die Hand auf den Rücken seiner Frau und schob sie sanft nach vorn, als er selbst zur Bahre ging.

»Sie müssen uns nur signalisieren, ob das Ihre Tochter ist«, sagte Mads und betrachtete die beiden. Susanne Hvidtfeldts Gesicht wirkte beinahe durchsichtig. Ihre Angst lauerte direkt unter der Oberfläche, auch wenn sie ihr Bestes tat, um tapfer zu wirken. Die kleinen Zuckungen ihrer Mundwinkel und das ständige Schlucken verrieten ihren Kampf gegen die Tränen. Mads drehte sich zu Werner Still und nickte ihm kaum merklich zu.

Die Luft stand still, als der Rechtsmediziner das weiße Laken vom Kopf der Toten nahm und einen Schritt zurücktrat. Er legte die Hände auf den Rücken und senkte den Kopf etwas. Susanne Hvidtfeldt schnappte nach Luft und starrte auf das Gesicht. Die Haut des Mädchens war nach den vielen Tagen im Wasser noch immer etwas aufgedunsen, und der bläuliche Schimmer ließ die gebleichten Haare noch künstlicher aussehen. Susanne Hvidtfeldt hielt sich die Hände vor den Mund, aber ihr Schrei zerriss trotzdem die Luft in dem kleinen Raum. Dann brach sie unter Tränen zusammen. Ihr ganzer Körper zitterte. Schließlich legte sie die Hände an die Glaswand, als streckte sie sie nach der Toten aus.

»Ist das Caroline?«, fragte Mads.

Susanne Hvidtfeldt nickte, während ihr die Tränen über die Wangen liefen. Nur ein Röcheln drang aus ihrem Mund.

»Ja, das ist Caroline«, ergänzte Steen Hvidtfeldt. Er legte die Hand auf die Schulter seiner Frau und zog sie etwas zu sich, aber sie schüttelte ihn ab. »Jetzt quäl dich doch nicht so.« Seine Stimme war kalt. Einen Augenblick stand sie still da, dann drehte sie sich zu ihm um und hämmerte ihm mit den Fäusten auf die Brust.

»Das ist deine Schuld!«, fauchte sie. »Du hast darauf bestanden, dass sie allein zur Schule geht. Wenn wir sie gefahren hätten, wäre das nicht passiert!« Ihre Stimme überschlug sich, und die schrillen Töne hallten zwischen den Wänden des kleinen Raumes wider.

Steen Hvidtfeldt nahm ihre Arme und drückte sie nach unten. »Du bist doch verrückt!«, zischte er.

Sie funkelte ihn mit geschwollenen Augen an, während sie sich aus seinem Griff befreite. »Verrückt? Wenn hier jemand verrückt ist, dann du!«

»Wie kannst du nur!«, antwortete er und kniff die Augen zusammen. Dann drehte er sich abrupt um. Die Absätze seiner glänzenden Schuhe hackten auf die Bodenfliesen ein, als er die Tür aufriss und den Raum verließ.

»Glaubst du, ich weiß es nicht?«, schrie Susanne Hvidtfeldt ihm nach. »Antworte mir, Steen! Glaubst du wirklich, ich weiß es nicht?« Sie ballte ihre Hände zu Fäusten. Ihr Atem ging stoßweise, und ihr Körper zitterte unkontrolliert.

Vorsichtig legte Mads ihr einen Arm um die Schultern und führte sie zu einem der Stühle am Fenster. Er hob den Blick und sah zu Werner Still. Eine bittersüße Note drang durch den Duft ihres exklusiven Parfüms und erfüllte die Luft mit einem beklemmenden Geruch. Auf der anderen Seite der Scheibe verdeckte Werner Still Carolines Gesicht mit dem Laken.

15. September
Kiel

Mads lehnte sich an die Mauer und sah Hvidtfeldts schwarzem Audi nach, der langsam aus seinem Blickfeld verschwand. Er blieb stehen, die Hände tief in den Taschen seiner Jeans vergraben, und klopfte rhythmisch mit der Spitze seiner Schuhe auf die Bodenplatten. Er schloss die Augen, die Gedanken wurde er dadurch aber nicht los. Ebenso wenig wie Susanne Hvidtfeldts verzweifelten Schrei, der noch immer durch seinen Kopf hallte.

»Kommen Sie klar?«

»Ja«, antwortete Mads. Er stieß sich von der Mauer ab und wandte sich Werner Still zu. »Ich sollte Teglgård anrufen.«

»Das wäre wohl das Beste«, meine der Rechtsmediziner. Seine Hand ruhte einen Moment auf Mads' Schulter, dann klopfte er ihm ein paarmal auf den Rücken und verschwand durch die Glastür nach drinnen.

Mads ließ die Luft durch seine Lippen entweichen und versuchte, einen klaren Kopf zu bekommen. Noch immer hatte er den Duft von Susanne Hvidtfeldts Parfüm in der Nase. Er war nicht in der Lage gewesen, den Geruch des Angstschweißes zu überdecken. Er starrte ein paar Sekunden vor sich hin, dann nahm er das Handy heraus und rief seinen Chef an.

»Sie ist es«, sagte er, als der Anruf entgegengenommen wurde.

»Eine sichere Identifikation?«, fragte Per Teglgård.

»Ja«, antwortete Mads. »Ich bin noch in Kiel«, fuhr er fort, bevor Per etwas sagen konnte. »Wenn ich hier fertig bin, komme ich bei euch vorbei. Ich muss mir noch mal die Gesprächsprotokolle der Hvidtfeldts anschauen.«

»Etwas Neues?«

»Nur so ein Gefühl«, antwortete Mads und drückte die Tür auf.

»Das musst du mir erklären.«

»Vorwürfe«, entgegnete Mads.

»Wegen des Mordes?«

»Das weiß ich noch nicht so genau. Die Fassade von Susanne Hvidtfeldt ist komplett zusammengebrochen. Der Anblick der Leiche hat sie total schockiert. Interessant ist aber ihr Ehemann.«

»Inwiefern?«

»Seine Reaktion hat mich irgendwie überrascht«, fuhr Mads fort.

»Erzähl.«

»Er wirkte zu abgeklärt. Nicht nur, was Carolines Verschwinden anging, sondern auch jetzt bei der Identifikation. Als wüsste er schon lange, dass sie tot ist.«

»Könnte Steen Hvidtfeldt der Täter sein? Viele Mörder sind nahe Angehörige des Opfers.«

»Möglich. Es kommt mir aber so vor, als wäre bei diesem Mord eine Menge Hass im Spiel gewesen. Caroline Hvidtfeldt ist nicht einfach nur ermordet worden, der Täter hat sie misshandelt.«

»Wie?«

»Gefoltert, geschändet«, erklärte Mads.

»An was für ein Motiv denkst du? Sexuelles Begehren?«

»Könnte sein«, antwortete Mads. »Ich muss überprüfen, ob die Protokolle da irgendetwas hergeben.«

»Gibt es sonst noch etwas?«

»Ja«, antwortete Mads und öffnete die Tür zu Werner Stills Büro. »Der Rechtsmediziner meint, dass es eine Verbindung zu einem alten Fall geben könnte. Ein Mädchen, das vor etwas mehr als zwei Jahren verschwunden ist. Die Leiche tauchte knapp ein Jahr später in einem Waldgebiet südlich der Grenze auf. Ich muss mir die Sache genauer anschauen.«

»Natürlich. Was für eine Verbindung meint er denn?«

»Caroline Hvidtfeldt hat eine Verletzung am linken Unterarm, die von einer Säge zu kommen scheint«, antwortete Mads. »Eine ähnliche Läsion wurde am Unterarm von Lea Dietrich entdeckt, der anderen Toten. Während der Leichnam von Caroline drei Wunden aufweist, hatte der von Lea nur eine.«

»Wie sicher ist sich denn der Rechtsmediziner?«

»Bis jetzt ist das nur so ein Bauchgefühl, glaube ich. Lea Dietrichs Leiche war stark verwest, als sie gefunden wurde.«

»Und was hast du jetzt vor?«

»Eigentlich wollte ich fragen, ob du mir Sarah Jonsen zur Seite stellen könntest. Sie war an der Spurensicherung nach Caroline Hvidtfeldts Verschwinden beteiligt«, sagte Mads und setzte sich an den kleinen Tisch in Werner Stills Büro. »Ich hätte gerne ihre Einschätzung der Funde.«

»Dafür fehlen mir die Ressourcen«, antwortete Per. »Du muss versuchen, allein klarzukommen.«

*

»Ich habe Thomas Beckmann erzählt, dass die Eltern Caroline identifiziert haben«, sagte Werner Still, als Mads das Telefonat mit Per Teglgård beendet hatte. »Er hat gefragt, ob Sie mit der Zeugin sprechen wollen, die die Tote gefunden hat, schließlich liegt die Verantwortung für den Fall jetzt ja bei Ihnen.«

»Ja, gerne. Das wäre schön«, antwortete Mads. »Wissen Sie, was er der Presse sagen will?«

»Nicht mehr als das Offensichtliche«, antwortete Werner Still und zuckte mit den Schultern. »Dass es sich um eine dänische Staatsbürgerin handelt und der Fall damit in Ihre Zuständigkeit fällt. Thomas ist ziemlich gut darin, die Presse während der Ermittlungen auf Abstand zu halten.« Er sah auf die Wanduhr und griff nach der Thermoskanne. »Er wird sicher bald vorbeikommen. Kaffee?«

»Gern, danke«, sagte Mads und nahm den gefüllten Becher entgegen, den Werner Still ihm reichte. »Und was ist mit diesen drei Verletzungen am Unterarm? Wird er die gegenüber der Presse erwähnen?«

Der Rechtsmediziner schüttelte den Kopf und schenkte sich selbst Kaffee ein. »Wir haben vereinbart, die konkreten Verletzungen nicht zu erwähnen. Im Übrigen weiß Thomas noch gar nichts von den Parallelen zu dem alten Fall. Ich will mir erst ganz sicher sein. Wenn es da einen Zusammenhang gibt, ist das nämlich weder ein dänischer noch ein deutscher, sondern ein grenzüberschreitender Fall.«

15. September

Karlsburgerholz

»Da ist er«, sagte Werner Still und sah in Richtung eines weißen VW Passats, der vor dem Institut hielt. Der Mann, der ausstieg, war nicht sonderlich groß. Seine dunklen Haare lagen dicht am Kopf, und der gepflegte Bart rahmte das sonnengebräunte Gesicht ein. Er legte die Ellenbogen aufs Dach des Wagens und sah zum Instituteingang hinüber.

Mads nahm seine Jacke und warf Werner Still ein kurzes Lächeln zu, bevor er dessen Büro verließ.

*

»Thomas Beckmann?«, fragte Mads und reichte ihm die Hand, als er am Auto war. »Ich hoffe, ich habe Sie nicht zu lange warten lassen?«

Thomas Beckmann sah ihn an. Die dunklen Augenbrauen waren zusammengezogen, und sein Gesichtsausdruck wirkte reserviert. »Kathrine Zohl erwartet uns«, antwortete er, ohne ihm die Hand zu geben. Er öffnete die Tür und setzte sich hinters Steuer.

Mads stöhnte leise, dann setzte auch er sich in den Wagen. Der Geruch des Leders drang ihm in die Nase, als er auf dem bequemen Sitz Platz nahm. »Neues Auto?«

Thomas Beckmann ließ den Motor an und setzte den Blinker. »Ja«, antwortete er, warf einen Blick über die Schulter und fuhr los. »Dienstwagen.« Er trommelte mit den Fingern aufs Lenkrad. Als die Ampel vor ihnen grün wurde, gab er Gas. »Kathrine Zohl hat die Leiche gefunden«, fuhr er fort, ohne Mads anzusehen. »Ich dachte, Sie würden sicher gerne ihre Aussage hören, jetzt, da das in die dänische Zuständigkeit fällt.«

»Ja.« Mads sah zu Thomas Beckmann hinüber. »Vermutlich haben Sie sie ja bereits befragt, aber ich rede natürlich gerne noch selbst mit ihr.« Er drehte den Kopf und sah aus dem Seitenfenster. Je weiter sie sich aus dem Zentrum entfernten, desto lockerer war die Bebauung. Schließlich waren immer mehr Felder zu sehen.

»Eine Routinebefragung«, antwortete Thomas Beckmann knapp, legte die Finger fester ums Lenkrad und bog auf die Bundesstraße nach Eckernförde ein. Die Reifen drehten auf dem Asphalt ein bisschen durch.

»Ich habe die Zeugenaussage noch nicht gelesen«, sagte Mads. »Gibt es da irgendetwas Bemerkenswertes?«

»Eigentlich nicht«, antwortete Thomas Beckmann mit einem Schulterzucken. »Eine Frau, die ihren Hund ausgeführt hat. Sie wohnt nicht in der unmittelbaren Nähe des Fundorts.«

Mads zog die Augenbrauen hoch. »Nicht?«

»Kathrine Zohl wohnt in Karlsburgerholz.«

»Ist das weit von der Küste in Nieby entfernt?«

»Je nachdem«, antwortete Thomas Beckmann. »Etwa dreißig Kilometer. Im Handschuhfach liegt eine Kopie ihrer Aussage.«

Mads beugte sich vor, öffnete das Fach und nahm das lose Blatt Papier heraus, das zuoberst lag.

»Sie konnte uns wirklich nicht viel sagen«, fuhr Thomas Beckmann fort. »Der Hund hat die Leiche gefunden.«
Mads betrachtete die Aussage. Sie war wirklich kurz.

»*Zeugin: Kathrine Zohl. Anzeige eingegangen am 12. September um 07:12 Uhr. Fundort: Küstenabschnitt Beveroe, Nieby.*«

Eine Karte zeigte die Gegend und den genauen Fundort.
»Reicht der Wald bis ans Wasser?«
»Fast«, antwortete Thomas Beckmann. Er wurde langsamer und bog auf eine schmalere Straße ein. Die Baumkronen schlossen sich über ihnen, und das fehlende Licht ließ sein ausdrucksloses Gesicht wie Granit wirken. »Da wären wir.« Er bog in die Einfahrt eines kleinen Hauses ein.

Ein niedriger Bretterzaun rahmte das Grundstück ein. An der Mauer vor dem Haus blühten Herbstanemonen und liebkosten die weiße Wand mit ihrem zarten Glanz. Mads öffnete die Autotür und stieg aus. In der Luft lag der Geruch von Herbstlaub. Er sah zu Thomas Beckmann in den Wagen, aber da sein Kollege keine Anstalten machte, auszusteigen, schob er das Gartentor auf und ging auf das Haus zu. Im gleichen Moment öffnete sich die Haustür, und ein gelblich weißer Labrador lief auf ihn zu.

»Ute!« Kathrine Zohl kam in der Türöffnung zum Vorschein. Die Locken, die sich aus dem lockeren Pferdeschwanz gestohlen hatten, schob sie mit der Hand hinters Ohr. »Ute, komm her!« Sie schlug mit der flachen Hand auf ihr Bein und packte das Halsband des Hundes, als dieser zurückgetrottet kam. »Entschuldigen Sie.« Kathrine Zohl sah ihn lächelnd an. »Ute ist nicht zu bremsen, wenn Gäste kommen.« Sie reichte ihm ihre freie Hand. »Kathrine Zohl.«

»Mads Lindstrøm, Kommissar der dänischen Polizei«, stellte er sich vor und zeigte ihr seinen Ausweis. »Danke, dass Sie sich die Zeit nehmen.«

»Das ist doch selbstverständlich, kommen Sie rein.« Kathrine Zohl drückte die Haustür auf. Ein würziger Anisduft schlug ihm entgegen. »Ich habe mir gerade eine Tasse Tee gekocht«, fuhr sie fort und ließ ihren Hund los. »Wollen Sie auch eine?«

»Ja, gerne«, antwortete Mads und warf kurz einen Blick über die Schulter nach hinten, bevor er das Haus betrat. Thomas Beckmann saß regungslos im Auto.

»Möchten Sie Milch oder Zucker im Tee?«, rief sie aus der Küche.

»Nein, danke.« Er sah sich um und folgte ihrer Stimme. Die Wände waren weiß, und die breiten Kieferndielen verbreiteten einen natürlichen Duft nach Holz und Seife. Er blieb in der Tür stehen und sah sie an. »Kann ich irgendwie helfen?«

Sie schloss gerade einen Vitrinenschrank und stellte zwei Tassen auf den Tisch, ehe sie ihn ansah. »Wenn Sie die Tassen mitnehmen, bringe ich gleich den Tee. Setzen Sie sich schon mal.« Sie nickte in Richtung einer Tür. »Und wenn Ute zu aufdringlich wird, schieben Sie sie einfach weg.«

Mads stellte die Tassen auf den Couchtisch zwischen den beiden Sofas und sah durch die kleinen Landhausfenster. Gleich hinter dem Garten begann der Wald. Ein orangegelbes Licht glühte auf den äußersten Blättern.

»Nehmen Sie doch Platz.«

Kathrine Zohl kam herein, stellte die Teekanne auf den Tisch, griff nach einem Feuerzeug und zündete die Kerzen an.

»Danke.« Er setzte sich mit einem Lächeln, während sie ihnen beiden einschenkte. »Könnten Sie mir vielleicht noch einmal von letztem Samstag erzählen? Sind Sie oft in Nieby unterwegs?«

»Eigentlich nicht«, antwortete Kathrine Zohl, nahm ihm gegenüber Platz und sah ihn nachdenklich an. »Es ist eine ganze Weile her, dass ich zuletzt den Leuchtturm von Kegnæs gesehen habe«, sagte sie schließlich. »Ich glaube, ich wollte deshalb da hin.«

»Nach Kegnæs? Warum?«

»Meine Familie stammt von da«, sagte sie. »Mein Urgroßvater hat ganz in der Nähe des Leuchtturms gewohnt.«

»Und wie sind Sie in Deutschland gelandet?«, fragte Mads und nippte am Tee.

»Die Familie meiner Mutter gehörte zur deutschen Minderheit in Dänemark.« Sie zuckte mit den Schultern. »Sie ist nach Deutschland gezogen, nachdem sie meinen Vater kennengelernt hat. Ich bin Deutsche, innerlich fühle ich mich aber noch immer mit Dänemark verbunden.«

»Sie waren ziemlich früh unterwegs«, sagte Mads. »Ihre Meldung ist schon gegen sieben bei der Polizei eingegangen.«

»Ich stehe immer früh auf«, antwortete sie und lächelte. »Ute und ich lieben es, die Natur für uns zu haben. Meistens gehen wir in den Wald.« Sie machte eine Pause, als wüsste sie nicht, was sie sagen sollte.

»Erzählen Sie mir, was geschehen ist.« Er sah sie aufmerksam an und umklammerte die Tasse, die auf seinem Oberschenkel ruhte.

»Hm«, murmelte sie und strich sich die lose Strähne hinter das Ohr. »Ich habe im Wald geparkt und bin dann mit Ute zum Ende der Landzunge gegangen. Es war windig. Kein starker Wind, aber schon ein bisschen schneidend.« Sie lehnte sich zurück. Ihr Blick war auf etwas hinter ihm geheftet, als blickte sie aufs Meer hinaus. »Ich hatte Ute losgemacht und laufen lassen«, fuhr sie fort. »Das mache ich oft, wenn wir allein sind.«

»Was ist dann passiert?«

Kathrine Zohl blinzelte ein paarmal, als wäre sie gedanklich weit weg gewesen. »Ute hat die Tote gefunden. Es hat mich irritiert, dass sie nicht zu mir zurückgekommen ist. Sie stand einfach am Strand und hat zu mir herübergesehen. Dann ist sie hin und her gelaufen und immer wieder hinter der Buhne verschwunden. Ich hätte gleich wissen müssen, dass da etwas nicht stimmt. Normalerweise führt sie sich nicht so auf.«

»Dann lag die Leiche im Wasser?«

Sie nickte. »Ich glaube, ich habe Panik bekommen.«

»Panik? Können Sie mir das erklären?«, fragte Mads und beugte sich vor.

Kathrine Zohl sah durch die Fenster nach draußen. »Ich stand einfach nur da und habe sie angestarrt. Ich weiß nicht, wie viel Zeit verging, bis ich die Polizei alarmiert habe. Vielleicht waren es nur Sekunden, vielleicht aber auch mehrere Minuten. Ich hatte da irgendwie kein Zeitgefühl mehr.«

»Haben Sie noch irgendetwas anderes bemerkt?«

»Etwas anderes?«

»Im Wasser oder am Strand. Etwas, das da nicht hingehörte.«

Sie schüttelte den Kopf. »Ich glaube nicht. Wie gesagt, ich bin nicht so oft da. Vermutlich bin ich nicht die Richtige, um diese Frage zu beantworten. Und um ehrlich zu sein, erinnere ich mich kaum an etwas anderes als an die Leiche im Wasser.«

»Das ist nicht ungewöhnlich«, sagte Mads und stellte die Tasse vor sich auf den Tisch.

»Ich weiß nicht, warum ich Angst bekommen habe«, fuhr Kathrine Zohl fort.

»Sie standen unter Schock.«

»Ich sehe sie immer noch vor mir. Der bleiche Körper. Die Haare, die von den Wellen hin und her getrieben wurden, als winkte sie mich zu sich.«

»Haben Sie mit jemandem darüber gesprochen?«, fragte Mads.

Sie schüttelte den Kopf und versuchte zu lächeln. »Es ist nicht so, dass ich nicht schlafen kann. Aber die Gedanken überkommen mich immer wieder«, sagte sie und zuckte mit den Schultern.

»Wenn Sie Hilfe brauchen, kann ich mich erkundigen, ob die Polizei hier einen Psychologen hat.«

Wieder versuchte sie zu lächeln. »Danke, aber ich habe Ute. Wir kommen schon klar.«

15. September

Kiel

»Hat der Besuch Ihnen etwas gebracht?«, fragte Werner Still.

Mads tippte mit dem Kugelschreiber gegen seine Schläfe und blickte auf den Tisch. Der Rechtsmediziner hatte Lea Dietrichs Obduktionsbericht neben den von Caroline Hvidtfeldt gelegt und ihn so aufgeschlagen, dass die Fotos von der skelettierten Leiche zu sehen waren.

»Nicht wirklich, aber das gehört ja dazu«, antwortete Mads und sah in Richtung Flur. Thomas Beckmann war noch nicht gekommen.

»Auf den ersten Blick gibt es außer der Wunde am Unterarm keine Ähnlichkeiten, aber vielleicht liegt das nur daran, dass die Leiche so verwest war«, sagte Werner Still und deutete auf Lea Dietrichs Obduktionsbericht.

Mads blätterte den Bericht durch, ehe er zu den Fotos vom Fundort zurückkehrte. Aus der Distanz sah man lediglich eine längliche Vertiefung im Boden. Halb verrottete Blätter bildeten einen weichen Teppich, nur unterbrochen von lehmigem Wasser und dem bleichen Knochen, der etwa fünfzehn Zentimeter aus den Blättern ragte.

»Eine Kindergartengruppe hat sie gefunden«, sagte Werner Still, als hätte er Mads' Gedanken gelesen. »Die Kinder haben im Wald nach Eicheln gesucht. Der Fundort ist ein aufgestauter Bach.«

Mads kniff die Lippen zusammen und nickte, während er zum nächsten Bild blätterte, auf dem weiß gekleidete Kriminaltechniker den Leichnam freilegten. Halb zersetzte Gewebereste klebten an den Knochen, der Schädel starrte in Richtung Himmel. Reste von verfilzten Haaren. Käfer zwischen blonden Strähnen, wie gefangen in einem feinmaschigen Fischnetz. Er befeuchtete einen Finger und blätterte weiter.

»Wie Sie sehen können, war ein Teil der Knochen gebrochen«, sagte Werner Still und nahm gegenüber von Mads auf einem Stuhl Platz. »Diese Frakturen«, fuhr er fort und legte seinen Zeigefinger auf ein Detailfoto von Lea Dietrichs Handknochen, »deuten darauf hin, dass die Knochen einem zunehmenden Druck ausgesetzt waren.«

Die dünnen Risse, die sich durch die grauen Knochen zogen, erinnerten Mads an eine vertrocknete Landschaft.

»Und was ist mit den dickeren Knochen?«, wollte er wissen.

»Ausgehend von der Platzierung im Grab«, fuhr Werner Still fort und blätterte zu den ersten Fotos zurück, »vermuten wir, dass der Mörder sich mit der Dislokation von Gelenken auskennt. Wie Sie sehen, ist der Körper extrem verdreht.«

»Könnte es sein, dass der Täter das gemacht hat, um den Leichnam besser transportieren zu können?«

»Der Gedanke ist mir natürlich auch gekommen, aber nein«, sagte Werner Still und blätterte zu den Fotos vom Sektionstisch. »Die CT hat in unmittelbarer Nähe der Gelenke an mehreren Stellen kleinere Brüche aufgezeigt, die bereits wieder zu verheilen begonnen haben – man sieht dies unter anderem am Oberarmknochen. Lea Dietrich war bei ihrem

Verschwinden neun Jahre alt.« Er sah Mads kurz über seine Brille hinweg an. »Knochenbrüche heilen bei Kindern generell schneller. Auf den ersten Blick würde ich sagen, dass ihr diese Brüche ein paar Wochen vor ihrem Tod zugefügt wurden.«

»Dann reden wir von Folter?«

»Sehr wahrscheinlich. Die Fußknochen sind zertrümmert, und einige Fingerglieder waren vermutlich disloziert. Dasselbe gilt für Knie, Schulter und Ellenbogen.«

»Und die Todesursache?«

»Schwer zu sagen. Die Leiche war, wie gesagt, stark zersetzt. Es wurden keine Schäden am Zungenbein gefunden, durch die man auf Strangulation schließen könnte. Ich gehe davon aus, dass sie durch stumpfe Gewalt gegen den Kopf gestorben ist, auch wenn ich andere Todesursachen nicht mit hundertprozentiger Sicherheit ausschließen kann.«

»Könnten ihr die Verletzungen auch post mortem zugefügt worden sein?«

»Im Prinzip, ja«, antwortete Werner Still. »Ich glaube es aber nicht. Das Ausmaß der Gewalt war auch mit Blick auf die anderen Knochen so groß, dass ich von einem zynischen, brutalen Täter ausgehe.«

Ein leises Klopfen an der Tür erklang, und sie hoben die Köpfe.

»Komm rein.« Werner Still stand auf. Ein breites Lächeln zeichnete sich auf seinem rötlichen Gesicht ab, als Thomas Beckmann in der Türöffnung zum Vorschein kam.

Der Kommissar nickte kurz und betrat den Raum. Sein Blick glitt aufmerksam über den Tisch, als würde er einen Tatort begutachten.

»Wir haben uns gerade einen alten Fall angesehen«, sagte Werner Still.

»Aha«, brummte Thomas Beckmann. »Welchen?«
»Den Fall Lea Dietrich. Die Sache in Süderlügum.«
»Ich erinnere mich«, antwortete Thomas Beckmann. Für einen Moment musterte er den Rechtsmediziner mit kühlem Blick, dann sah er wieder auf Lea Dietrichs Skelett.
»Willst du dich zu uns setzen?« Werner Still zeigte auf den freien Platz neben Mads, und Thomas Beckmann akzeptierte mit einem erneuten Nicken. »Vielleicht ist es ein Zufall, aber ich habe schon zu Mads Lindstrøm gesagt, dass ich die Sache ungewöhnlich finde.«
»Welche?«
»Wie aus dem Obduktionsbericht hervorgeht, habe ich drei Wunden an Caroline Hvidtfeldts linkem Unterarm festgestellt. Diese Verletzungen sind ihr mit hastigen, groben Bewegungen zugefügt worden, was sich stark von den übrigen Läsionen unterscheidet.«
»Und?«
»Ich musste an die Sache in Süderlügum denken. Da habe ich eine ähnliche Verletzung am linken Speichenknochen bemerkt. Auch die hat sich stark von den anderen Läsionen unterschieden.«
Thomas Beckmann zog die Stirn in Falten und griff nach Lea Dietrichs Obduktionsbericht. Er blätterte, bis er eine Nahaufnahme ihres linken Unterarms vor sich hatte.
»Ich habe damals einen Abdruck machen lassen«, fuhr Werner Still fort. »Der muss noch beim restlichen Beweismaterial im Archiv sein.«
»Du meinst also, die Verletzungen bei dem aktuellen Fall sind identisch mit denen von Süderlügum?«, fragte Thomas Beckmann und zog eine Augenbraue hoch. Er klang skeptisch.
Werner Still nickte. »Zum jetzigen Zeitpunkt sieht es so

aus. Meiner Meinung nach kann man nicht ausschließen, dass es einen Zusammenhang gibt. In beiden Fällen sind die Opfer Kinder.« Er zog seinen Schreibtischstuhl zu sich und setzte sich. »Beides sind Mädchen, verschwunden in einer Gegend, in der sie sich tagtäglich bewegen.«

»Lea Dietrich war Deutsche«, unterbrach Thomas Beckmann ihn und kratzte sich an der Wange. »Die aktuelle Tote wurde, wenn ich das richtig verstanden habe, als Caroline Hvidtfeldt identifiziert. Eine dänische Staatsbürgerin.«

»Ja«, bestätigte Werner Still. »Die Eltern haben die Tote als ihre Tochter identifiziert. Sie wurde schon eine Weile vermisst.«

»Seit dem 26. August«, ergänzte Mads.

»Wenn ich das richtig in Erinnerung habe, verschwand Lea Dietrich unter ähnlichen Verhältnissen wie Caroline Hvidtfeldt«, fuhr Werner Still fort. »Aber das sollte im Polizeibericht stehen.«

»Und was die Identifikation angeht, sind wir uns vollkommen sicher?«

»Ja«, antwortete Mads.

»DNA?«

Mads schüttelte den Kopf. »Das war nicht nötig.«

Thomas Beckmann kniff die Lippen zusammen und sah auf die Unterlagen, die vor ihm auf dem Tisch lagen. Er zögerte einen Augenblick, dann öffnete er den Bericht über Caroline Hvidtfeldt und blätterte bis zu der Seite mit dem Foto, auf dem die Verletzung am linken Unterarm zu sehen war. Die Haut war aufgerissen. Dünne Fleischfetzen hingen aus der bleichen, klaffenden Wunde.

»Spontan würde ich nicht vom selben Täter ausgehen«, sagte Thomas Beckmann an Werner Still gerichtet. »Lea

Dietrich wurde in einem Waldgebiet gefunden. Das muss ein Zufall sein. Ich sehe keinen Grund für die Annahme, dass es einen Zusammenhang zwischen den Fällen gibt.« Er schüttelte den Kopf und stand auf. Sein Blick ging zu Mads, als er den Polizeibericht auf den Tisch warf. »Ihr vergeudet eure Zeit.«

15. September

Kiel

Mads lehnte sich zurück und folgte Thomas Beckmann mit dem Blick, als dieser das Büro verließ. Der distanzierte Händedruck klebte noch an seiner Haut. Mit einem unterdrückten Stöhnen griff er nach dem Polizeibericht.

Vermisstenmeldung: Lea Dietrich, neun Jahre.
Anzeige eingegangen am 16. August, 19:11 Uhr. Erstattet von Sabine Dietrich.
Familie: Sabine Dietrich, Mutter, Kantinenmitarbeiterin in der Biogasanlage Grellsbüll. Johann Dietrich, Vater, Buchhalter bei der Wirtschaftsprüfungsgesellschaft Endemann und Hammer. Kaisa Dietrich, Schwester, vier Jahre.
Wohnort: Hainweg, 25923 Süderlügum.
Befragung der Zeugin Andrea Meyer. Zusammenfassung: Um 16:35 Uhr verließ Lea Dietrich ihre Freundin Andrea Meyer an deren Heimatadresse Süderengweg, 25923 Süderlügum. Laut Andrea Meyer haben sie sich zum Abschied zugewinkt, danach soll Lea Dietrich in Richtung Grundschule Süderlügum gegangen sein. Der letzte bekannte Kontakt über das Handy der Vermissten war um 15:57 Uhr, als Lea Dietrich ihre Mutter fragte, ob sie bis nach dem Essen bei ihrer Freundin bleiben dürfe. Sabine Dietrich

hatte das in einer um 15:59 Uhr geschickten Nachricht abgelehnt.

Lea Dietrich sollte ihre kleine Schwester vor 17 Uhr am Kindergarten abholen. Als sie nicht kam, informierte das Personal des Kindergartens die Mutter Sabine Dietrich. Diese kam gegen 17:20 Uhr am Kindergarten an und fuhr anschließend mit der jüngeren Tochter nach Hause. Als sie Lea dort nicht vorfand, versuchte sie sie auf dem Handy anzurufen, erreichte aber nur die Mailbox. Danach kontaktierte sie Familie Meyer, die bestätigte, dass Lea ihr Haus zum vereinbarten Zeitpunkt verlassen habe.

Die Suche nach der Vermissten mit Hundestaffel begann um 21:40 Uhr. Auf einem Weg durch den Humbradt-Stürmer-Park wurde ein zerstörtes Handy gefunden, das von der Mutter Sabine Dietrich als das Telefon der Vermissten identifiziert wurde. Des Weiteren wurden ein Handschuh sowie zwei leere Lachgaspatronen sichergestellt.

»Lachgaspatronen.« Mads hob den Blick und starrte einen Moment vor sich hin. Dann nahm er den Polizeibericht über Caroline Hvidtfeldts Verschwinden zur Hand und blätterte darin. »Verdammt!«

»Haben Sie was gefunden?«, fragte Werner Still.

»Können Sie irgendwie feststellen, ob Caroline Hvidtfeldt Lachgas eingeatmet hat?«

»Nicht direkt«, sagte der Rechtsmediziner. »Es könnte aber sein.« Er nahm den Obduktionsbericht und zeigte auf ein Foto. »Ich habe kleine Risse unter der Nase festgestellt. Eigentlich habe ich dem keine große Bedeutung beigemessen, aber die könnten durch die Inhalation von Distickstoffmonoxid durch einen Cracker entstanden sein.«

»Sind die Lachgaspatronen aus Süderlügum auf biologische Spuren untersucht worden?«

»Moment.« Werner Still blätterte im Polizeibericht. Sein Blick folgte den Zeilen, während er etwas Unverständliches vor sich hin brummte. Schließlich schüttelte er den Kopf. »Leider nicht.«

»Befinden sich die Patronen im Archiv?«

»Ich kann Thomas anrufen und fragen«, bot Werner Still an.

»Lea Dietrich wurde per DNA-Analyse identifiziert. Bestimmt ließe sich prüfen, ob es irgendwelche Übereinstimmungen zum aktuellen Fall gibt.« Mads stand auf, während er zur Uhr über der Tür blickte. »Ich sollte jetzt losfahren, damit ich noch rechtzeitig auf dem Revier in Haderslev ankomme«, sagte er und nahm seine Jacke.

»Alles klar«, antwortete Werner Still und wählte Thomas Beckmanns Nummer. »Ich melde mich, wenn ich die Ergebnisse aus der Toxikologie habe.«

15. September

Haderslev

Mads schloss die Tür seines Büros hinter sich und sah aus dem Fenster. Draußen glitt der Verkehr durch die nassen Straßen von Haderslev. Er warf die Jacke über den Stuhlrücken und stellte die Papiertüte mit dem Take-away-Essen auf den Tisch, ehe er die Schreibtischlampe anschaltete und sich setzte. Während der PC hochfuhr, wanderte Mads' Blick zum Platz seines Kollegen Laugesen. Ein paar Fallakten lagen darauf, und der wie immer nur halb ausgetrunkene Kaffeebecher hatte einen braunen Ring auf der obersten Sichthülle hinterlassen.

Er beugte sich vor, tippte Benutzernamen und Passwort ein und klickte sich bis zur Vermisstenmeldung von Caroline Hvidtfeldt durch. In den ersten Zeilen wurde der Fall zusammengefasst. Er scrollte weiter zur Personenbeschreibung und den mithilfe der Hundestaffel sichergestellten Asservaten, die auf den Wegen zwischen Karlshøj und Vinkelager gefunden worden waren. Darunter waren die Ergebnisse der kriminaltechnischen Analysen aufgelistet. Er überflog sie rasch und widmete sich dann den Zeugenaussagen.

Befragung von Susanne Elise Hvidtfeldt. Donnerstag, 27. August. Anwesend: Polizeiassistentin Karina Søholt.

Susanne Hvidtfeldt, Mutter der vermissten Caroline Hvidtfeldt, erklärt, dass sie Caroline am Morgen des 26. August an der Lyshøjschule abgesetzt hat, bevor sie das Au-pair-Mädchen der Familie, Malee Cocotano, zum Bahnhof gebracht hat. Danach sei sie selbst mit dem Auto nach Aarhus gefahren. Laut Stundenplan endete Carolines Unterricht um 13:50 Uhr. Normalerweise ist Malee Cocotano zu Hause, wenn Caroline aus der Schule kommt, aber an jenem Tag war Malee gemeinsam mit anderen Au-pair-Mädchen der Region auf einer Exkursion nach Kopenhagen gewesen. Diese Reise dauerte bis Freitag, den 28. August.

Mads griff zur Tüte von 7-Eleven und öffnete die Sandwichpackung, ohne den Blick vom Bildschirm zu nehmen.

Susanne Hvidtfeldt kam selbst etwa gegen 18:20 Uhr nach Hause, nachdem sie sich in Aarhus mit einem neuen Kunden getroffen hatte. Schon als sie den Wagen in der Einfahrt parkte, fiel ihr auf, dass im Eingangsbereich des Hauses kein Licht brannte. Caroline hatte die Angewohnheit, immer die Beleuchtung einzuschalten, sobald sie im Haus war. Susanne Hvidtfeldt schloss die Haustür auf, rief nach ihrer Tochter und suchte das Haus ab, aber Caroline war nicht dort. Dann wählte sie Carolines Handynummer, doch es meldete sich niemand. Anschließend rief sie Carolines Freundin Sasja Nordgren an, die ihr erzählte, dass sie und Caroline sich am Skolevænget getrennt hätten. Danach versuchte Susanne Hvidtfeldt drei oder vier Mal, ihren Mann Steen Hvidtfeldt zu erreichen, doch ohne Erfolg. Susanne Hvidtfeldt ergänzte in diesem Zusammenhang, dass ihr Mann auf einer Sitzung in Flensburg war. Weil sie ihn nicht erreichen konnte, rief sie seine Arbeitsstelle an, Hvilshøj Energi. Auch dort ging niemand ans Telefon, weshalb sie eine Nachricht hinterließ, dass sie dringend ihren Mann sprechen müsse. Danach rief sie die Polizei an.

Er überflog die Aussagen von Steen Hvidtfeldt und Malee Cocotano, ehe er das restliche Sandwich aß und den faden Eiersalatgeschmack mit lauwarmem Kaffee herunterspülte. Er warf kurz einen Blick auf seine Uhr und googelte Hvilshøj Energi. Mit etwas Glück erreichte er noch jemanden, ehe das Büro schloss.

»Hvilshøj Energi, Sie sprechen mit Simone Larsen«, meldete sich eine Stimme.

»Kommissar Mads Lindstrøm, guten Tag. Ich müsste mit Erik Hvilshøj sprechen. Könnte ich jetzt gleich vorbeikommen?«

»Erik Hvilshøj ist im Moment leider nicht im Haus«, antwortete die Frau. »Kann ich Ihnen vielleicht behilflich sein?«

Mads trommelte mit dem Kugelschreiber auf den Tisch. »Können Sie mir sagen, ob Steen Hvitfeldt, der bei Ihnen angestellt ist, Ende August in Flensburg war?«

»Einen Augenblick«, antwortete Simone Larsen, dann hörte er das Klappern einer Tastatur. »Ja. Steen Hvidtfeldt hatte am 24., 25. und 26. August Termine im Hotel James. Kann ich Ihnen sonst noch weiterhelfen?«

»Nein, danke. Das war alles. Oder warten Sie. Das heißt dann also, dass Steen Hvidtfeldt am 27. und 28. August wieder bei Ihnen im Haus war?«

»Einen Augenblick«, antwortete Simone Larsen. Erneut

waren ihre Finger auf der Tastatur zu hören.« Nein. Aus dem Kalender geht hervor, dass er Urlaub hatte. Sonst noch etwas?«

»Nein, danke«, sagte Mads. Er atmete tief durch und beendete das Gespräch. Dann suchte er die Nummer des Hotels James in Flensburg heraus und rief an.

*

»Brauchst du nicht mehr Licht?«

Mads blinzelte und hob den Blick. Ein dunkler Schleier hatte sich über das Büro gelegt. In dem Licht, das vom Flur hereinfiel, wirkte Per Teglgårds groß gewachsene Gestalt wie eine graue Silhouette.

»Nein, die Schreibtischlampe reicht«, antwortete Mads und drehte sich mit dem Bürostuhl zu seinem Chef.

»Findest du was?«

»Vielleicht«, entgegnete Mads. »Es gibt auf jeden Fall ein paar Auffälligkeiten.«

»Was konkret?«, fragte Per Teglgård und ließ die Türklinke los.

»Susanne Hvidtfeldt hat ausgesagt, dass sie versucht hat, ihren Mann anzurufen, nachdem Caroline nicht nach Hause gekommen war. Offenbar hat sie ihn nicht erreicht. Steen Hvidtfeldt gibt selbst an, dass sein Telefon die ganze Zeit eingeschaltet, aber auf lautlos gestellt gewesen sei, da er ständig in Sitzungen war.«

»Könnte es sein, dass er kein Netz hatte?«

»Das ist eine Möglichkeit«, antwortete Mads. »Mich verwundert aber, dass er sie nicht zurückgerufen hat. Jedenfalls nicht vor dem nächsten Morgen.«

»Vielleicht war der Akku leer, oder er hatte das Handy im Zimmer vergessen?«

»Mag sein, ich habe mir aber erlaubt, bei Hvilshøj Energi anzurufen.«

»Und?«

»Nach Steen Hvidtfeldts eigener Aussage war er vom 24. bis zum 28. August auf einer Konferenz in Flensburg«, berichtete Mads und holte das Befragungsprotokoll von Steen Hvidtfeldt hervor. »Er erklärt, dass er am Morgen des 27. August gegen 9:30 Uhr die Konferenz beendet hat, nachdem er von Carolines Verschwinden erfahren hatte. Die Nachricht hat er durch einen Anruf von Hvilshøj Energi erhalten. Nach Aussage von Hvilshøj Energi dauerte die Konferenz aber nur bis zum 26. August. Danach hatte er Urlaub.« Mads tippte mit dem Kugelschreiber auf die Schreibtischplatte.

»Ist es möglich, dass er in Flensburg noch ein paar freie Tage dranhängen wollte?«

»Ja, das kann natürlich sein«, antwortete Mads. »Aber dann sicher nicht im James. Nach Aussage des Hotelpersonals hat er nämlich das Haus am 26. August um kurz vor 8 Uhr verlassen.«

»Und was denkst du?«

»Ich kann irgendwie nicht glauben, dass er die vielen Anrufe seiner Frau nicht bemerkt haben soll, auch wenn sein Handy auf lautlos gestellt war. Steen Hvidtfeldt selbst hat ausgesagt, dass er am Mittwochabend noch eine Sitzung hatte, aber das James gibt an, dass die Konferenz bereits um 15 Uhr beendet war. Die Frage lautet also, wo Steen Hvidtfeldt sich von Mittwoch, den 26. August, um 8 Uhr, bis Donnerstag, den 27. August, um 9 Uhr dreißig aufgehalten hat.«

»Wir haben also etwas mehr als vierundzwanzig Stunden, von denen wir nicht wissen, wo Steen Hvidtfeldt war?«

»Exakt«, antwortete Mads. »Könntest du vielleicht die Telefondaten beschaffen? Ich bezweifle, dass sein Handy die ganze Zeit ausgeschaltet war.«

»Das kriege ich hin«, meinte Per und stand auf. Er sah Mads noch eine Weile an, dann ging er zur Tür. »Sieh zu, dass du irgendwann Feierabend machst.«

15. September

Haderslev

Die Vibration des Handys auf der Tischplatte brachte Mads dazu, den Blick zu heben. Er schob den leeren Kaffeebecher beiseite und griff gähnend zum Telefon.
»Mads Lindstrøm.«
»Hier ist Werner Still. Entschuldigen Sie, dass ich so spät anrufe. Sind Sie noch im Büro?«
»Ja«, antwortete Mads und sah auf die Uhr in der rechten unteren Ecke des Bildschirms. 21:43 Uhr.
»Ich habe die Ergebnisse aus der Toxikologie bekommen.«
»Und?« Er rieb sich mit den Händen über das Gesicht und atmete tief durch. »Erzählen Sie.«
»Die Blutproben weisen Spuren von Warfarin und Acetylsalicylsäure auf.«
»Kopfschmerztabletten, oder?«, fragte Mads und zog die Stirn in Falten. »Ich glaube, Sie müssen mir da auf die Sprünge helfen.«
»Antikoagulierende Medikamente.«
»Antikoagulierend? Also Blutverdünner?«
»Ja«, antwortete Werner Still. »Warfarin ist ein starker Blutverdünner, der bei der Therapie von thromboembolischen Erkrankungen zum Einsatz kommt.« Er machte eine kurze Pause. »Das war früher in Rattengift.«

»Rattengift?«

»In Verbindung mit Acetylsalicylsäure verstärkt sich die Wirkung des Warfarins«, fuhr Werner Still fort. »Der Fund von Antikoagulanzien passt zu den Blutungen in den Schleimhäuten.« Er hielt ein paar Sekunden inne. »Dieser Teufel hat auf den richtigen Zeitpunkt gewartet, bis er ihr die Zunge abgeschnitten hat. Es war perfekt getimt. Hätte er länger gewartet, wäre sie an inneren Blutungen gestorben und nicht an ihrem eigenen Blut ertrunken.«

»Sind Sie sicher?«

»Ja. Die Blutungen waren sehr stark. Die Wirkung der Medikamente hat die Viskosität des Blutes erhöht.«

Mads stellte sich das Szenario vor. Laut Obduktionsbericht hatte sie auf dem Rücken gelegen. An den Handgelenken waren Hautabschürfungen durch Seile zu sehen. Die Kratzer im Holz, die abgerissenen Fingernägel und die bis auf die Knochen abgetrennten Fingerkuppen. Er schüttelte schweigend den Kopf. Es konnte nicht lange dauern, bis man in dieser Position ertrank, selbst wenn der Körper mit aller Macht dagegen ankämpfte.

»Acetylsalicylsäure kriegt man überall«, fuhr Werner Still fort. »Warfarin hingegen ist schwerer zugänglich. Heute kommt es nur noch zur Prophylaxe von Thrombosen zum Einsatz. Soweit ich weiß, ist es das einzige Präparat, das auch bei mechanischen Herzklappen einen dokumentierten Effekt hat.«

»Wollen Sie damit sagen, dass unser Täter Zugang zu dieser Art von Medikamenten hat?«

»Ja. Außer es handelt sich um altes Rattengift«, antwortete Werner Still und schwieg eine Weile.

Mads' Magen verkrampfte sich. Er trommelte mit dem

Kugelschreiber heftig gegen die Tischplatte, während er auf den Bildschirm starrte.

»Hat er ihr das Mittel injiziert?«, fragte er.

»Mit großer Wahrscheinlichkeit ja. Die Konzentration im Mageninhalt war nicht höher als in den anderen Proben, was darauf hindeutet, dass sie das Mittel nicht oral bekommen hat. Außerdem habe ich, Sie erinnern sich vielleicht, eine Einstichstelle im linken Arm gefunden. Das alles sieht nach einer intravenösen Gabe aus.«

Mads nickte stumm.

»Sind Sie noch dran?«, fragte Werner Still am anderen Ende der Leitung.

»Ja, entschuldigen Sie. Ich habe nur nachgedacht.« Mads lehnte sich seufzend zurück. »Ich habe mir die Vernehmungsprotokolle mehrfach durchgelesen. Es gibt da einiges, was nicht zusammenpasst. Kleine Details. Außerdem lügt Steen Hvidtfeldt, was seinen Aufenthaltsort zur Tatzeit angeht. Ich gehe gerade seine Telefondaten für den Zeitraum um Carolines Verschwinden durch.«

»Und, finden Sie was?«

»Ja«, antwortete Mads und beugte sich zum PC vor. »Laut seiner eigenen Aussage war er bis Donnerstagmorgen geschäftlich in Flensburg, aber das passt nicht zu seinen Telefondaten.«

»Können Sie sehen, wo er war?«

»Ja.« Mads fuhr sich über die Stirn. Die Kopfschmerzen hinter seinen Augen wurden immer schlimmer. »In Kolding. Die Triangulation ergibt zweifelsfrei, dass er in der Nähe des Fjords war.«

»Also in der Nähe seines Hauses?«, hakte Werner Still nach.

»Genau.« Mads schwieg, während er wieder mit dem Kugelschreiber auf die Tischplatte trommelte. »Ich muss ihn auf jeden Fall noch einmal vernehmen.«

15. September

Toftlund

Mads schloss die Küchentür hinter sich. Die Lampe über dem Couchtisch warf gedämpftes Licht ins Wohnzimmer. Das regelmäßige Ticken der alten Standuhr füllte die Leere. Er ließ die Klinke los und sah zur Wand hinüber, an der, solange er sich erinnern konnte, zwei Bilder gehangen hatten. Jetzt war dort nur noch ein Bild. Der Anflug eines Lächelns kräuselte seine Lippen, als seine Finger eine Spinnwebe wegwischten, die vor dem ovalen Bilderrahmen schwebte. Die durchsichtige Haut. Der Blick, der in einem Augenblick manisch und im nächsten vollkommen ruhig gewesen war, erfüllte ihn mit Stärke. Sie war so klein gewesen und zerbrechlich wie Porzellan, und doch hatte sie sich mit einer solchen Kraft ans Leben geklammert. Stark wie ein Löwenzahn, der jedem Widerstand trotzte, um ans Licht zu kommen. Der feste Blick, der ihn bis zu ihrem Tod von der Wand aus angestarrt hatte, brannte noch immer auf seinem Körper und ätzte sich in seine Seele. Einen Augenblick lang verweilte sein Blick auf der Tapete neben dem Foto von Bodil Lindstrøm. Das Sonnenlicht hatte über die Jahrzehnte hinweg die Raufasertapete vergilben lassen, sodass die Fläche hinter dem Bild wie ein weißer Fleck erschien. Dann sah er zu dem Schlüssel, der in der kleinen Schale auf der Kommode lag. Das Messing war angelaufen, und die goldene Oberfläche schien nur noch an wenigen Stellen durch. Mechanisch legten sich seine Finger darum. Lisa irrte sich. Ein Bild hatte er abgehängt.

Er ließ den Schlüssel zurück in die Schale fallen und sah nach draußen auf die Terrasse. Seine Brust zog sich zusammen. Dünne Zweige kratzten an den Scheiben, und ihn überkam ein Drang, die Büsche mitsamt den Wurzeln auszureißen.

16. September

Maria kniff die Augen zu. Ihre Scheide brannte, und sie spürte das Sperma, das aus ihr heraus auf die Matratze lief. Der bittere Nachgeschmack von seinem Schwanz klebte an ihrer Zunge, und noch immer spürte sie ihn in ihrem Hals. Langsam drehte sie sich auf die Seite und betrachtete den Mann, der neben ihr lag. Ein schmaler Lichtstreifen fiel durch die schmutzigen Gardinen und warf einen blassen Schimmer auf sein Gesicht. Lautlos kauerte sie sich zusammen. Die Kälte kroch über ihren nackten Körper, und sie bekam Gänsehaut. Vorsichtig tastete sie ihre Wange ab. Die Wunde brannte, und sie stöhnte leise auf. Sein Ring hatte ihre Haut aufgerissen, Blut klebte an ihren Fingerspitzen.

Das Geräusch brachte ihn dazu, den Blick zu heben. Er machte einen Schritt aufs Bett zu, während die Wut in seinen Augen auflöderte. »Hör auf, so rumzujammern, du blöde Fotze!«, zischte er durch seine Zähne, während er sich über sie beugte. Er ballte seine Hand zur Faust und schlug ihr ohne jede Vorwarnung auf den Schenkel. Ein stechender Schmerz durchfuhr sie, und sie legte die Arme schützend um ihren Kopf. Er starrte sie voller Verachtung an, während er langsam zum Kopfende des Bettes ging. Ängstlich wich sie ihm aus, aber wieder schnellte seine Hand nach vorn, packte sie an

den dünnen Haaren und zog sie mit einem Ruck hoch, bis ihr Gesicht vor seinem eigenen war. »Ich werde nicht zögern...«
Während die Worte sich wie eine Schlinge um ihren Hals legten, spürte sie seinen stinkenden, warmen Atem auf ihrer Wange. Sie schnappte nach Luft, als er ihren Kopf packte, ihr mit den Fingern den Mund aufdrückte und seine Zunge hineinschob. Eine unangenehme Mischung von Tabak und Wein löste Brechreiz in ihr aus, und sie kniff die Augen fest zusammen, um dagegen anzukämpfen.

Dann stieß er sie von sich. Ihr Kopf schlug gegen die Wand, sodass sie Sterne sah und auf dem Bett zusammensackte. Ein säuerlicher Gestank von altem Sperma und Scheidenflüssigkeit, gemischt mit Schimmel und Staub aus der alten Matratze, stieg ihr in die Nase, und sie schluckte mehrmals, um sich nicht übergeben zu müssen.

Aus den Augenwinkeln sah sie, wie er sich Hemd und Hose anzog.

»Du weißt, was du zu tun hast«, zischte er.

Sie nickte ängstlich. Das Blut kochte in ihren Ohren, obwohl ihr Herz von seinem giftigen Blick wie eingefroren war. Sie zuckte zusammen, als er einen Schritt auf sie zumachte.

»Du weißt, was sonst passiert.« Mit einem kehligen Lachen beugte er sich vor und packte ihren Fuß. Panisch trat sie nach ihm, aber er bohrte seine Finger nur noch tiefer in ihre Haut. Knochen und Gelenke schmerzten unter dem Druck, aber trotzdem blieb ihr der Schrei im Hals stecken. »Vergiss das nie, du kleine Fotze. Ich kann sie mir jederzeit holen.«

Er drehte sich um, verließ den Raum und warf die Tür so heftig zu, dass die Wände wackelten. Kurz darauf huschte das Licht der Scheinwerfer über die Fenster mit den verblassten Gardinen. Die Tränen bahnten sich ihren Weg durch ihre geschlossenen Augen, liefen über ihre Wangen und zeichneten sich als dunkle Flecken auf der Matratze ab. Zitternd krallte sie ihre Finger in das schmutzige Laken.

Etwas später taumelte sie unsicher ins Bad. Es war eiskalt, und ihre Zähne klapperten. Sie schlang die Arme um sich und betrachtete ihr Spiegelbild. Die Augen waren leer und viel zu groß. Der graue Schatten darin war ein Bild ihrer selbst. Ausgelöscht, vergessen.

Aus dem Eimer goss sie etwas Wasser ins Becken und befeuchtete ihre Hände, bevor sie vorsichtig begann, die klaffende Wunde an ihrer Wange zu säubern.

Das schwache Mondlicht schien auf die schmutzigen, gräulichen Fliesen, und sie sah das Blut, das aus ihrem Gesicht auf den Boden tropfte und sich als dunkle Schatten in den Fugen sammelte.

16. September

Kolding

Der schwarze Granitsplitt knirschte unter den Schuhsohlen, als Mads aus dem Wagen stieg. Das diesige Morgenlicht ließ die weißen Wände des großen Hauses fahl und tot wirken. Kleine Tautropfen klebten an den roten Blütenblättern der Dahlien. Er ging zur Haustür, atmete tief durch, klingelte und trat einen Schritt zurück. Während er wartete, ließ er seinen Blick über den Fjord schweifen. Einzelne Sonnenstrahlen durchbrachen die Wolkendecke und fielen auf das graue Wasser.

»Ja?« Vor ihm stand Malee Cocotano.

»Ist Steen Hvidtfeldt zu Hause?«, erkundigte er sich.

Ihr Blick flackerte verunsichert, während sie ihn hereinbat.

»Er ist in der Küche. Kommen Sie bitte mit.«

Malee führte ihn durch das Esszimmer. Das graue Licht vom Fjord raubte dem Raum die Gemütlichkeit, die ihm das Dunkel der Nacht verliehen hatte, als er das erste Mal hier gewesen war. Die französischen Türen zum Wintergarten standen etwas offen, und er glaubte, Bachs *Air* zu erkennen, es schien aber niemand im Raum zu sein. Auf dem Couchtisch stand ein welker Blumenstrauß, daneben ein halb leeres Glas Wein. Einige rote Blütenblätter lagen wie dunkle Blutstropfen auf der Tischplatte.

Malee blieb an der Küchentür stehen. »Besuch für Sie.«
Steen Hvidtfeldt blickte von der Zeitung auf, als Mads die Küche betrat. Vor ihm stand ein Teller mit einem halb gegessenen Käsebrötchen. Er runzelte die Stirn, faltete die Zeitung zusammen und legte sie neben die noch volle Tasse Kaffee. »Ja?«

»Steen Hvidtfeldt«, sagte Mads und sah kurz auf die Uhr. »Es ist 8:17 Uhr, und ich nehme Sie wegen des Verdachts, Caroline Hvidtfeldt ermordet zu haben, vorläufig fest. Ich möchte Sie überdies darauf aufmerksam machen, dass Sie nicht verpflichtet sind, sich der Polizei gegenüber zu äußern. Möchten Sie einen Anwalt kontaktieren?«

»Sie nehmen mich fest?« Steen Hvidtfeldt stand abrupt auf. Sein Blick huschte zum Wohnzimmer, wo Malee gerade in Richtung Eingangsbereich verschwand. Dann sah er zu Mads. »Wie meinen Sie das? Haben Sie komplett den Verstand verloren? Susanne ist am Boden zerstört. Sie hat das Bett nicht verlassen, seit wir gestern nach Hause gekommen sind, und jetzt behaupten Sie auch noch, ich hätte Caroline umgebracht?« Er hob die Tasse so ruckhaft an, dass der Kaffee auf sein weißes Hemd schwappte, und starrte Mads wütend an.

»Ich habe einen Durchsuchungsbeschluss«, fuhr Mads fort und musterte Steen Hvidtfeldt, als er ihm das Dokument reichte. Der Mann hatte hektische Flecken am Hals, und seine Finger strichen unablässig über die Manschettenknöpfe, als wäre der Stoff glühend heiß.

»Einen Durchsuchungsbeschluss? Wollen Sie jetzt auch noch mein Haus auf den Kopf stellen?« Steen Hvidtfeldts Stimme schnitt durch den Raum. Die Ärmel seines Hemdes flatterten durch die Luft, als er Mads den Beschluss aus den Händen riss.

»Wollen Sie bei der Durchsuchung dabei sein?«, fragte Mads, als hinter ihm Sarah Jonsen mit ihrem Team auftauchte.

*

Mads schloss die französischen Türen zum Esszimmer. »Sie wollen bei der Hausdurchsuchung also nicht dabei sein?«, hakte er nach und betrachtete Steen Hvidtfeldt. Im Wohnzimmer hatte Sarah Jonsens Team bereits die Arbeit aufgenommen. Steen Hvidtfeldt zögerte einen Moment, ehe sein Blick zu seiner Frau wanderte. Ihr Körper zitterte, als fröre sie trotz der Decke, die sie sich um die Schultern gelegt hatte. Sie starrte vor sich hin. Ihre Hand griff nach dem Weinglas, und die Finger umklammerten den Stiel, als fürchtete sie, jemand könne ihr den restlichen Wein wegnehmen. Mit steifen Bewegungen führte sie das Glas an die Lippen und leerte es gierig. Mads drehte sich um und sah hinüber zu den großen Panoramafenstern im Wintergarten, vor denen Steen Hvidtfeldt mit geballten Fäusten hin und her lief.

»Das kann doch nicht wahr sein, verdammt!«, fauchte er und sah zu Mads. »Sie haben nichts gegen mich in der Hand.« Er blieb stehen. »Nichts! Hören Sie?« Er starrte Mads wütend an. »Und das bezahlen wir mit unseren Steuergeldern!« Er kniff die Lippen zusammen und schüttelte den Kopf. »Ein Haufen inkompetenter Idioten, sonst nichts!«

»Sei ruhig, Steen!«, brüllte Susanne Hvidtfeldt und schleuderte das Weinglas durch den Raum. Scherben fielen hinter ihm zu Boden, während ihr hysterischer Schrei die Luft zerriss. »Was hast du nur getan, du Arschloch!«

»So nennst du mich nicht, hörst du? So nicht!«, zischte er und starrte sie mit kaltem Blick an. Glassplitter knirschten unter seinen Schuhen, als er auf sie zustürmte und ihr ins Gesicht schlug. Blut spritzte aus ihrer Nase, und der Kopf knickte nach hinten, während sie instinktiv die Hände hochriss, um sich gegen den nächsten Schlag zu schützen.

»Es reicht!«, rief Mads. Er sprang auf, packte Steen Hvidtfeldt und drehte ihm den Arm auf den Rücken. Aus den Augenwinkeln sah er, wie Malee sich an die Wand drückte. Der goldbraune Glanz ihrer Haut war verblasst, und aus ihren Augen sprach Furcht. Mads drückte Steen Hvidtfeldts Kopf auf den Tisch. Die Vase kippte um, und das trübe Blumenwasser lief über die Tischplatte auf den hellen Teppich.

»Ohne mich könntest du deinen naiven Traum, als freie Journalistin zu arbeiten, doch gar nicht ausleben! Kapierst du nicht, dass du nie einen Job bekommen wirst, so beschissen, wie du schreibst?«, zischte er mit der Wange auf der Tischplatte.

»Wir haben etwas gefunden«, ertönte Sarahs Stimme von der Tür her.

Susanne Hvidtfeldt drehte sich um. Das Blut lief ihr übers Kinn und färbte den Kragen ihrer hellen Bluse rot, während ihr Körper zu zucken begann, sosehr sie auch gegen das Schluchzen ankämpfte.

»Was habt ihr gefunden?«, fragte Mads, ohne Steen Hvidtfeldts Arm loszulassen.

»Im Schrank im Schuppen war eine Tüte mit Lachgaspatronen«, antwortete Sarah und legte einen durchsichtigen Beutel auf den Tisch.

»Die sind für unseren Sahnespender!«, fauchte Steen Hvidtfeldt.

»Wir haben nie einen Sahnespender gehabt«, erklärte Susanne Hvidtfeldt tonlos.

Mads sah sie einen Augenblick an, ehe er sich wieder auf Sarah Jonsen konzentrierte. »Noch mehr?«

Sie nickte. »Ja, einen Fuchsschwanz. Der Luminoltest zeigt, dass Blut daran ist.«

16. September

Haderslev

Mads schloss die Tür des Vernehmungsraums und deutete auf den Stuhl, der auf der anderen Seite des Tisches stand. »Nehmen Sie Platz.«

Rechtsanwalt Gregers Tornborg stellte seine Aktentasche ab und reichte Steen Hvidtfeldt die Hand. Winzige Schweißperlen glänzten auf seiner hohen Stirn. Er nahm ein Taschentuch heraus, tupfte sich die Stirn ab und setzte sich neben seinen Mandanten.

»Ich möchte Sie darauf aufmerksam machen, dass wir die Vernehmung aufzeichnen«, sagte Mads und startete das Aufnahmegerät, während Tornborg Block und Kugelschreiber aus seiner Tasche nahm. Er wartete einen Augenblick und registrierte Steen Hvidtfeldts harten Blick, die verbissenen Kiefer und die eisige Körpersprache, als wollte er eine Mauer zwischen sich und Mads errichten.

»Vernehmung von Steen Hvidtfeldt. Mittwoch, der 16. September. Anwesend: Rechtsanwalt Gregers Tornborg und Kommissar Mads Lindstrøm«, fuhr er fort und sah zu Hvidtfeldt.

»Unter Mordverdacht?« Der Unglaube troff aus Steen Hvidtfeldts Stimme. Dann packte ihn plötzlich die Wut. Er sprang auf, und sein Stuhl kippte nach hinten. »Was soll der Scheiß?«

»Setzen Sie sich«, sagte Mads.

»Nein, verdammt, das tue ich nicht!«, brüllte Steen Hvidtfeldt. »Ich habe Caroline nichts getan!« Er starrte Mads hasserfüllt an. Seine Kiefermuskulatur bebte, und er schlug mit dem Arm um sich, dabei stand Mads mehr als einen Meter von ihm entfernt.

»Setzen Sie sich«, sagte Tornborg zu Hvidtfeldt.

Der umklammerte die Stuhllehne so fest, dass seine Knöchel weiß wurden. Ein paar Sekunden lang blieb er vornübergebeugt stehen, dann ließ er den Stuhl los und setzte sich.

»Danke«, sagte Mads und schob sich auf seinem Stuhl etwas nach hinten. »Ich möchte gerne bei der Aussage ansetzen, die Sie nach dem Verschwinden Ihrer Tochter Caroline Hvidtfeldt am 26. August gemacht haben.« Er hielt inne und achtete auf Steen Hvidtfeldts stoßweisen Atem. »Bei der Befragung am 27. August haben Sie angegeben, dass Sie von Montag, den 24. August, bis Donnerstagmorgen, den 27. August, an einer Konferenz in Flensburg teilgenommen haben. Ich möchte gerne wissen, ob wir das richtig verstanden haben.«

»Ja, verdammt, das haben Sie richtig verstanden!«, antwortete Steen Hvidtfeldt, drückte die Handflächen auf den Tisch und beugte sich vor. »Über die Zukunft der Energieversorgung, wenn Ihnen das hilft. Das, was Ihnen und allen anderen in Zukunft umweltfreundliche Energie zur Verfügung stellen wird.«

»Sie halten also an Ihrer Erklärung fest?«

Steen Hvidtfeldt legte den Kopf zurück und atmete stöhnend aus. »Was wir hier machen, ist doch total verrückt! Sind Sie blöd, oder was?«

»Ähm«, brummte Gregers Tornborg und warf Steen

Hvidtfeldt einen warnenden Blick zu. »Beantworten Sie einfach die Frage.«

»Sie können Erik Hvilshøj anrufen«, sagte Steen Hvidtfeldt. »Erik hat auch teilgenommen. Er kann bestätigen, dass ich in Flensburg war.«

»Ich möchte Sie bitten, mit Ja oder Nein zu antworten.«

»Ja, verdammt«, fauchte Steen Hvidtfeldt. »Ja, ich war in Flensburg. Sind Sie jetzt zufrieden?«

»Ich war in Kontakt mit Hvilshøj Energi«, fuhr Mads fort und musterte Steen Hvidtfeldt, der sich zurücklehnte und die Arme vor der Brust verschränkte. »Man hat mir bestätigt, dass Sie an der Konferenz in Flensburg teilgenommen und im Hotel James übernachtet haben.«

»Habe ich doch gesagt«, schimpfte Steen Hvidtfeldt und lächelte selbstzufrieden, bis der distanzierte Blick wieder da war. »Was ist also das Problem?«

»Das Problem ist«, antwortete Mads und beugte sich vor, »dass es abweichende Aussagen darüber gibt, wie lange diese Konferenz gedauert hat. Hvilshøj Energi hat mich darüber informiert, dass die Konferenz von Montag, den 24. August, bis Mittwoch, den 26. August, gegangen ist.«

»Wer hat Ihnen das gesagt?« Steen Hvidtfeldt starrte ihn an. »Mit wem haben Sie denn geredet? Das ist völlig absurd.«

»Ich habe mit einer Simone Larsen gesprochen«, antwortete Mads nach einem kurzen Blick in seine Aufzeichnungen.

»Ja, aber...« Steen Hvidtfeldt verdrehte die Augen. »Die weiß doch nichts! Sie müssen mit Erik Hvilshøj reden. Der kann Ihnen das bestätigen.«

»Ich habe auch mit dem Hotel gesprochen«, sagte Mads. »Sie bestätigen, dass Sie übernachtet haben, aber eben auch, dass Sie am Mittwoch, den 26. August um 07:39 Uhr ausgecheckt haben. Das ist mehr als sieben Stunden vor dem Ende der Konferenz.«

Steen Hvidtfeldt starrte ihn an, die Farbe wich aber langsam aus seinem Gesicht.

»Und das hier«, fuhr Mads fort und schob einen Ausdruck über den Tisch zu Steen Hvidtfeldt, »sind Ihre Telefondaten für den Zeitraum rund um den 26. August. Wie Sie sehen, war Ihr Telefon am Mittwoch, den 26. August, um 07:58 Uhr im dänischen Netz eingeloggt.« Schweigend musterte er Steen Hvidtfeldt, dessen eines Augenlid zu zucken begann.

»Nein.« Hvidtfeldts Stimme zitterte. Fieberhaft schüttelte er den Kopf, während er auf die Telefondaten starrte. Ein roter Strich markierte den Übergang vom deutschen ins dänische Netz.

»Ich frage Sie noch einmal: Waren Sie am 27. August in Flensburg?«

»Ja ... ähm ... nein.« Steen Hvidtfeldt legte den Kopf in die Hände und starrte auf die Tischplatte.

»Wenn Sie so nett wären, die Frage zu beantworten.«

Hvidtfeldt hob den Blick. Seine Fassade begann zu bröckeln. Er öffnete den Mund. Suchte nach den Worten, blieb aber stumm.

»Beantworten Sie bitte meine Frage«, sagte Mads.

»Nein«, zischte Hvidtfeldt plötzlich. »Ich sage gar nichts mehr. Es reicht!«

»Die Telefondaten zeigen nicht nur, dass Sie am 26. August in Dänemark waren«, fuhr Mads fort. »Ihr Telefon war in den Stunden rund um Carolines Verschwinden in Kolding eingeloggt. Und die Triangulation ergibt, dass Sie exakt in der Gegend waren, in der Ihre Tochter verschwunden ist. Haben Sie etwas dazu zu sagen?«

Steen Hvidtfeldt schüttelte den Kopf. Die Kälte hatte sich wieder in seinen Blick geschlichen. An seinem Hals leuchteten rote Flecken. »Verdammt, ich habe meine Tochter nicht umgebracht. Wann kapieren Sie das endlich?«

»In Ihrem Haus sind Lachgaspatronen derselben Marke gefunden worden wie an dem Ort, wo sich Carolines Spuren verloren haben«, sagte Mads. »Können Sie erklären, warum Sie diese Patronen haben?«

»Das habe ich doch schon gesagt«, rief Steen Hvidtfeldt. »Die sind für einen Sahnespender.«

»Den Sie laut Aussage Ihrer Frau nie gehabt haben.«

»Ja, aber ...« Hvidtfeldt fasste sich stöhnend an den Kopf. »Wie soll ich Ihnen das denn erklären? Ich dachte, wir würden uns so ein Ding kaufen. Das ist doch alles totaler Schwachsinn!«

»Und die Säge?«, fragte Mads.

»Was ist damit? Ist es jetzt auch schon verboten, eine Säge zu haben?«

»Wie ist das Blut da rangekommen?«

»Vermutlich hat sich jemand geschnitten«, antwortete Steen Hvidtfeldt.

»Wer?«

»Das weiß ich nicht mehr.«

»Gut«, sagte Mads. »Wie sieht es mit Ratten aus? Hatten Sie jemals Probleme damit?«

»Ratten? Nein, jetzt hört es aber wirklich auf!«

»Würden Sie die Frage bitte beantworten!«

»Nein. Wir haben keine Ratten gehabt«, sagte Steen Hvidtfeldt übertrieben deutlich. »Sind Sie jetzt zufrieden?«

»Danke«, antwortete Mads und sammelte seine Papiere zusammen. »Ich möchte Sie darüber informieren, dass wir Sie dem Haftrichter vorführen werden, der dann über die Länge der Untersuchungshaft entscheiden wird.« Er stand auf, blieb einen Augenblick stehen und musterte Steen Hvidtfeldts rot gesprenkeltes Gesicht. Dann drehte er sich um und verließ den Vernehmungsraum.

16. September

Haderslev

Mads starrte aus dem Fenster. Draußen rollte langsam der Nachmittagsverkehr vorbei. Die Kolonne hielt bei Rot, bis sie wieder ins Rollen kam und durch eine andere ersetzt wurde. Er fuhr sich durchs Haar. Die Tatsache, dass Steen Hvidtfeldt die Vorwürfe an ihn so beharrlich leugnete, ging ihm ebenso wenig aus dem Kopf wie die eisige Kälte in seinen blauen Augen und der Moment, in dem seine äußere Fassade eingestürzt war.

»Wie ist die Vernehmung verlaufen?«

Mads schwang auf seinem Bürostuhl herum. Per Teglgård stand in der Tür.

»Der Richter hat Untersuchungshaft angeordnet«, antwortete Mads mit einem Schulterzucken. »Hvidtfeldt leugnet, zum Zeitpunkt von Carolines Verschwinden in Dänemark gewesen zu sein, obwohl die Beweise eindeutig sind.«

»Und die Hausdurchsuchung?« Per lehnte sich an die Schreibtischkante.

»Sarah Jonsen und ihr Team haben eine Tüte mit Lachgaspatronen gefunden. Die gleiche Marke wie bei denen, die in Kolding gefunden wurden. Und auch identisch mit denen in Süderlügum.«

»Du glaubst also noch immer, dass es einen Zusammenhang zwischen den beiden Fällen gibt?«

»Ich bin mir nicht sicher«, antwortete Mads. »Es deutet aber einiges darauf hin.«

»Wie hat Hvidtfeldt darauf reagiert?«

»Ablehnend.«

»Hat Sarah die Patronen auf Fingerabdrücke überprüft?«

»Ja«, sagte Mads. »Auf den ersten Blick gibt es keine Übereinstimmungen mit denen aus Kolding, aber der Täter kann ja Handschuhe getragen haben.«

»Und was ist mit dem Fall in Süderlügum? Gibt es da Übereinstimmungen?«

»Das ist noch nicht untersucht worden. Ich habe Thomas Beckmann gebeten, mir eine Liste des Beweismaterials zukommen zu lassen.«

Per Teglgård nickte. »Gute Arbeit.« Er legte Mads die Hand auf die Schulter. »Sonst noch was?«

»Eine Blutspur an einer Säge.«

»Carolines?«

Mads zuckte mit den Schultern. »Um das zu sagen, ist es noch zu früh. Die DNA-Analyse läuft noch.«

»Wie sehen die nächsten Schritte aus?«

»Werner Still fertigt einen Abdruck der Kerben in Carolines Unterarm an.«

»Hast du schon überprüft, ob es ähnliche Fälle gibt?«

»Ich bin dabei.«

»Gut.« Per Teglgård drehte sich um und ging zur Tür, blieb aber noch einmal stehen. »Mads?«

»Ja?«

»Pass auf dich auf.«

*

Mads stellte den Kaffeebecher neben den PC und ließ sich auf seinen Stuhl fallen. Ein Stapel von Ausdrucken lag vor ihm auf dem Schreibtisch. Er beugte sich vor, als das Telefon klingelte.

»Lindstrøm«, meldete er sich, rieb mit den Fingerspitzen über die Stirn und starrte in die Dunkelheit.

»Ich habe noch ein Ergebnis von der Toxikologie bekommen«, sagte Werner Still ohne Einleitung.

Mads richtete sich auf. »Und?«

»Sie haben auch Benzodiazepine in Carolines Blut gefunden.«

»Dann hat der Täter sie betäubt?«

»Davon müssen wir ausgehen«, antwortete Werner Still.

»Und was ist mit Lea Dietrich?«

»Da wurden solche Untersuchungen nicht gemacht. Das war schlichtweg unmöglich. Und um ehrlich zu sein, hat wahrscheinlich auch niemand daran gedacht.«

»Mist«, murmelte Mads. »Wie läuft es mit dem Abdruck?«

»Ich habe den ganzen Tag gebraucht, um das Gewebe zu entfernen. Morgen sollte ich einen Abdruck machen können.« Werner Still machte eine Pause. »Und Hvidtfeldt?«

Mads atmete aus. »Der sitzt in Untersuchungshaft.«

»Dann hat er zugegeben, eine Falschaussage gemacht zu haben?«

»Nein«, antwortete Mads, legte den Kopf in den Nacken und sah an die Decke. »Er hat alles geleugnet. Sogar die Telefondaten und die Aussagen vom Hotel und von seinem Arbeitgeber. Es lässt ihn auch kalt, dass wir Lachgaspatronen und einen Fuchsschwanz mit Blut daran gefunden haben.«

»Habt ihr überprüft, welche Medikamente im Haus waren?«

»Ja. Einen Augenblick.« Mads klickte sich zur Liste von Sarah Jonsen durch. »Paracetamol, Ibuprofen, Alminox. Diazepam. Benadryl ...«

»Moment«, unterbrach Werner ihn. »Diazepam? Wem wurde das verschrieben?«

»Susanne Hvidtfeldt«, antwortete Mads. »Die übrigen Medikamente sind vermutlich nicht verschreibungspflichtig.«

»Kannst du sehen, wann die verschrieben wurden?«

»Das steht nicht auf der Liste.«

»Diazepam gehört zur Familie der Benzodiazepine«, sagte Werner Still. »Es ist nicht ausgeschlossen, dass ...« Er hielt mitten im Satz inne. »Es sind nicht zufällig auch blutverdünnende Mittel mit Namen wie Maravan oder Waran gefunden worden?«

»Nein«, antwortete Mads. »Das steht nicht auf der Liste.«

»Wie sieht es mit Rattengift aus?«

»Nein«, antwortete Mads. »Im Schuppen wurde eine Mäusefalle aus Metall gefunden, aber die scheint schon lange niemand mehr angefasst zu haben.« Ein Moment der Stille trat ein. »Noch was ganz anderes«, sagte Mads schließlich.

»Ja?«

»Ich habe überprüft, ob es ähnliche Vermisstenfälle gibt. Auf den ersten Blick habe ich nur einen Fall gefunden, der an die anderen beiden erinnert. Es geht um eine deutsche Touristin, Nicole Schmidt. Sie ist am 9. April aus der Ferienhaussiedlung Lakolk auf Rømø verschwunden. Nach Aussage der Familie wollte Nicole nachmittags gegen 15 Uhr mit dem Hund der Familie zum Strand. Als sie nach ein paar Stunden nicht zurück war, wurde die Familie unruhig und ging los, um sie zu suchen. Sie fanden den Hund am Strand, aber keine Spur von Nicole. Trotz einer umfangreichen Suche zu Land und zu Wasser wurde sie nicht gefunden. Die Suche wurde dann am 14. April eingestellt.« Er zögerte und legte den Ausdruck weg. »Was meinen Sie?«

»Ich weiß nicht. Steht da sonst noch was?«

»Nicht sonderlich viel«, antwortete Mads. »Nicole Schmidt, 15 Jahre. Wohnhaft in Schleswig. Der Fall wurde als vermutlicher Todesfall durch Ertrinken zu den Akten gelegt, weil zum Zeitpunkt ihre Verschwindens Flut war.«

»Das klingt plausibel«, sagte Werner Still. »Außerdem ist sie älter als Caroline Hvidtfeldt und Lea Dietrich ... obwohl das nichts heißen muss. Haben Sie Thomas Beckmann gefragt, ob er ähnliche Fälle kennt?«

»Ja. Er hat die Datenbank durchsucht, ist aber auch nur auf den genannten Fall gestoßen. Der ist in Deutschland natürlich bekannt, selbst wenn sie in Dänemark verschwunden ist. Es gab auch keine Lösegeldforderung.«

»Hat Sarah Jonsen eine Kopie des Beweismaterials aus Süderlügum bekommen?«

»Noch nicht«, antwortete Mads.

»Haben Sie die Möglichkeit, morgen hier bei mir vorbeizukommen?«, fragte Werner Still. »Ich würde Ihnen gerne etwas zeigen.«

»Ja, natürlich.«

»Super! Dann machen Sie mal Feierabend. Sie brauchen auch ein bisschen Ruhe.«

17. September

Grauer Morgendunst lag über den Feldern in der Umgebung des kleinen Hauses. Der salzige Geruch des Meeres überlagerte den Duft des feuchten Bodens und den fauligen Schimmelgestank, der sich überall im Haus ausgebreitet hatte. Maria stand zitternd in der offenen Tür und schloss die Augen. Sie legte den Kopf etwas nach hinten und atmete tief durch. Dann ließ sie die Gedanken an einen fernen Ort schweifen. Dachte an Sonnenstrahlen, die die Haut wärmten, an fröhliche Stimmen und lautes Lachen am Weichselufer unterhalb von Schloss Wawel. Alicja, die sie mit einer Wärme umarmte, an die sie sich kaum mehr erinnerte. Sie schlug die Augen wieder auf und schlang die Arme um ihren Oberkörper. Das dünne T-Shirt klebte an der Haut. Sie lehnte den Kopf an den Türrahmen und sah von dem verkommenen Hofplatz bis zum Horizont. Die Möwen, die weit hinten über die Felder in Richtung Wasser flogen, waren nur als kleine, schwarze Punkte am blassen Himmel zu erkennen. Seufzend richtete sie sich auf und ging zurück ins Haus.

Sie setzte sich an den kleinen Küchentisch und schob den Aschenbecher weg, über dem ein saurer Gestank nach alten Kippen hing. Dann ging ihr Blick über die Tischplatte. Eine Fliege flog von der Dose mit Fleischbällchen in Currysauce auf, die auch gestern wieder ihr Abendessen gewesen war, und landete auf einer der drei Weinflaschen, die am Waschbecken standen. Das Licht vom Fenster fiel durchs Flaschenglas und zeichnete grüne Schatten auf die grau melierte Tischplatte. Sie stand auf und öffnete unter Mühen die Schranktür unter dem Waschbecken. Das Holz kratzte über das gelbbraune Linoleum, auf dem sich bereits eine halbkreisförmige Spur gebildet hatte. Dann stellte sie die leeren Flaschen zu den anderen unters Waschbecken. Einige stießen klirrend aneinander, dann legte sich die Stille wieder über die trostlose Szenerie. Maria richtete sich auf und starrte eine Weile leer vor sich hin, ehe sie den Schrank wieder schloss und den säuerlichen Gestank wegsperrte. Seufzend setzte sie sich zurück an den Tisch. Ihre Finger knibbelten am Rand des Wachstuchs, während sie ohne jede Emotion die Kellerassel beobachtete, die an der Fußleiste entlang über den Boden lief und unter dem fauligen Holz des Schranks verschwand.

Schließlich hob sie den Blick und sah auf den kleinen Zettel, der auf dem Tisch lag. Die Schrift war durch die Feuchtigkeit etwas verlaufen, sie wusste aber, was dort stand. Jedes Wort hatte sich in ihr Bewusstsein geätzt. Trotzdem hatte sie es aufgeschrieben, wohl wissend, dass er sie bei lebendigem Leibe häuten würde, sollte er den Zettel finden. Helena Rybner. Ohne es zu wollen, griffen ihre Finger nach dem Zettel, knüllten ihn zusammen und ließen ihn in den Aschenbecher fallen, bevor sie aufstand und in den Flur hinausging. Der scharfe Ammoniakgestank aus dem Keller schlug ihr entgegen. Sie ging durch das kleine Wohnzimmer ins Schlafzimmer. Überall roch es nach ihm. Rotwein, Tabak und der saure Gestank seines Schweißes. Sie senkte den Blick. Ihr Oberschenkel war dunkelviolett und schmerzte, wenn sie mit dem Finger über die warme, geschwollene Haut strich. Sie kniff die Lippen zusammen, hob den Blick und sah in den Spiegel über der Kommode. Die Wunde, die sein Ring hinterlassen hatte, leuchtete rot. Sie zog sich das T-Shirt aus. Die Striemen der Peitsche reichten von ihrem Schlüsselbein bis zur Brust. *Hure.* Seine Stimme hallte durch ihre Gedanken. Hart wie sein Schwanz, der in sie stieß, bis das Blut über ihre Schenkel rann. Sie biss die Zähne zusammen, wurde die Bilder der vergangenen Nacht aber nicht los. Seine rotgefleckten, fleischigen Wangen, die bei jedem Stoß vibrierten. Die Hände, die sie schlugen, bis ihr schwarz vor Augen wurde, und die Zunge, die sich zwischen ihre Lippen drückte und den letzten Rest ihres Widerstands vernichtete. Ihr wurde schwindelig. Die Schreie aus dem Keller mischten sich mit seinem heiseren Stöhnen, und obwohl sie wusste, dass beides nur Erinnerungen waren, zog sich ihr Magen zusammen, bis schließlich ihr ganzer Körper krampfte.

Sie atmete tief ein, versuchte, die Gedanken zu verdrängen, und griff nach der Foundation. Vorsichtig tupfte sie die Creme auf ihren Wangenknochen. Die Wunde brannte, trotzdem machte sie weiter. Ein paar Sekunden lang begutachtete sie das Resultat. Unter dem viel zu braunen Make-up war noch immer ein blauvioletter Schimmer zu erkennen. Sie trat einen Schritt zurück und warf einen weiteren Blick in den Spiegel, ehe sie die Schublade der Kommode öffnete und die hochgeschlossene Bluse herausnahm. Sie drehte sich um und hob ihre abgetragene Jeans vom Boden auf. Für einen Moment stand sie wie versteinert da, dann zog sie sich vorsichtig an und drehte sich noch einmal zum Spiegel. Schließlich nahm sie die dunkelhaarige Perücke von der Kommode. Der kurze Pagenschnitt glänzte im Licht der Deckenlampe. Sie strich die

Haare etwas durcheinander, beugte sich vor und trug Lippenstift auf. Ein letztes Mal nahm sie ihr Handy und betrachtete das Foto von Helena Rybner, dann verließ sie das Haus.

*

Maria zog die Windjacke zu, als sie mit schnellen Schritten über den Waldweg ging. Die Erde roch nach Herbst. Sie drehte sich zur Seite und warf einen Blick nach hinten. Nichts. Nicht einmal ein Vogel. Sie ging ein Stück weiter, bis der rostige Opel Corsa zwischen den Bäumen auftauchte. Er sah wie ein altes Tier aus, das sich zum Sterben in den Wald zurückgezogen hatte. Noch einmal warf sie einen Blick zurück, dann ging sie zum Wagen und öffnete die Tür. Kalter Zigarettengeruch schlug ihr entgegen. Sie beugte sich vor und tastete mit der Hand den Boden unter dem Fahrersitz ab. Zwischen leeren Verpackungen, Quittungen und Zigarettenkippen fand sie den Schlüssel. Sie zog die Hand zurück, wischte sie an ihrer Hose ab, setzte sich ins Auto und schloss die Tür. Aus dem Handschuhfach zog sie eine alte, muffig riechende Karte. Grauschwarze Stockflecken, die sich auch mit der Hand nicht wegwischen ließen, verfärbten das Papier. Sie prägte sich die Route ein.

*

Der Motor des alten Opel Corsa jammerte laut, als Maria vom Gas ging und in den Kastanievej in Tinglev einbog. Schnell verschaffte sie sich einen Überblick über die Gegend. Die Bürgersteige waren leer. Hinter einigen Fenstern brannte Licht, Menschen sah sie aber nicht. Die Stadt war noch nicht richtig wach.

An der Kreuzung blieb sie stehen. Das hartnäckige Klicken des Blinkers drang durch das Brummen des Motors. Sie legte den Gang ein und fuhr nach rechts in den Grønnevej. Gleich würde linker Hand die Schule auftauchen. Wieder schweifte ihr Blick über die Häuser. Die meisten lagen etwas von der Straße entfernt, Hecken unterschiedlicher Höhe begrenzten die Vorgärten. In ruhigem Tempo fuhr sie weiter. Das Licht der Straßenlaternen warf einen fahlen Schimmer auf den Bürgersteig. Kleinere Bäume säumten die Straße und ließen sie an eine Allee denken. Schließlich tauchte auf der linken Seite ein Backsteingebäude auf, und sie warf einen kurzen Blick auf die weißen Buchstaben über dem Eingang. *Deutsche Nachschule Tingleff.* Sie hatte ihr Ziel erreicht.

Auf dem Platz vor der Schule parkte nur ein einziger Wagen, auf dessen Windschutzscheibe sich ein Schleier aus Tau gelegt hatte. Sie sah noch einmal zum Gebäude. Einige der kleinen Dachfenster standen auf Kipp, dahinter brannte gelbliches Licht. Sie fuhr langsam über eine rote Schwelle und sah zu ihrer Linken weitere Schulgebäude, deren Parkplätze ebenfalls leer waren. Hinter den Fenstern war es dunkel, nur das Licht der Straßenlaternen wurde von den Scheiben reflektiert. Aufmerksam fuhr sie weiter zur Hauptstraße und bog nach links ab. Gegenüber von der Bushaltestelle fuhr sie zwischen zwei Häusern auf einen schmalen Weg, der zu einem Parkplatz führte. Dort stellte sie den Wagen ab.

Sie nahm die Umgebung in Augenschein und vergewisserte sich, dass niemand ihr folgte. Dann ging sie schnell in Richtung der Sportplätze hinter der Schule.

17. September

Kiel

»Den Abdruck von Lea Dietrich habe ich leider noch nicht«, sagte Werner Still und schenkte Mads einen Becher Kaffee ein. »Thomas Beckmann ist schwer zu erreichen.«
»Gibt es denn sonst niemanden, der die Unterlagen heraussuchen könnte?«
Werner Still kratzte sich an der Wange. »Das ist nicht ganz so einfach«, antwortete er. »Ich kenne Thomas schon ziemlich lange.«
»Wie meinen Sie das?«
»Mit dem Fall in Süderlügum hätte er eigentlich die nächste Stufe auf der Karriereleiter erklimmen sollen, aber er hat den Täter nie ermitteln können. Ich glaube, das ist der Grund, weshalb er mit der Sache möglichst wenig zu tun haben will.«
Mads lehnte sich zurück und pfiff leise. »Dann ist er also deshalb so abweisend?«
Werner Still nickte.
»Sie glauben aber noch immer, dass es einen Zusammenhang zwischen den beiden Fällen gibt?«
»Ich bin dabei, den Knochen freizulegen«, sagte Werner. »Wenn wir den Abdruck haben, wissen wir mehr. Aber ja. Ich glaube an keinen Zufall.« Er nahm den Becher und trank einen Schluck.

»Was wollten Sie mir zeigen?«

»Ich habe einige Röntgenbilder von Caroline Hvidtfeldt gemacht«, sagte Werner Still. Er griff nach dem Obduktionsbericht von Lea Dietrich und schlug eine bestimmte Seite auf. »Wenn Sie sich diese Bilder hier anschauen«, fuhr er fort und zeigte auf die Nahaufnahme von Haarrissen in den Fingerknochen, »werden Sie sehen, dass sich ähnliche Frakturen auch bei Caroline finden.« Er stand auf und setzte sich an seinen PC. Mit wenigen Mausklicken holte er die Röntgenaufnahmen auf den Bildschirm. »Kennen Sie sich mit Röntgenaufnahmen aus?«

»Nein.«

»Dann werde ich es Ihnen erklären.«

Mads stand auf und blickte auf den Bildschirm des Rechtsmediziners.

»Der Schatten, den Sie hier sehen, ist eine Fraktur«, sagte Werner Still und ließ den Finger über einen grauen Strich gleiten. »Wenn Sie das mit den Fotos von Lea Dietrich vergleichen, finden Sie dasselbe Muster.«

»Sie meinen, die Brüche sind auf dieselbe Weise entstanden?«

»Ja. Muster und Topografie sind identisch.«

»Haben Sie eine Vermutung, wie diese Brüche entstanden sein können?«

»Spontan würde ich sagen, dass da eine Art Schraubzwinge im Spiel war und dass der Druck kontinuierlich erhöht wurde.«

»Und wie verhält es sich mit Lea Dietrichs Füßen?«, fragte Mads und suchte im Obduktionsbericht die Bilder aus dem Grab heraus. »War das auch eine Schraubzwinge?«

»Nein«, antwortete Werner Still. »Die Füße des Mädchens

sind mit Sicherheit durch äußere Gewalt verletzt worden.« Er zeigte auf das Foto der freigelegten Knochen im feuchten Boden.

»Und das ist nicht der Druck vom Erdreich?«

»Nein. Bei diesen Brüchen war viel Energie im Spiel. Außerdem war das Grab nicht tief genug, um hohen Druck entstehen zu lassen.«

»Sagen Sie mir, was Sie denken.«

»Die Knochen sind zerschmettert worden«, sagte Werner Still. »Sie sind gesplittert. Das muss ein schwerer Gegenstand gewesen sein.«

»Und bei Caroline verhält sich das anders?«

»Ja. Caroline hat nur an den Fingerknochen solche Frakturen.«

Mads legte den Obduktionsbericht auf den Schreibtisch zurück. »Die Mordmethode ist also nicht identisch?«

»Auf den ersten Blick nicht, auch wenn es Übereinstimmungen zwischen den beiden Fällen gibt. Lea Dietrich wurde unweit ihres Wohnorts gefunden. Wir können nicht ausschließen, dass Caroline Hvidtfeldt irgendwo bei Kolding ins Wasser geworfen wurde, obwohl sie dann vermutlich irgendwo auf dänischem Boden angespült worden wäre«, sagte Werner Still und sah über den Rand seiner Brille hinweg zu Mads. »Wie sind die Strömungen im Kleinen Belt und in der Flensburger Förde?«

»Das muss ich noch herausfinden«, antwortete Mads.

»Mir ist da übrigens etwas in den Sinn gekommen. Haben Sie noch den Polizeibericht über den Fall von Süderlügum?«

»Ja.«

»Kann ich den sehen?«

»Natürlich«, antwortete Werner Still, zog eine Schublade auf und reichte ihm den Bericht. »An was denken Sie?«

»Die Biogasanlage Grellsbüll«, sagte Mads, blätterte im Bericht und tippte auf eine Seite. »Ja, ich hatte das richtig in Erinnerung, Sabine Dietrich hat da gearbeitet.«

»Ich kann Ihnen nicht ganz folgen.«.

Mads lächelte. »Ich habe Steen Hvidtfeldts beruflichen Hintergrund überprüft, und in diesem Zusammenhang tauchte der Name Grellsbüll auf.«

»Wie das?«

»Der gemeinsame Nenner ist Hvilshøj Energi, wo Steen Hvidtfeldt arbeitet. Die Firma hat die Biogasanlage Grellsbüll gebaut.«

»Haben Sie ihn damit konfrontiert?«

»Nein«, antwortete Mads. »Ich wollte mir erst sicher sein, dass ich das nicht falsch in Erinnerung hatte.« Er sah auf seine Uhr und stand auf. »Leider muss ich jetzt los. Ich muss noch ein paar Dinge abklären, ich glaube aber, dass Susanne Hvidtfeldt bereit ist, eine Aussage zu machen.«

17. September

Haderslev

Mads schloss die Tür des Vernehmungsraums und musterte Susanne Hvidtfeldt. Ihr Körper wirkte verschwindend klein, als wäre sie geschrumpft, jetzt, da ihre Familie sich auflöste. Er nahm ihr gegenüber Platz. Für einen Moment hob sie den Blick, dann starrte sie wieder auf die Hände in ihrem Schoß.

»Ich möchte Sie darauf aufmerksam machen, dass wir Ihre Aussage aufzeichnen«, sagte Mads. »Das ist in Ordnung für Sie, oder?«

»Natürlich«, antwortete Susanne Hvidtfeldt, ohne aufzublicken.

»Brauchen Sie etwas, bevor wir anfangen? Ein Glas Wasser?«

Sie schüttelte den Kopf. »Nein, danke, ich komme schon klar.« Ihr Blick huschte zu der Kanne mit Wasser und den Plastikbechern, die auf dem Tisch standen.

»Es ist Donnerstag, der 17. September. Befragung von Susanne Elise Hvidtfeldt. Anwesend: Kommissar Mads Lindstrøm.« Er machte eine kurze Pause und sah sie durchdringend an. Ihr Körper zitterte leicht, als fröre sie. »Können Sie mir die Tage vor Carolines Verschwinden beschreiben?«

Susanne Hvidtfeldt hob den Kopf. »Die Tage vor ihrem Verschwinden?«

»Ja, ist da irgendetwas Ungewöhnliches passiert? Hat Caroline irgendetwas gesagt, das im Nachhinein verdächtig wirkt?«

Sie sah auf die Tischplatte und schüttelte den Kopf.

»Ich glaube nicht. Die Schule hatte nach den Sommerferien gerade erst wieder begonnen. Sie hatte sich auf ihre Freundinnen gefreut.«

»Es gab also nichts Auffälliges?«

»Nein«, antwortete Susanne Hvidtfeldt mit einem leichten Kopfschütteln.

»Wie war Carolines Beziehung zu Ihrem Mann?«

»Wie meinen Sie das?«, fragte Susanne Hvidtfeldt.

»Beschreiben Sie mir die Beziehung zwischen den beiden. War sie eng?«

Ihr Blick flackerte kurz, und die Muskulatur an ihrem Hals zuckte ein paarmal. Er nahm den Kugelschreiber und machte sich ein paar Notizen.

»Ich weiß nicht, wie Sie das meinen«, antwortete Susanne Hvidtfeldt und atmete tief durch. »Ihre Beziehung war vermutlich ganz normal für Väter und Töchter.«

»Und was ist normal?«

Sie zuckte mit den Schultern, und in ihren Blick schlich sich eine gewisse Härte. »Wenn Sie glauben, dass Steen das war, sind Sie wirklich auf dem Holzweg«, sagte sie sichtlich empört. Sie atmete heftiger, die Sehnen an ihrem Hals spannten sich an, und sie legte sich die Hand vor den Mund, als wollte sie weitere Worte aufhalten.

»Es gibt eine Reihe von Indizien, die auf das Gegenteil hindeuten«, sagte Mads.

Susanne Hvidtfeldt ließ die Hand sinken und schloss die Augen. Sie wischte die Träne, die sich unter den Lidern hervorstahl, mit der Hand weg, ehe sie die Augen wieder aufschlug und Mads ansah. »Steen ist vielleicht nicht immer der beste Mann, aber er ist kein schlechter Vater.«

»Dann würden Sie die Beziehung der beiden als eng bezeichnen?«, fragte Mads, während er sich ihre Reaktion notierte.

»Steen kann manchmal sehr schroff sein, aber er ist ein liebevoller Vater.« Sie fuhr mit dem Finger unter dem Auge entlang, um eine Träne abzufangen. »Er ist einfach nicht gut darin, Situationen zu meistern, die er nicht kontrollieren kann.« Sie rang sich ein Lächeln ab.

»Können Sie genauer darauf eingehen?«

»Sie haben doch selbst gesehen, wie er reagiert hat, als ihm klar wurde, dass Caroline tatsächlich auf dieser Bahre lag. Vorher hat er die ganze Zeit geleugnet, dass ein schreckliches Verbrechen geschehen sein könnte.«

»Hatten Caroline und er manchmal Streit?«

Susanne Hvidtfeldt legte den Kopf etwas zurück, sah an die Decke und lachte gekünstelt. »Wer hat nicht manchmal Streit mit seinen Kindern?«

»Das ist richtig, aber jetzt reden wir von Ihrem Ehemann und Ihrer Tochter.«

»Steen war immer sehr liebevoll zu Caroline«, antwortete Susanne Hvidtfeldt mit einem besorgten Lächeln. »Er hat sie verwöhnt. Geschenke, Sommerkleider, Cafébesuche. Draußen hat er immer aufgepasst, aber zu Hause hat er sie gerne in den Arm genommen.«

»Hat Caroline jemals zum Ausdruck gebracht, dass er zu weit gegangen ist?«

Ein Zucken ging durch Susanne Hvidtfeldt, als hätte die Frage sie aus ihren Gedanken gerissen. Für den Bruchteil einer

Sekunde erstarrten alle Muskeln in ihrem Körper, dann war wieder diese Härte in ihrem Blick. »Nein!« Sie starrte ihn an. »Das eine ist, dass er mich betrogen hat. Vielleicht glaubt er, dass ich das nicht bemerkt habe, aber eine Frau bemerkt diese kleinen Details. Ein Hemd, das nach Parfüm duftet. Sitzungen, die mit der Zeit immer länger dauern.«

»Sie wussten also, dass die Konferenz in Flensburg nicht bis zum 28. August ging?«

Sie schnaubte. »Nein, aber das überrascht mich nicht. Es ist nicht das erste Mal, dass er lügt, auch wenn Erik Hvilshøj ihn deckt.«

»Die Telefondaten zeigen, dass er in den Stunden vor Carolines Verschwinden in Kolding war«, sagte Mads. »Bei der Obduktion sind Spuren von Medikamenten in ihrem Blut gefunden worden. Medikamente, die wir bei der Durchsuchung auch in Ihrem Haus gefunden haben. Was denken Sie darüber?«

Susanne Hvidtfeldt schwieg. Sie hatte ihren Blick fest auf ihn gerichtet, dann ließ sie die Hände in den Schoß sinken und schüttelte den Kopf. »Steen könnte so etwas niemals tun. Er hat Caroline geliebt.«

»Und wie erklären Sie sich, dass Benzodiazepin in Carolines Blut war und dass Ihr Mann Zugang zu dieser Art von Medikamenten hatte?«

»Ich verstehe nicht, worauf Sie hinauswollen«, antwortete Susanne Hvidtfeldt. »Steen nimmt generell keine Medikamente.«

»Neben rezeptfreien Mitteln gegen leichte Schmerzen, Allergien und Sodbrennen haben wir auch Diazepam gefunden, als wir Ihr Haus durchsucht haben. Das müssten Sie eigentlich wissen.«

Susanne Hvidtfeldt schloss die Augen und lehnte sich zurück. »Ja, das sind meine.«

»Und wie lange haben Sie diese Medikamente schon?«

»Lange«, antwortete Susanne Hvidtfeldt und atmete langsam aus. »Ich habe Schlafprobleme. Manchmal muss ich etwas nehmen, das meine Nerven beruhigt.«

»Würden Sie bemerken, wenn Ihr Mann einige von Ihren Tabletten nehmen würde?«

Ihre Schultern sackten nach unten, als sie ihn wieder ansah. »Nein, wohl nicht. Aber ich sage es noch einmal: Steen könnte Caroline so etwas niemals antun. Steen hat sich von der Pädophilie distanziert.« Wieder stiegen ihr die Tränen in die Augen, und sie wischte sie mit zitternden Fingern weg. »Ich habe keine Zweifel daran, dass Steen mich betrogen hat«, fuhr sie fort und sah zu Boden. Dann war ein Schluchzen zu hören. »Aber er würde ihr so etwas niemals antun!«

»Bei der Suche nach Caroline sind Lachgaspatronen von der gleichen Marke gefunden worden, wie sie auch bei Ihnen im Haus waren«, sagte Mads und schob die Schachtel mit den Papiertüchern zu ihr hinüber.

»Ich weiß nicht, wo die herkommen«, antwortete Susanne Hvidtfeldt, bevor Mads weiterreden konnte. »Oder warum wir die haben. Und ich weiß auch nicht, warum Blut an dieser Säge war. Ich weiß gar nichts.« Sie hob den Blick und sah ihn mit rot geränderten Augen an. Ihr Körper zitterte, und sie verschränkte die Arme vor der Brust, als könnte sie dadurch besser Halt finden. »Ich weiß nur, dass Caroline tot ist.«

17. September

Haderslev

Mads setzte sich an seinen Schreibtisch. Das entfernte Brummen des Verkehrs draußen vor dem Polizeirevier wirkte beruhigend. Er sah sich auf seinem Tisch um. Ein Wirrwarr von Dokumenten bedeckte fast die ganze Tischplatte. Er beugte sich vor, schob den Großteil zu Laugesen hinüber und legte Susanne Hvidtfeldts unterschriebene Aussage vor sich. Nach einem Blick auf die Uhr griff er zum Telefon und wählte die Nummer der Haftanstalt.

»Lindstrøm«, meldete er sich. »Ich muss Steen Hvidtfeldt noch einmal vernehmen.«

Er stand auf, holte sich die Fallakte, fügte das Aussageprotokoll hinzu und suchte die Nummer von Anwalt Gregers Tornborg heraus.

*

Mads nahm Platz. Ihm gegenüber saß Steen Hvidtfeldt. Seine Miene wirkte kalt und versteinert.

»Das ist doch Schwachsinn«, fauchte er, stützte die Hände auf die Tischplatte, erhob sich etwas und starrte Mads in die Augen. »Sie vergeuden Ihre Zeit!«.

»Setzen Sie sich«, antwortete Mads und platzierte das Diktafon auf dem Tisch. Er schaltete es ein, ohne die Augen von Steen Hvidtfeldt zu nehmen. Auch jetzt war das längliche Gesicht des Mannes von roten, hektischen Flecken übersät. Hvidtfeldt setzte sich, nachdem er kurz zu seinem Anwalt geblickt hatte.

»Vernehmung von Steen Hvidtfeldt, Donnerstag, 17. September. Anwesend: Rechtsanwalt Gregers Tornborg und Kommissar Mads Lindstrøm«, diktierte Mads und blätterte einen Moment in seinen Unterlagen. Dann richtete er den Blick auf Hvidtfeldt. »Halten Sie noch immer an Ihrer Aussage fest, dass Sie am 26. und 27. August in Flensburg waren.«

»Das habe ich doch schon gesagt«, antwortete Steen Hvidtfeldt und verdrehte die Augen. »Wie oft soll ich das denn noch sagen?«

»Der Aussage Ihrer Frau entnehme ich, dass Sie Caroline sehr lieb hatten. Ist das korrekt?«

»Ja, natürlich. Sie war mein einziges Kind.«

»War?«, fragte Mads. »Wie lange wissen Sie schon, dass sie tot ist?«

Steen Hvidtfeldt öffnete den Mund, atmete dann aber nur mit einem langen Seufzen aus. »Mein Gott!«

»Sagen Sie es mir.« Mads hielt an seiner Frage fest. »Wie lange wissen Sie schon, dass sie tot ist?«

»Seit Sie es mir gesagt haben und wir sie in Kiel gesehen haben, verdammt!«

»Sie halten also daran fest, dass Sie nichts von ihrem Tod wussten?«

»Ja! Sage ich doch«, schimpfte Steen Hvidtfeldt.

»Können Sie mir sagen, was Ihre Frau weiß?«

Eine Falte grub sich in Steen Hvidtfeldts Stirn. Dann sah er Mads mit wachsamem Blick an. »Ich verstehe nicht, wie Sie das meinen.«

»Als Sie den Aufbahrungsraum in Kiel verlassen haben, hat Ihre Frau Ihnen hinterhergerufen – ich zitiere: *Glaubst du, ich weiß es nicht?*«

Steen Hvidtfeldt schloss stöhnend die Augen. »Sie ist nicht richtig im Kopf.« Er streckte die Beine vor sich aus und verschränkte die Arme vor der Brust. »Sie hat lange geglaubt, ich hätte eine Affäre.«

»Dann ist ihr Verdacht, dass Sie sich mit einer anderen Frau treffen, unbegründet?«, fragte Mads.

»Ja!«, antwortete Steen Hvidtfeldt.

»Wie kommt es, dass Ihr Handy in den Stunden vor und nach Carolines Verschwinden beim Sendemast ›Kolding Fjord‹ eingeloggt war?«

»Das weiß ich doch nicht«, fauchte Steen Hvidtfeldt. »Vermutlich ein Fehler in Ihren Unterlagen. Das wäre ja nicht das erste Mal.« Er starrte Mads aus zusammengekniffenen Augen an.

»Wäre es möglich, dass Sie Caroline abgefangen haben?«

Ein Zucken ging durch Steen Hvidtfeldt, als Mads ein Foto zu ihm hinüberschob. Der Blick fuhr über den nackten Körper mit den herzförmigen Wunden um die Brustwarzen. Er schnappte nach Luft, und seine Hände zitterten, als er die Fotos berührte. »Warum zeigen Sie mir das?«

»Haben Sie das gemacht? Kann es sein, dass Sie Caroline nicht nur so geliebt haben, wie ein Vater seine Tochter lieben sollte?«

»Das Ganze ist doch absurd!«, schrie Steen Hvidtfeldt und schlug mit der Faust auf den Tisch. »Warum glauben Sie nur, dass ich meinem Kind so etwas angetan habe?«

»Haben Sie es denn?«

»Nein, verdammt, das habe ich nicht«, sagte Steen Hvidtfeldt und schob das Foto zu Mads zurück. »Wollen Sie mich jetzt auch noch anklagen, Sex mit ihr gehabt zu haben?«

»Haben Sie?«

»Jetzt reicht es!«, unterbrach der Anwalt ihn. Seine Augen blitzten, als er sich vorbeugte, den Finger hob und Mads anstarrte.

»Haben Sie?«, wiederholte Mads, ohne den Blick von seinem Gegenüber zu nehmen.

»Nein, verdammt! Ich habe weder Sex mit meiner Tochter gehabt, noch habe ich sie umgebracht!«, antwortete Steen Hvidtfeldt aufgebracht. Er rang nach Atem. Sein Körper zitterte, und seine Augen waren aufgerissen wie bei einem Tier, das in der Falle saß. Seine Brust hob und senkte sich unregelmäßig, und er riss sich den obersten Knopf seines Hemdes auf.

»Sie halten also daran fest, nichts über die Umstände von Carolines Tod zu wissen?«, fragte Mads, während er sich Steen Hvidtfeldts Reaktion notierte.

»Es reicht jetzt wirklich!« Tornborg stützte die Hände auf die Tischplatte. »Es gibt keine Beweise für Ihre Behauptungen!«

»Halten Sie daran fest?«, rief Mads, während er Tornborg mit ausgestreckter Hand auf Abstand hielt. »Antworten Sie mir!«

»Ja«, sagte Steen Hvidtfeldt. Seine Augen glitzerten, als er kraftlos auf seinem Stuhl zusammensackte, ohne Mads anzuschauen. »Natürlich tue ich das.« Er sah zu der Wasserkaraffe hinüber, aber Mads ignorierte den Blick.

»Was sagen Sie zu diesen Verletzungen hier?«, fragte Mads und schob ein anderes Foto über den Tisch. »Sie wurden ihr mit einer Säge zugefügt. Einer Säge, wie wir sie in Ihrem Schuppen gefunden haben.«

»Ich verlange, dass die Vernehmung augenblicklich beendet wird«, zischte Tornborg, den Blick auf Mads gerichtet. »Das hier wird Folgen haben.«

Steen Hvidtfeldt starrte auf das Foto von der klaffenden, bis auf den Knochen reichenden Wunde. »Was ist das?«

»Genau das frage ich Sie«, antwortete Mads.

»Ich rate Ihnen davon ab, weitere Antworten zu geben«, warf Tornborg ein.

Steen Hvidtfeldt senkte den Kopf. Ein schwaches Zittern ging durch seinen Körper. »Ich weiß es nicht. Und ich weiß auch nicht, warum Sie mir das zeigen. Reicht es nicht, dass ich Caroline verloren habe?« Seine Stimme klang flehend.

»Wie lange arbeiten Sie eigentlich schon bei Hvilshøj Energi?«, fragte Mads.

»Das ist irrelevant«, warf Tornborg ein. Er griff nach seinem Kugelschreiber und machte sich eine unleserliche Notiz.

Steen Hvidtfeldt hob langsam den Blick. »Wieso ist es wichtig, wie lange ich da schon arbeite?«

»Beantworten Sie einfach meine Frage.«

»Etwas mehr als vier Jahre.«

»Dann waren Sie dort schon angestellt, als die Anlage Grellsbüll in Süderlügum gebaut wurde?«

»Was hat das mit diesem Fall zu tun?«

»Antworten Sie einfach. Waren Sie am Bau der Anlage beteiligt oder nicht?«

»Sie brauchen die Frage nicht zu beantworten.« Gregers Tornborgs Gesicht war rot vor Wut.

»Antworten Sie«, verlangte Mads.

»Ja, das war ich«, sagte Steen Hvidtfeldt.

»Dann können Sie bestätigen, dass Sie im Sommer vor

einem Jahr in der Gegend von Süderlügum waren?«, fragte Mads und sah ihn abwartend an.

Steen Hvidtfeldt runzelte die Stirn. »Ja, warum?«

»Wie lange haben Sie die Lachgaspatronen schon bei sich zu Hause liegen?«

Tornborg schlug mit der flachen Hand auf den Tisch. »Ich rate Ihnen wirklich dringend, diese Fragen nicht zu beantworten.«

Steen Hvidtfeldt sah kurz zu seinem Anwalt, bevor er den Blick wieder auf Mads richtete. Etwas Unnahbares glitt über sein Gesicht. »Das weiß ich nicht. Ich hatte komplett vergessen, dass ich die habe.« Er zuckte mit den Schultern. »Zwei, vielleicht drei Jahre.«

»Dann waren Sie in jenem Sommer also bereits in Ihrem Besitz?«

»Möglich, ganz sicher bin ich mir aber nicht.«

Mads schob ihm zwei Ausdrucke hin. »Die Fotos, die Sie hier sehen, sind in Grellsbüll und Kolding aufgenommen worden«, sagte er.

Steen Hvidtfeldt runzelte die Stirn. Sein Blick huschte zwischen den Fotos der Lachgaspatronen hin und her.

»Die Lachgaspatronen, die in Grellsbüll und Kolding gefunden wurden, sind von derselben Marke wie die in Ihrem Haus.«

Steen Hvidtfeldt hob ruckhaft den Kopf. »Was wollen Sie damit sagen?« Seine Stimme zitterte, und sein Blick war voller Wut.

»Warum haben Sie diese Lachgaspatronen?«

»Antworten Sie nicht!«, riet Tornborg ihm.

»Doch, verdammt, ich antworte!«, rief Steen Hvidtfeldt. »Ich bin nämlich unschuldig, und die Dinger habe ich für den Sahnespender.«

»Den Sie nie hatten.«

»Ich habe keine andere Erklärung«, stöhnte Steen Hvidtfeldt. Er ließ die Schultern sinken und kniff die Lippen zusammen. »Ich habe meine Tochter nicht umgebracht. Glauben Sie mir doch.«

»Wer war sonst noch in Grellsbüll?«

»Ich verstehe nicht, was Carolines Tod mit Grellsbüll zu tun haben soll«, entgegnete Steen Hvidtfeldt.

»Hier«, sagte Mads und schob eine weitere Fotografie über den Tisch. »Erkennen Sie das Mädchen?«

Steen Hvidtfeldt sah verwirrt aus. »Was soll das jetzt?« Er machte Anstalten, sich zu erheben, aber Tornborgs missbilligender Blick hielt ihn zurück. »Wer ist das?«

»Das ist Lea Dietrich«, antwortete Mads und registrierte Hvidtfeldts verunsicherten Blick, der sich wieder auf das Foto des Mädchens richtete. Das fröhlich lächelnde Kindergesicht bildete einen krassen Kontrast zu der angespannten Stimmung im Raum.

»Ich verstehe nicht, worauf Sie hinauswollen«, sagte Steen Hvidtfeldt und schob das Bild weg. »Was hat sie mit dem Mord an Caroline zu tun?«

Er sah zu Tornborg, der die Arme vor der Brust verschränkt hatte.

»Das frage ich Sie«, antwortete Mads.

Hvidtfeldt schüttelte den Kopf. »Keine Ahnung. Ich weiß nicht, wer das ist.«

»Lea Dietrich ist im Sommer vor einem Jahr unter ähnlichen Umständen verschwunden wie Caroline«, sagte Mads. »Auffallend ist, dass an beiden Orten Lachgaspatronen gefunden worden sind, wie Sie sie hatten.«

»Das ist doch absurd!«, rief Steen Hvidtfeldt und sprang auf.

Seine Wangen leuchteten rot, und er wischte sich die Hände fieberhaft an den Hosenbeinen ab. Er sah zu Tornborg, aber der Anwalt machte keine Anstalten, eingreifen zu wollen. »Verdächtigen Sie mich jetzt des Mordes an beiden Mädchen?«

»Wer sagt, dass Lea Dietrich ermordet wurde?«

»Ich. Ich.« Steen Hvidtfeldt biss die Zähne zusammen. Er trat gegen den Stuhl, der umkippte und über den Boden rutschte. »Jetzt tun Sie doch was, Mann!«, rief er und starrte Tornborg an. »Stoppen Sie diesen Wahnsinn.«

Gregers Tornborg räusperte sich. »Ich habe es versucht«, antwortete er, ohne Steen Hvidtfeldt anzusehen, dessen Finger sich um die Tischkante krallten.

»Erzählen Sie mir mehr von Grellsbüll«, fuhr Mads fort.

Steen Hvidtfeldt ließ den Tisch langsam los und sah zu Mads. »Warum?«

»Weil ich Sie darum bitte. Wenn nicht Sie Caroline ermordet haben, wer war es dann?«

»Das weiß ich doch nicht«, antwortete Steen Hvidtfeldt. »Woher soll ich das denn wissen?«

»Wer war mit Ihnen dort?«

»Erik und André«, antwortete Steen Hvidtfeldt.

»Was für ein André?«

»André Leitner, der Betriebsleiter von Grellsbüll.«

»Ist er auch an der neuen Anlage beteiligt, die in Sottrupskov errichtet werden soll?«

»Natürlich«, erwiderte Steen Hvidtfeldt.

»Sonst noch jemand?«

»Keiner von uns.«

»Gibt es denn noch weitere Beteiligte?«

»Da ist noch einer. Der gehört aber nicht zu Hvilshøj Energi. Er heißt Moes. Jens Moes.«

»Und wer ist das?«

»Ein Gemeinderat«, erklärte Steen Hvidtfeldt. »Von der Kommune Aabenraa.«

Mads nickte nachdenklich. »Danke, das war für heute alles.« Er stand auf und schaltete das Diktafon aus. »Bleiben Sie bitte sitzen, es wird Sie gleich jemand abholen.«

17. September

Toftlund

Mads schaltete das Küchenlicht aus. Für einen Moment blieb er stehen und lauschte dem Wind, der auf Nordwest gedreht hatte und die Dachkonstruktion des alten Hauses auf die Probe stellte. Er zog die Tür halb zu und ging zum Sofa im Wohnzimmer. Beim Hinsetzen nahm er die Fernbedienung vom Couchtisch. Kurz darauf flimmerte das bläuliche Licht durchs Wohnzimmer. Die Stimmen übertönten das kontinuierliche Ticken der Wohnzimmeruhr, während Mads sich in die weichen Polster sinken ließ und den Wetterbericht verfolgte. Eine weitere Tiefdruckfront sollte in den nächsten Tagen über das Land ziehen.

Er spürte ein Vibrieren an seinem Oberschenkel und zog sein Handy aus der Hosentasche.

»Mads Lindstrøm.«

»Hier ist Per Teglgård.«

»Es ist schon spät. Was gibt es?«

»Ich habe gerade einen Anruf von NC3 erhalten«, sagte Per Teglgård.

Mads zog die Stirn in Falten. »Von der Abteilung für Cyberkriminalität? Um was geht es denn?«

»Einer ihrer Mitarbeiter hat etwas gefunden, das vielleicht mit unserem Fall zu tun hat.«

Mads richtete sich auf. Er griff zur Fernbedienung und schaltete den Fernseher aus.

»Es geht um ein Video«, fuhr Per Teglgård fort. »Der Kollege ist darüber gestolpert, als er im Darknet nach etwas anderem gesucht hat. Er meint, es könnte für uns von Interesse sein.«

»Von was für einem Video reden wir?«

»Kinderpornografie«, antwortete Per und zögerte einen Augenblick. »Oder besser gesagt Snuff. Die arbeiten natürlich auch weiter an dem Fall. Er scheint Teil einer größeren Geschichte zu sein.«

»Ein Pädophilenring?«

»Ja«, antwortete Per.

»Caroline Hvidtfeldt ist sexuell nicht missbraucht worden.«

»Das weiß ich, trotzdem möchte ich, dass du einen Blick darauf wirfst. Es ist nicht sicher, dass es sich um Caroline Hvidtfeldt handelt. Es könnte aber sein.« Er machte eine Pause. »Wir müssen uns sicher sein.«

»Hast du das Video gesehen?«

»Nein«, antwortete Teglgård. »Noch nicht. Die sichern es noch.«

»Wäre es nicht ratsam, dass auch Werner Still es sich anschaut?«, schlug Mads vor und sah in Richtung Terrasse. Das Knacken der Holzkonstruktion jagte ihm einen kalten Schauer über den Rücken.

»Keine schlechte Idee«, meinte Per. »Er könnte sicher sagen, ob die Verletzungen zu denen von Caroline Hvidtfeldt passen.«

»Ich rufe ihn an«, sagte Mads und stand auf. Sein Blick fiel für einen Moment auf den hellen Fleck an der Tapete. »Reicht es morgen früh?«

»Ja«, antwortete Per Teglgård. »Um acht?«

»Geht in Ordnung.« Er ließ die Hand sinken, nachdem Per aufgelegt hatte, und starrte durch das dunkle Fenster nach draußen. Der Regen zeichnete filigrane Muster aufs Glas. Mads zuckte zusammen, als ihm das Handy aus den Fingern rutschte und zu Boden fiel. Er blinzelte ein paarmal. Die Scheinwerfer eines vorbeifahrenden Autos warfen Schatten auf die schmutzigen Fenster. Schließlich hob er das Handy auf, suchte Werner Stills Nummer heraus und rief ihn an.

»Ja?«, antwortete Werner Still. Seine Stimme klang rau.

»Entschuldigung«, meldete Mads sich. »Habe ich Sie geweckt?« Er schaltete das Licht in der Küche ein und starrte sein Spiegelbild in der dunklen Scheibe an.

»Ich bin wohl eingenickt.«

»Tut mir leid. Per Teglgård hat gerade angerufen. Ich brauche morgen Ihre Hilfe. Können Sie nach Haderslev kommen?«

»Ja, natürlich. Um was geht es denn?«

»Das NC3, das National Cyber Crime Center, hat ein Video im Darknet gefunden«, antwortete Mads. »Ich hätte gerne Ihre Hilfe, um festzustellen, ob Caroline Hvidtfeldt darin zu sehen ist.«

18. September

Haderslev

»Guten Morgen.« Per Teglgård hob den Blick und sah zur Tür, als Mads hereinkam. Ein kurzes Lächeln kräuselte seine Lippen, bis sich der übliche Ernst wieder einfand.

»Was hast du für mich?«, fragte Mads und setzte sich auf den leeren Stuhl vor dem Schreibtisch seines Chefs. Neben der Tastatur lag eine zerknüllte 7-Eleven-Tüte, Gebäckkrümel flankierten den leeren Kaffeebecher.

»Willst du auch einen Kaffee?« Per Teglgård stand auf und griff nach seinem leeren Becher. Sein Gesicht war aschgrau, als wäre er die ganze Nacht im Büro gewesen.

»Danke«, sagte Mads. »Ich kann uns einen holen.«

»Ein paar Schritte tun mir sicher gut«, antwortete Teglgård. »Schwarz?«

Mads lächelte als Antwort auf die rhetorische Frage. Er sah sich im Raum um, bis sein Blick an den Fotos der früheren Dezernatsleiter hängen blieb, die über der kleinen Sofaecke hingen. Er wandte sich ab, als er an vorletzter Stelle das Foto seines Vaters sah.

»Bitte«, sagte Teglgård und reichte Mads einen der beiden gefüllten Kaffeebecher. Schwer atmend schloss er die Tür hinter sich und setzte sich an seinen Schreibtisch. Er rieb sich das Gesicht und lehnte sich auf seinem Bürostuhl nach hinten.

»Die Kollegen vom NC3 ermitteln schon lange gegen einen Pädophilenring.«

»Und das Video, das sie gefunden haben?«, fragte Mads. »Gibt es einen Zusammenhang mit dem Mord an Caroline Hvidtfeldt?«

Per Teglgård nickte kaum merklich. »Vielleicht. Sie hatten natürlich auch die Fahndung mit der Beschreibung des Mädchens vorliegen.« Er unterdrückte ein Gähnen. Sein Blick ruhte ein paar Sekunden auf seinem Kaffeebecher, bis er die Augen wieder auf Mads richtete. »Ich habe mir das Video heute Nacht angesehen. Es ist äußerst professionell geschnitten. Da ist ganz sicher kein Amateur am Werk.«

»Zeigt es Caroline?«

»Das überlasse ich dir und Werner Still«, antwortete Per. Er legte die Finger um seinen Becher und trank einen Schluck, ehe er ihn wieder abstellte. »Aber das Video ist echt ... heavy«, fuhr er fort und stand auf. Müde griff er nach der Papiertüte, knüllte sie zusammen und warf sie in den Mülleimer. »Das Video liegt in einem separaten Ordner«, sagte er und starrte nach draußen auf den sich langsam vorbeischiebenden Verkehr. »Bestimmt kann Werner Still sagen, ob die Verletzungen zu unserem Opfer passen.«

*

Mads schloss die Tür zu seinem und Laugesens Büro. Ein ganzes Arsenal von leeren Kaffeebechern stand auf dem Schreibtisch seines Kollegen. Einzelne Blätter lagen wild über beide Tische verstreut, als wäre ein Tornado durch den Raum gefegt. Im Mülleimer ragte ein halb gegessenes Sandwich aus einer Papiertüte. Der Geruch von Rotkohl und Gurken verlieh der abgestandenen Luft eine säuerliche Würze.

Mads öffnete das Fenster, sammelte die Papiere zusammen und schob sie zu Laugesen hinüber. Der Spalt zwischen den beiden Schreibtischen, die sich gegenüberstanden, bildete eine Grenzlinie. Penible Ordnung gegen ein ständiges Chaos aus Papieren und benutzten Kaffeebechern. Dann ließ er sich seufzend auf seinen Bürostuhl fallen.

Die Finger gingen automatisch zum Startknopf des PCs, und einen Augenblick später begann der Lüfter zu summen. Er warf einen Blick auf den Ordner mit den Unterlagen zum Fall Caroline Hvidtfeldt, zögerte einen Moment, klickte dann aber doch das Video an. Zuerst war der Bildschirm schwarz. Sein Herz schlug schwer in der Brust. Er wusste nicht, was ihn erwartete, bis ein schriller Schrei ihn zusammenzucken ließ. Verzweiflung und Furcht hallten darin wider. Sein Puls stieg, während auf dem schwarzen Hintergrund weiße, eckige Buchstaben zum Vorschein kamen. *Charon.* Dann wurde alles still, und das Wort verschwand in einem diesigen, sich allmählich auflösenden Nebel, bis ein Gesicht zum Vorschein kam. Das Bild flimmerte, als wäre es unter Wasser, die Angst in den Augen war aber trotzdem zu erkennen. Die Kamera glitt langsam über einen nackten Körper, der zitterte, als badete er in Eiswasser. Helle, vor Schweiß glänzende Haare. Die Haut über den Schlüsselbeinen war gespannt, die kleinen Brustwarzen ragten in die Höhe.

Mads hob den Blick, als es an der Tür klopfte. »Herein!« Er drückte auf den Pausenknopf und räusperte sich. Ein paar lange Sekunden klebte sein Blick noch am Bildschirm, der Rest an Hoffnung, dass das Video nicht Caroline Hvidtfeldt zeigte, war aber verschwunden. Die Todesangst hatten sie verändert, trotzdem zweifelte er keine Sekunde. Er drehte den Kopf und sah zur Tür, wo Werner Still aufgetaucht war.

»Was haben Sie da?«, fragte Werner Still und sah sich in dem kleinen Büro um.

»Ein Video, das einen Mord zeigt«, sagte Mads und sah auf seine zu Fäusten geballten Hände. Die Knöchel traten weiß hervor, und es tat richtig weh, als er die Finger wieder ausstreckte.

»Den Mord an Caroline Hvidtfeldt?«

»Ja.« Mads sah wieder zum Bildschirm. Die Videosequenz war eingefroren und zeigte einen Großteil des Torsos. »An der Tür sind ein paar Kleiderhaken«, sagte er und riss seinen Blick von dem Bild los. »Kaffee?«

»Ja, gerne.« Werner Still lächelte ihm zu und fuhr sich mit einem Kamm durch die schütteren Haare. »Das wäre nett.«

»Schwarz?«

Werner Still lachte leise. »Sie kennen mich bereits.« Er rieb die Hände aneinander und betrachtete den schmächtigen Körper auf dem Bildschirm. »Haben Sie sich das Video schon angesehen?«

»Nur die ersten Minuten«, antwortete Mads.

Wenig später kam er mit einem gefüllten Kaffeebecher zurück und schloss die Tür hinter sich. »Hier«, sagte er und reichte ihn seinem Besucher.

»Danke.« Werner Still hatte in der Zwischenzeit Laugesens Bürostuhl an Mads' Schreibtisch geschoben und sich hingesetzt.

»Gucken wir uns das Video noch mal von vorne an?«, schlug Mads vor.

»Ja, das ist wohl am besten«, antwortete Werner Still und nippte an der dampfenden Flüssigkeit.

»Derjenige, der offenbar das Video gedreht hat, nennt sich Charon«, sagte Mads und startete das Video aufs Neue.

Er schwieg, während sein Blick am Bildschirm klebte. »Die Abteilung für Cyberkriminalität hat noch keine Anhaltspunkte, wer es ist.«

»Charon?« Werner Still beugte sich mit gerunzelter Stirn nach vorne. »Wie der Fährmann, der die Toten über den Fluss Styx bringt?«

»Keine Ahnung«, sagte Mads und zuckte mit den Schultern, während das Gesicht des Mädchens wieder zum Vorschein kam. Er sah zu Werner Still, der aufmerksam das Video verfolgte. Die Oberfläche kräuselte sich, als würde Wind über Wasser wehen.

»Sie haben recht«, sagte Werner Still, ohne den Blick vom Bildschirm zu nehmen. »Das ist Caroline Hvidtfeldt.« Er atmete tief ein und verfolgte die weiteren Szenen. Angstschweiß perlte auf ihrer bleichen Haut, während Caroline mit weit aufgerissenen Augen in die Kamera schaute. »Er hat sich Mühe gegeben. Ohne die kleinen Schweißperlen könnte man wirklich glauben, sie läge unter Wasser«, meinte er und zeigte auf den Bildschirm.

Mads nickte und beugte sich weiter vor, als die Kamera über ihren Körper glitt. Die Hände waren gefesselt. Die groben Seile schnitten sich mit jeder Bewegung tiefer in ihre Haut. Er atmete tief ein und langsam durch die Nase aus, während die Kamera die Reise über den Körper des Mädchens fortsetzte. Einen Augenblick verharrte sie auf ihrem Geschlecht. Die Beine waren etwas gespreizt, sodass eine Andeutung von erster Schambehaarung zu erkennen war. Dann glitt die Kamera weiter bis zu den Knöcheln. Mit großen, messingfarbenen Schnallen waren breite Lederriemen über ihre Knöchel gespannt, die ihre Beine festhielten. Für den Bruchteil einer Sekunde flackerte das Bild, dann wurde alles schwarz.

Gleich darauf wurde die Dunkelheit von einem grauen Schleier abgelöst, der wie Nebel über ein dunkles Meer zog. Mads kniff die Augen zusammen, als eine Silhouette in dem Nebel sichtbar wurde. Ein gondelartiges Boot wurde von einer Gestalt in einer Kutte mit langsamen, ruhigen Bewegungen über das Wasser gestakt. Plötzlich hob die Gestalt das Gesicht und starrte ihn direkt an. Ein Blick voller Hass und Bosheit brannte sich in sein Bewusstsein, während der Name *Charon* leise flüsternd durch die Lautsprecher zu hören war.

Mads' Herz setzte für einen Schlag aus, während seine Augen die Gestalt krampfhaft festzuhalten versuchten, die wieder im Nebel verschwand. Erneut wechselte das Bild, jetzt zoomte es Carolines Hand ein. Gerillte Stahlflächen drückten ihre Finger zusammen. Die Haut spannte sich und wurde immer violetter, je weiter sich die Platten der Schraubzwinge annäherten. Das trockene Geräusch des brechenden Nagels ging in ein Knirschen über, die Schreie gellten in ihren Ohren. Dann platzte die Haut auf.

Mads drehte den Kopf und sah zu Werner Still hinüber. Der ältere Mann saß regungslos auf seinem Stuhl, die Augen fest auf den Bildschirm gerichtet.

»Das ist der Grund für die Frakturen der Fingerknochen«, sagte der Rechtsmediziner. »Alle Finger sind auf dieselbe Art gebrochen worden. Er muss sie nacheinander zerquetscht haben.«

Mads nickte und richtete den Blick wieder auf den Bildschirm. Die Finger waren in Nahaufnahme zu sehen. Hautfetzen hingen von den Spitzen herab, die über die Holzplatte wischten, auf der das Mädchen lag. Lange Splitter ragten heraus – rostfarben vom Blut, das an ihnen klebte.

Ein Schauer lief Mads über den Rücken. Wieder wechselte

das Bild. Jetzt zoomte die Kamera ihr Gesicht ein. Tränen liefen ihr über die Wangen.
»Wie war das bei Lea Dietrich?«
»Dieselben Frakturen der Finger«, antwortete Werner Still. »Abgesehen davon gibt es – rein skelettmäßig – aber wenige Übereinstimmungen. Zu den anderen Verletzungen kann ich aus plausiblen Gründen ja nichts sagen.«
»Natürlich nicht.« Mads beugte sich vor, als das Bild ihren Hals und dann den Torso zeigte.
»Da. Er zögert«, sagte Werner Still. Für den Bruchteil einer Sekunde verharrte die Kamera auf ihren Brüsten, ehe sie weiter über den schmächtigen Körper nach unten fuhr. »Auch wenn es keine Anzeichen für einen sexuellen Übergriff im klassischen Sinne gibt, ist die Tat ohne Zweifel sexuell motiviert«, fuhr er fort. »Das Fesseln, die Seile und die Lederriemen. Die Bloßstellung. Er ist beherrscht. Geht wohlüberlegt vor. Sadistisch.«

Mads nickte, den Blick auf das Messer geheftet, das im Licht aufblitzte. Die Spitze ritzte federleicht über ihre Haut. Liebkoste den Körper des Mädchens mit sanften Bewegungen, bis sie innehielt. Mads starrte auf die blanke Klinge, die die Haut durchbohrte. Die Brust des Mädchens hob sich ruckhaft, als bekäme es kaum Luft. Das Schluchzen, das aus ihrer Kehle kam, wurde von ihrem Schrei zerrissen. Mit angehaltenem Atem starrte Mads auf die Klinge. Blut sickerte hervor und lief seitlich über die blasse Haut nach unten. Dann arbeitete sich das Messer weiter durch die Haut, wobei das eingeritzte Herz immer deutlicher und der Stahl der Klinge immer roter wurde.

Mads hielt das Video an und ließ es langsam rückwärtslaufen.

»Was ist?«, wollte Werner Still wissen.

»Achten Sie auf den Hintergrund«, sagte Mads, während das Blut rückwärtsfloss und verschwand. Die Klinge fuhr über Carolines Brust. Das Licht glänzte auf dem Stahl, bis das Messer aus dem Bild verschwand. Mads sah zu Werner Still hinüber, als er die Sequenz noch einmal in der richtigen Reihenfolge abspielte. Dieses Mal achtete er auf den Hintergrund. Die Dunkelheit schluckte die meisten Details, als gäbe es sie nicht oder als wären sie vollkommen irrelevant, während das Messer erneut sein Spiel mit dem zitternden Körper trieb. Für den Bruchteil einer Sekunde fiel Licht auf den Hintergrund, dann war die Dunkelheit wieder da.

»Haben Sie es gesehen?«

»Nein.«

Mads spulte noch einmal zurück und verfolgte aufmerksam die Bildsequenz. »Da«, sagte er und streckte den Arm aus, als durch den Lichtschein eine goldene Nuance im Hintergrund zu erkennen war.

Werner Still beugte sich vor und betrachtete das Objekt. »Was ist das?«

»Ich glaube, es ist ein Rahmen.«

»Können Sie den Gegenstand einzoomen?«

»Leider nein«, antwortete Mads. Ein Anflug von Missmut dämpfte den Adrenalinschub, den er verspürt hatte, und er lehnte sich auf seinem Stuhl zurück.

»Machen wir weiter«, sagte Werner Still. Mit unleserlichen Hieroglyphen notierte er sich die Stelle im Video und nickte Mads zu.

Der holte tief Luft und drückte erneut auf Start. Schluckend sah er zu, wie das Messer in die Haut eindrang. Die Wundränder klafften, entblößten das Gewebe unter der Haut und ließen das Blut strömen. Er atmete durch die zusammengepressten Lippen aus und starrte auf den Bildschirm, bis wieder das Boot zum Vorschein kam.

»Sie haben recht«, sagte Mads. »Er sieht sich selbst als Fährmann.« Wie hypnotisiert verfolgte er die Bilder. Der Nebel legte sich um das Stakholz, griff mit dünnen Armen um die Reling und kroch empor zu den vielen Schädeln, aus denen die Galionsfigur sich zusammensetzte. Mit einem Mal hob der Fährmann den Kopf. Die lange Kapuze flatterte um das dunkle Gesicht, und die Augen starrten sie mit einer alles verzehrenden Kraft an. Dann flüsterte er seinen Namen. *Charon.*

Der Bildschirm wurde schwarz. Sekunden vergingen, dann materialisierte sich ein grauweißer Rauch aus dem Nichts und wirbelte kryptisch über den Schirm. Wie spielerisch tanzte er um sich selbst, ehe er sich auflöste und wieder verschwand. Im nächsten Augenblick wechselte das Bild, und Mads starrte direkt in das Auge des Mädchens. Wundhaken hielten es auf, sosehr sie auch dagegen ankämpfte. Wieder strich grauweißer Rauch über das Bild, während die Angst in ihrem Blick immer stärker wurde. Die Pupillen weiteten sich, und Mads' Brust schnürte sich zusammen, als er das Glänzen der Zigarettenglut wahrnahm, die immer näher kam, und die Panik in ihrem Blick immer greifbarer wurde.

Mads wandte den Blick ab, hörte aber das Zischen und den herzzerreißenden Schrei. Für einen Moment saß er mit geschlossenen Augen da und hoffte, dass das alles nicht wahr war, doch Werner Still holte ihn zurück in die Wirklichkeit.

»Können wir uns das noch mal von Anfang an ansehen?«, fragte er. »Am besten ab der Stelle, an der die Kamera zum ersten Mal über ihren Körper fährt.«

In kurzen Sequenzen liefen die Bilder rückwärts. Die blutige Wunde schloss sich, und Charons Todesschiff verschwand im Nebel, bis sie wieder bei den Aufnahmen von ihrem Körper waren.

»Ich war mir anfangs sicher, dass die Aufnahmen chronologisch waren, dass die Verstümmelungen in genau dieser Reihenfolge stattgefunden haben und er das Ganze nur hinterher zusammengeschnitten hat, aber jetzt kommen mir da Zweifel.« Werner Still betrachtete die Bilder. »Da«, sagte er und zeigte auf Carolines Körper. »Auf dem Tisch war schon Blut, als die Kamera ihren Körper abfährt«, fuhr er fort. »Einige ihrer Finger muss er da schon zerquetscht haben. Ich hatte angenommen, dass sie vor Kälte zittert, vermutlich haben wir es aber eher mit einer respiratorischen Alkalose zu tun. Sie hyperventiliert vor Schmerzen oder Angst. Sehen Sie selbst. Die Finger krampfen, und ihr Blick ist desorientiert.« Er kniff die Lippen zu einem schmalen Strich zusammen. »Sie hat Todesangst. Sie weiß, was er tut. Er hat ihr die Finger der Reihe nach zerquetscht.«

»Sind Sie sich sicher?«

»Ja.« Werner Still zeigte auf eine rostfarbene Spur unter ihrer Hand. »Das da ist Blut«, fuhr er fort und tippte mit dem Finger auf den Bildschirm. »Und wenn es nicht ihr Blut ist, das wir sehen, ist das vielleicht der Tatort eines weiteren Verbrechens.«

Mads nickte nachdenklich. »Können wir sehen, wie viele Finger zerquetscht sind?«

»Drei oder vier an der linken Hand.« Werner Still musterte zögernd das Bild, ehe er sich wieder Mads zuwandte. »Die Röntgenaufnahmen zeigen Brüche in allen Fingerknochen der linken Hand. Aus der Farbe des Blutes hier würde ich aber schließen, dass die Verstümmelungen über einen längeren Zeitraum vorgenommen wurden.«

»Widerlich! Der Täter muss es genossen und absichtlich in die Länge gezogen haben.« Mads stand auf. Die Unruhe kribbelte in seinem ganzen Körper, sie kroch unter seine Haut und saugte sich dort fest wie ein Egel. Er lief ein paar Schritte hin und her, bis er wieder stehen blieb, die Lehne seines Stuhls packte und erneut auf den Bildschirm starrte.

»Sollen wir weitermachen?«, fragte Werner Still und sah zu ihm auf.

Mads nickte. Er sah aus dem Fenster. Die Autos rollten vorbei, als wäre nichts geschehen. Schließlich setzte er sich schwer atmend wieder hin.

»Soll ich zu der Stelle vorspulen, wo wir waren?«

»Ja«, sagte Werner Still und trank einen Schluck des inzwischen kalten Kaffees.

Mads' Magen drehte sich um, als erneut das schreckliche Zischen durch die Lautsprecher kam. Die Kamera zoomte ein. Die Fingerspitzen einer Hand in einem groben Handschuh strichen über ihren Torso. Liebkosten die herzförmige Wunde, bis sie sich plötzlich ins Fleisch bohrten. Der Brustkasten bäumte sich vor Schmerzen ruckhaft auf. Die Hände krampften. Die Fingerspitzen krallten sich in die raue Holzplatte und kratzten wieder und wieder darüber, während der ganze Körper sich unter Schmerzen aufbäumte.

Das Mädchen schnappte panisch nach Luft, als der Täter den Finger endlich aus der Wunde nahm. Am ganzen Körper zitterten die Muskeln, während die Hände in Krämpfen erstarrten. Ihr Blick flackerte, bis er sich auf etwas zu ihrer Linken heftete. Ihre Hände versuchten sich zu befreien, aber die Seile rissen sich nur tiefer in ihre Haut. Sie öffnete den

Mund, doch ihr Körper war zu entkräftet. Der Schrei kam nur als eine Art weinendes Murmeln über ihre Lippen, während die Nadel ihre Haut durchstach und sich in eine Vene bohrte. Langsam wurde der Stempel der Spritze nach unten gedrückt. Die trübe Flüssigkeit drang in ihr Blut, während ihr gequälter Blick um Gnade flehte. Dann kippte das Gesicht zur Seite, und sie starrte matt vor sich hin, während die Finger sich krümmten und über das Holz kratzten, bevor der Bildschirm schwarz wurde.

Ein scharfer, rhythmischer Laut erfüllte die Dunkelheit und ließ das Blut in den Adern gefrieren. Mads atmete aus, als erneut das Gesicht des Mädchens zu sehen war. Das verbrannte Auge blickte starr vor sich hin. Rote Spinnweben zogen sich über den weißen Augapfel.

»Er wartet auf den richtigen Zeitpunkt«, mutmaßte Werner Still. »Das Warfarin wirkt bereits. Die kleinen Blutgefäße platzen, und das Blut strömt in das umliegende Gewebe. Hier kann man das deutlicher sehen, aber dasselbe ist auch in den Schleimhäuten im Darm passiert.«

»Glauben Sie, dass er Erfahrung damit hat?«

»Ohne jeden Zweifel. Die Acetylsalicylsäure verstärkt die Wirkung des Warfarins. Es ist nicht ausgeschlossen, dass er vorher schon andere Mischungen ausprobiert hat.«

»Und Lea Dietrich?«

»Unmöglich zu sagen«, antwortete Werner Still, während eine Hand Carolines Kiefer packte. Die Finger des Täters bohrten sich in ihre Wangen und zwangen sie, den Mund zu öffnen. Die Todesangst leuchtete aus ihren Augen, als eine Kneifzange sich um ihre Zunge legte und zusammengedrückt wurde. Die spitzen Metallenden drangen ins rosa Fleisch, Blut spritzte heraus und rann aus ihrem Mundwinkel. Vergeblich wand sie sich, um freizukommen. Übelkeit stieg in Mads auf, als er die Klinge des Messers sah, dann kniff er die Augen zu.

»Halten Sie das Video an«, sagte Werner Still.

Mads drückte den Pausenknopf, und das Bild fror in der grotesken Szene einer Sintflut ein, die ihr Gesicht rot färbte.

Der Rechtsmediziner stand auf. »Ich halte das nicht mehr aus. Wissen Sie, es ist schon schlimm genug, wenn ich sie auf dem Tisch habe. Aber das ist nicht so explizit wie dieser Mitschnitt. Ich brauche einen Kaffee und ein bisschen frische Luft.«

18. September

Haderslev

»Ich brauche ihn noch einmal, und nein, das kann nicht warten!«, sagte Mads mit scharfer Stimme. Die Ruhelosigkeit ließ ihn nicht mehr los, und das Adrenalin schärfte seine Sinne. Er legte auf und warf das Telefon auf den Tisch. Einen Augenblick lang starrte er Werner Still an, als wäre es seine Schuld, dass Gregers Tornborg einer weiteren Vernehmung von Steen Hvidtfeldt widersprochen hatte. Dann ließ er sich auf den Bürostuhl fallen.

»Klappt es?«, fragte der Rechtsmediziner.

»Ja«, sagte Mads und nickte langsam. »War aber nicht leicht.«

Der Bildschirm war im Stand-by, trotzdem hatte er das Gefühl, als wäre das Bild von Carolines blutigem Gesicht als Schatten auf dem schwarzen Hintergrund zu sehen. Er griff noch einmal nach seinem Handy und wählte die Nummer der Kriminaltechnik.

»Ja?«, meldete Sarah Jonsen sich. Ihre Stimme klang frisch.

»Ich habe hier ein Video. Kannst du mir Ausschnitte daraus vergrößern?«

»Videostills, ja klar. Um was geht es denn?«

»Das NC3 hat uns heute Nacht die Datei zugeschickt. Ich

brauche ein paar Aufnahmen in Vergrößerung. Es geht um den Hintergrund. Bestimmte Oberflächen.«

»Ist die Auflösung gut genug?«

»Damit kennst du dich besser aus. Möglicherweise kannst du ja ein bisschen zaubern«, meinte Mads.

Sie lachte leise. »Ich komme bei dir vorbei, sobald ich Zeit habe. Bis wann brauchst du es?«

»Vorgestern?«

»Okay«, antwortete Sarah. »Ich beeile mich.«

»Danke.« Mads legte auf und sah kurz zur Uhr. »Ich muss los«, sagte er. »Steen Hvidtfeldt ist gleich hier.«

»Und ich sollte auch nach Kiel zurückfahren«, erwiderte Werner Still. »Rufen Sie mich an, wenn Sie mehr wissen.«

*

Die Verärgerung war Gregers Tornborg anzusehen, als er gegenüber von Mads am Tisch des kleinen Vernehmungsraums Platz nahm.

»Freitag, der 18. September. Vernehmung von Steen Hvidtfeldt. Anwesend: Rechtsanwalt Gregers Tornborg und Kommissar Mads Lindstrøm«, leitete Mads die Vernehmung ein und sah von Tornborg zu Hvidtfeldt, der ihn mit verbissener Miene anstarrte.

»Charon«, sagte Mads und beugte sich auf seinem Stuhl vor, während er Steen Hvidtfeldt musterte. »Was sagt Ihnen dieser Name?«

Ein fragender Ausdruck huschte über Steen Hvidtfeldts Gesicht, dann war die Härte wieder da. »Nichts«, antwortete er und verschränkte die Arme vor der Brust. »Absolut nichts.«

»Denken Sie gut nach«, forderte Mads ihn auf.

»Ich weiß nicht, worauf Sie hinauswollen«, sagte Steen Hvidtfeldt und starrte ihn an. »Was hat das mit Carolines Tod zu tun?«

»Das frage ich Sie«, antwortete Mads und hielt seinen Blick fest. »Was sagt Ihnen der Alias Charon?«

»Ich weiß nichts von diesem Alias.« Steen Hvidtfeldts Stimme zitterte. »Und ich kenne niemanden, der so heißt, sieht man mal von dem Typ ab, der die Seelen der Toten ins Totenreich bringt.«

»Haben Sie das getan?«, rief Mads. »Haben Sie Carolines Seele ins Totenreich überführt? Haben Sie aufgezeichnet, wie Sie sie umgebracht haben, und die Bilder dann mit Ihren Freunden geteilt?«

»Nein, verdammt!« Die Panik stand Steen Hvidtfeldt in den Augen. Im Aufstehen taumelte er zitternd einen Schritt nach hinten und musste sich für einen Moment an Tornborgs Schulter festhalten. Die Finger bohrten sich in die Schulter seines Anwalts, während er versuchte, das Gleichgewicht wiederzufinden. »Was werfen Sie mir da eigentlich vor?« Er sank auf seinem Stuhl zusammen und begann zu weinen. »Ich habe Caroline nicht umgebracht.« Seine Stimme war kraftlos. Langsam hob er den Blick. »Das stimmt. Ich sage Ihnen die Wahrheit.«

»Dann sagen Sie mir endlich, wo Sie waren, nachdem Sie aus dem Hotel in Flensburg ausgecheckt hatten und bevor Sie den Anruf von Hvilshøj Energi bekamen.«

»In Kolding«, stammelte Steen Hvidtfeldt. Das Zittern wurde stärker. Er legte die Stirn in die Hände und verbarg das Gesicht. »Ich war im Hotel Comwell.« Er schwieg. Seine Brust zog sich krampfhaft zusammen, seine Miene verzerrte sich zu einer gequälten Grimasse, und ein leises Schluchzen drang über seine Lippen. Schließlich ließ er die Hände sinken. Ein paar Sekunden starrte er vor sich hin, dann sagte er: »Ich war mit Astrid zusammen.«

18. September

Haderslev

»Da! Siehst du's?« Mads zeigte auf den Bildschirm, wo für einen Moment etwas Licht auf den Hintergrund fiel. Sarah Jonsen beugte sich vor. Ihre langen, roten Locken hingen über die Tastatur, dann strich sie sich die Haare aus dem Gesicht. Ihr Blick war auf den Ort gerichtet, den Mads ihr gezeigt hatte, während sie konzentriert Bild für Bild der Videosequenz durchging.

»Kannst du das vergrößern?«, fragte Mads, als sie das Bild einfror.

»Natürlich kann ich das«, antwortete sie und lächelte herausfordernd. »Die Frage ist nur, ob die Auflösung reicht.« Das Bild zeigte den Teil des Videos, an dem der goldene Winkel im Hintergrund aufleuchtete.

»Würde es helfen, die Farben des Bildes zu verändern?«, schlug Mads vor.

»Vielleicht«, sagte Sarah mit einem Nicken. Sie klickte sich schnell durch das Menü, einen Augenblick später traten die goldbraunen Nuancen deutlicher zum Vorschein. An der Innenseite des Winkels waren rote und graue Schatten zu erkennen.

Mads kniff die Augen zusammen und nickte anerkennend. »Ein Gemälde?« Er musterte den Bildausschnitt genauer. Ein weißer Fleck war in den roten Nuancen zu erkennen, daneben war ein hellerer Streifen in Form eines weichen Bogens zu erkennen.« Könnte das ein Arm sein?«

»Keine Ahnung«, antwortete Sarah. »Vielleicht kriege ich das noch besser hin, wenn ich die Datei mitnehmen kann.« Sie sah ihn mit grün funkelnden Augen an. Sommersprossen leuchteten auf der hellen Haut. »Jemand, den ich kenne, hat ein Programm entwickelt, das mir sicher weiterhelfen könnte.« Sie nahm das Handy aus der Tasche. Ihre Finger huschten über das Display, und schon einen Augenblick später zeichnete sich ein breites Lächeln auf ihrem Gesicht ab.

»Danke«, sagte Mads. »Was glaubst du, wie lange wird das dauern?«

Sarah Jonsen zuckte mit den Schultern und richtete sich auf. Das Lächeln lag noch immer auf ihren Lippen. »Ein paar Stunden«, antwortete sie und steckte das Handy in die Tasche.

Mads nickte. »Ruf mich an, wenn du was weißt.« Er hob die Hand zum Gruß, als Sarah das Büro verließ, und griff nach seinem Telefon.

»Teglgård«, meldete sich sein Chef. Die Stimme klang etwas rau.

»Hier Mads Lindstrøm«, antwortete Mads und ließ sich seufzend auf seinen Stuhl fallen.

»Etwas Neues? Ist sie es?«

»Ja, das Mädchen im Video ist Caroline Hvidtfeldt«, antwortete Mads und nahm zögernd den Ausdruck der Vernehmung vom Schreibtisch. »Ich habe Hvidtfeldt mit dem Inhalt des Videos konfrontiert.«

»Erzähl.« Per Teglgård klang ungeduldig.

»Er hat Caroline nicht getötet«, berichtete Mads und rieb sich mit den Händen über das Gesicht. »Als ich ihm von dem

Video erzählt habe, ist er zusammengebrochen. Seine Frau hatte recht. Er hat eine Affäre.«

»Und du hast das schon überprüft?«, hakte Per nach.

»Ja. Astrid Mønsted hat Steen Hvidtfeldts Alibi bestätigt«, antwortete Mads. »Und ich habe mit dem Hotel telefoniert, in dem sie waren. Auch die bestätigen das.«

»Mist«, brummte Per Teglgård am anderen Ende. »Was hast du sonst noch?«

»Nicht viel.« Mads beugte sich vor und stieß an die Maus, wodurch der Bildschirm zum Leben erwachte. Die eingefrorene Videosequenz kam zum Vorschein. »Ich habe im Video eine Stelle gefunden, in der das Licht für einen Moment von irgendetwas im Hintergrund reflektiert wird. Sarah Jonsen war eben hier. Sie wird versuchen, die Qualität des Standbilds aus dem Video zu verbessern. Bei diesem Ding im Hintergrund könnte es sich um ein Gemälde handeln.«

»Hat sie gesagt, wie lange sie dafür brauchen wird?«

»Hoffentlich nur ein paar Stunden. Es gibt keinen Zweifel daran, dass es sich bei dem gezeigten Ort um den Tatort handelt.« Er atmete schwer aus. »Außer diesem Hintergrund haben wir keinerlei Anhaltspunkt. Auf den Bildern ist nur der Mord zu sehen.«

»Verdammt«, brummte Per. Durch die Leitung konnte Mads die Schritte seines Chefs vernehmen und dann ein Rascheln und das Geräusch eines Feuerzeugs.

»Ich dachte, du hättest aufgehört?«

»Das hatte ich auch«, fauchte Per Teglgård. Mads hörte, wie er einen tiefen Zug von seiner Zigarette nahm.

18. September

Maria betrachtete sich im Spiegel. Der Pagenschnitt kitzelte mit seiner statischen Elektrizität an ihrer Wange. Sie fuhr mit den Händen durch die Kunsthaare und versuchte zu lächeln, aber die eingefallenen Wangen wehrten sich. Sorgsam rückte sie die Perücke zurecht und ließ dann die Hände sinken. Es war nicht wirklich anders als ihr Leben in Krakau. Sie öffnete die oberste Schublade der Kommode und nahm den kleinen Lippenstift heraus. Das exklusive, goldene Metall lag kühl auf ihrer Haut, um nur Sekunden später das traurige Innenleben zu offenbaren. Mit dem Finger holte sie den letzten Rest Farbe heraus und rieb sie sich auf die Lippen. Das Rot bildete einen grellen Kontrast zu dem Aschgrau ihrer Haut, das sich auch durch die Foundation nicht beseitigen ließ. Es klackte leise, als sie den Lippenstift zurück in die Schublade fallen ließ und diese zuschob.

Sie trat von der Kommode zurück. Ihr Blick klebte noch immer am Spiegel, während sie ihre Verkleidung aus der Distanz begutachtete. Sie nickte. Irgendwo hinter all dem Künstlichen steckte Maria Blotnika, aber nicht einmal an den Augen erkannte sie sich.

Sie drehte sich um und ging in den Flur hinaus. Dort nahm sie die dünne Windjacke vom Haken und schlüpfte nach draußen. Über dem Wasser glitzerte die Sonne, und auch der Nebel, der noch über den Feldern lag, leuchtete so hell, dass sie blinzeln musste. Sie ballte ein paarmal die Hände zu Fäusten, atmete laut aus und ging mit schnellen Schritten in Richtung Wald. Kleine Steinchen drückten sich in die dünnen Sohlen ihrer Schuhe. Der Kies knirschte bei jedem Schritt. Sie wandte sich nach rechts und lief in den Wald. Welkes Laub lag auf dem schmalen Waldweg, der von der grauen Asphaltspur abzweigte. Ein Stück entfernt sah sie den rostigen Wagen.

*

Maria fluchte leise und versuchte noch einmal, die Temperatur im Inneren des Wagens zu justieren, aber die Heizung wollte nicht ausgehen. Schweiß klebte unter der dünnen Windjacke an ihrem Körper. Ärgerlich ließ sie den Knopf los, als sie am Ortsschild von Tinglev vom Gas ging. Ihr Herz schlug schneller, und ihre Sinne waren geschärft. Sie betätigte die Kupplung und schaltete. Der alte Wagen hustete ein paarmal, ehe er weiter seinen Dienst verrichtete. Die Vibrationen des Motors übertrugen sich in die Lenksäule, weshalb sie das Steuer noch fester umklammerte. Ihr Blick suchte den Grønnevej ab, als der Wagen an der Einmündung der Straße vorbeirollte. Eine ältere Dame betrachtete ihr Schoßhündchen, das unter einem Busch sein Geschäft verrichtete. Sie hatte den Kragen ihres langen Mantels hochgeschlagen und umklammerte fest den roten Griff der Hundeleine.

Maria warf einen Blick über die Schulter, dann blinkte sie und fuhr wie letztes Mal auf den Parkplatz, der sich zwischen den beiden Häusern hinter der Einmündung des Grønnevej befand. Sie sah sich um. Auch diesmal war er leer. Sie ließ den Wagen entlang der Hecke ausrollen und zog die Handbremse an. Dann warf sie einen Blick auf die Uhr und schaltete den Motor aus. Das Adrenalin pulsierte durch ihre Adern. Die Finger tasteten nach dem Mechanismus des Sicherheitsgurts, und ihr Hals schnürte sich in der stickigen Wärme zusammen. Mit aller Macht zwang sie sich, ruhig zu atmen. Sie öffnete das Handschuhfach, in dem wie bei den anderen Malen zwei Lachgaspatronen und ein Cracker lagen. Mit der Rechten tastete sie nach dem alten Handy. Sie kniff die Lippen zusammen, aber sie musste sich das Foto noch einmal ansehen. Zitternd schaltete sie das Gerät ein, und gleich darauf tauchte das Bild des Mädchens auf dem Display auf. Ein letztes Mal studierte sie die Gesichtszüge, dann schaltete sie das Handy wieder aus, legte es zurück ins Handschuhfach und nahm die zylinderförmigen Lachgaspatronen und den Cracker heraus. Ein kaltes Schaudern durchlief sie, als sie das Metall auf ihrer Haut spürte. Mit zitternden Fingern legte sie eine Patrone in den Cracker, dann ließ sie die Hände in den Schoß sinken und lehnte den Kopf an die Nackenstütze. Der Tabakgestank, der im Wagen klebte, drohte sie in der Hitze zu ersticken. Nach Luft schnappend kämpfte sie gegen die widerstrebenden Gefühle in ihrem Inneren an. Schließlich umklammerte sie den Cracker mit der einen Hand und tastete mit der anderen Hand nach dem Türöffner.

Die kühle Luft strich über ihre Haut, und ihre Finger entspannten sich etwas, als sie tief durchatmete, den Cracker in die Tasche schob und ausstieg.

Sie blieb still stehen, die Hand auf dem Autodach, und sah zu den Bäumen hinüber, die den Weg zum Sportplatz säumten. Dann warf sie die Autotür zu und ging los. Sie nickte kaum merklich vor sich hin, als die ersten Geräusche vom Sportplatz zu ihr drangen. Schließlich verließ sie den Weg und ging durch das hohe Gras zwischen den Bäumen direkt zum Platz. Ihr Herz schlug langsam, aber fest, und ihre Hand glitt in die Tasche. Die Finger legten sich um den Cracker – um ihn in dem Augenblick herausziehen zu können, in dem sie ihn brauchte. Wieder streifte ihr Blick über den Sportplatz, die Sinne geschärft von dem Adrenalin, das mit dem Blut durch ihren Körper pulsierte. Sie war wachsam, fokussiert.

Es versetzte Maria einen Stich, als das Mädchen auftauchte. Die langen Haare flatterten im Wind, als sie gemeinsam mit ein paar anderen über den weißen Strich sprang, der die Ziellinie markierte, und sich lachend ins Gras fallen ließ. Maria trat einen Schritt vor. Mit der Schulter schob sie sich an einem Baum entlang, und ein abgebrochener Ast verhakte sich in ihrer dünnen Jacke. Mit einer schnellen Bewegung befreite sie sich. Das Blut rauschte in ihren Ohren, als sie auf die Mädchen zuging.

»Helena?« Sie blieb stehen und wartete einen Augenblick. Ihre Stimme zitterte, als sie das Mädchen erneut rief.

Helena drehte den Kopf und sah sie so fragend an, dass Maria ihren Namen ein weiteres Mal rief. Schließlich machte das Mädchen Anstalten, aufzustehen.

»Helena. Deine Mutter.« Marias Arme winkten hektisch, während sie sich Mühe gab, atemlos zu klingen. Die Mimik des Mädchens erstarrte. Sofort war sie auf den Beinen. Ihr Blick wanderte von ihren Freundinnen zu Maria und zurück, bis sie schließlich zu Maria rannte.

»Was ist denn mit meiner Mutter?«, fragte sie erschrocken. Ihre blauen Augen starrten Maria angsterfüllt an. Der Blick flackerte noch immer, als sie Marias ausgestreckte Hand nahm. »Ist etwas passiert?«

Maria nickte, auch wenn ihr die Lüge im Herzen wehtat.

»Wo ist sie?« Helena hatte angefangen zu weinen. Verzweifelt starrte sie um sich, dann richtete sie ihren Blick wieder auf Maria.

»Im Krankenhaus«, antwortete Maria und drückte Helenas Hand. »Sie haben mich gebeten, dich zu holen. Mein Auto steht da drüben.«

»Nein!« Das Entsetzen erstickte Helenas Schrei. Mit einem schnellen Blick über die Schulter sah sie noch einmal zu ihren Freundinnen, dann lief sie zusammen mit Maria zu den Bäumen.

Maria legte die Hand um den Cracker. In Gedanken zählte sie die Sekunden, die Schritte, die sie noch bis zum Wagen brauchten. Die Zweige kratzten über ihr Gesicht, als sie Helena hinter sich her durch das Dickicht zog. Dann waren sie auf dem asphaltierten Weg, wo sie die Hand aus der Tasche nahm und Helena mit der anderen Hand an sich zog. Noch mit derselben Bewegung löste sie die Gaspatrone aus und drückte sie auf die Nase des Mädchens. Keuchend atmete Helena das Gas ein. Ihre Augen verdrehten sich, und ihr Körper sackte schlagartig in sich zusammen. Maria bohrte die Finger in ihren Arm und hielt sie fest. Der Cracker rutschte ihr aus den Fingern und rollte ins Gras, als sie das Mädchen auf den Arm nahm.

Hinter dem Ortsschild trat Maria aufs Gas. Aus dem Kofferraum hörte sie, dass das Mädchen aufgewacht war. Das erstickte Weinen schnitt sich in ihre Ohren, und sie drehte die Musik lauter, um nichts hören zu müssen.

*

Der alte Opel Corsa rollte über den Schotterweg. Grasbüschel kratzten über den Unterboden des Wagens, während die defekten Stoßdämpfer jede Unebenheit des Weges ins Wageninnere übertrugen. Sie fuhr auf den Hofplatz, blieb direkt vor der Haustür stehen und schaltete in den Leerlauf. Das unregelmäßige Brummen des Motors mischte sich mit der Musik. Für einen Moment blieb sie still sitzen, dann schaltete sie das Radio aus. Die Heizung tickte rhythmisch gegen die Motorengeräusche an, und ein scharfer Geruch nach verbranntem Gummi überlagerte den Zigarettengestank. Sie zog die Handbremse an und schnallte sich ab. Ihr Kopf fiel nach hinten an die Stütze. Sie schloss die Augen.

Im Kofferraum war es still geworden, trotzdem sah sie in Gedanken das leblose Mädchen vor sich. Sie öffnete die Tür und zog sich noch im Aussteigen die Perücke vom Kopf. Frischer Wind strich über ihren feuchten Nacken. Sie bekam Gänsehaut und schlang die Arme um sich, obwohl die Kälte nach der stickigen Hitze im Auto eigentlich befreiend war.

Für einen Moment lehnte sie sich mit dem Rücken an den Wagen und sah nach oben in die Baumkronen. Weit oben schwebten ein paar Krähen, die nur als kleine, schwarze Punkte zu erkennen waren. Frei. Sie senkte den Blick. Die Schuhspitze stieß gegen die Steine, als sie sich aufrichtete, zur Haustür ging und die Klinke nach unten drückte. Die abgestandene Luft mit dem Schimmelgestank schlug ihr entgegen. Dann drehte sie sich um und ging zurück zum Auto. Die Hände fuhren über die Heckklappe und legten sich auf den Griff. Knirschend öffnete sich der Kofferraum. Rost rieselte auf das Mädchen herab, das sie mit weit aufgerissenen Augen anstarrte.

»Wir sind da.« Maria packte Helenas gefesselte Hände und zog das Mädchen hoch. Der Blick der Kleinen flackerte ängstlich. Tränen liefen über ihre Wangen in das Tuch, mit dem sie geknebelt war, als Maria sie mit harter Hand aus dem Laderaum in Richtung Haus zerrte.

Ein ersticktes Schluchzen kam über Helenas Lippen, kaum dass die Tür des alten Hauses hinter ihr ins Schloss gefallen war.

»Komm her.« Marias Stimme war hart. Die Schmerzen in ihrem Körper hielt sie mit der eisernen Fassade in Schach, mit der sie das Mädchen ansah. Dann packte sie Helena am T-Shirt und zog sie hinter sich her. Die Tür zum Keller flog an die Wand, und die kalte, klamme Luft schlug ihnen entgegen. »Runter!«, rief sie und starrte Helena an. Das Mädchen zitterte, als Maria sie vor sich her nach unten schob und nach der Schnur des Lichtschalters tastete. Schließlich bekam sie sie zu fassen, aber trotz des Klickens, das sie hörte, ging das Licht nicht an. »Verdammt!«, schimpfte sie und war mit einem Mal voller Hass. Schließlich erinnerte sie sich, dass der Brennstoff für das Notstromaggregat ausgegangen war. »Weiter«, befahl sie, zerrte Helena über den Boden, stieß sie auf die Matratze und kettete sie am Knöchel fest. Ihr Körper vibrierte leicht, während der Adrenalinrausch langsam abebbte. Sie schloss die Augen. Das Blut pulsierte in ihren Ohren, und sie presste die Hände darauf, aber es wollte nicht aufhören.

Sie stand auf und betrachtete das Mädchen, sah in dem schwachen Licht, das aus dem Flur über ihnen nach unten fiel, aber nur die Konturen. Für einen Moment blieb sie wie versteinert stehen, dann griff sie nach dem Toiletteneimer und zog ihn zur Matratze. Das metallische Scheppern ließ das Mädchen zusammenzucken. Die Kette scharrte über den Boden, als das Mädchen versuchte, die Beine unter sich zu ziehen.

Ohne ein Wort drehte Maria sich um und ging die Treppe hoch. Die Kellertür fiel hinter ihr ins Schloss, und sie stürmte nach draußen und schnappte gierig nach Luft. Ihr Herz hämmerte wie wild, als sie sich wieder hinter das Steuer setzte, den Motor anließ und mit zitternden Beinen losfuhr. Die Räder gruben sich in den Schotter, und eine graublaue Abgaswolke zog sich hinter dem Wagen her. Laut knackend rollte der Corsa über ein Schlagloch, und Maria umklammerte das Lenkrad noch fester. Endlich hatte sie die Straße erreicht. Die letzten Steinchen lösten sich aus dem Profil der Reifen, als sie in den kleinen Waldweg abbog. Über ihr schloss sich das Blätterdach, das Licht änderte den Charakter, und der Boden wurde immer weicher. Sie ließ den Wagen zwischen den Bäumen ausrollen. Brombeerranken kratzten über die Seiten der Karosserie, als wollten sie das Auto festhalten. Maria atmete tief durch und hielt die Luft lange in der Lunge. Dann legte sie den Kopf nach hinten, schloss die Augen und atmete aus. Sie schaltete den Motor aus, zog entschlossen den Zündschlüssel aus dem Schloss und schob ihn unter den Sitz.

18. September

Haderslev

»Hier«, sagte Sarah Jonsen und warf ein Bild auf Mads' Schreibtisch. »Es ist nicht ganz so gut geworden, wie ich gehofft hatte, aber besser kriege ich es nicht hin.« Sie rieb sich mit den Fingern über die Stirn. Ihre vorhin noch so wachen Augen blickten ziemlich müde drein. Sie setzte sich auf den freien Stuhl gegenüber von Mads. »Das ganze Team ist nach Tinglev beordert worden.«

»Nach Tinglev?«, fragte Mads und nahm das ausgedruckte Foto in die Hände. Der gelbbraune Rahmen nahm die rechte Seite und den unteren Teil des Bildes ein. Die roten Farben waren klarer geworden, und etwas war zu erkennen, bei dem es sich um einen Unterarm handeln konnte.

»Ja«, sagte Sarah, unterdrückte ein Gähnen und streckte die Beine vor sich aus. »Ein Mädchen ist verschwunden.«

Mads hob den Blick. »Ein Mädchen?«

»Es deutet alles auf eine Entführung hin.«

»Ist die Hundestaffel da?«

»Ja. Die Spuren führen zu einer offenen Fläche hinter dem Sportplatz, von dem sie verschwunden ist.«

»Habt ihr etwas gefunden?«

Sarah nickte. »Es wird dir nicht gefallen.« Zögernd strich sie sich die langen Locken hinter die Ohren. Ihr Blick ruhte auf dem Papier in Mads' Hand, während sie die Füße unter ihren Stuhl zog. »Wir haben wieder so eine Lachgaspatrone gefunden«, sagte sie schließlich.

»Verdammte Scheiße!«, murmelte Mads und ließ die Hand auf den Schenkel sinken. »Nicht noch so ein Fall.«

»Doch«, antwortete Sarah und stand auf. »Ich fürchte wirklich, dass auch diese Entführung irgendwie mit dem Hvidtfeldt-Fall zusammenhängt. Es war die gleiche Patronenmarke wie in Kolding.«

»Das darf doch nicht wahr sein«, murmelte Mads und lehnte sich nach hinten. »Habt ihr sonst noch was?«

»Ja, es gibt Reifenabdrücke, die wir natürlich gesichert haben. Und wir haben einen Fetzen von einer Windjacke gefunden. Bessere Spuren gibt es nicht.«

»Verdammt«, sagte Mads. »Und das Opfer? Wer ist das?«

»Helena Rybner«, antwortete Sarah. »Zehn Jahre. Gehört zur deutschen Minderheit.«

Mads nickte stumm vor sich hin. »Irgendwelche Zeugen?«

»Nicht wirklich. Die Freundinnen haben ausgesagt, dass Helena von einer jüngeren Frau zu sich gerufen wurde. Angeblich sollte etwas mit Helenas Mutter passiert sein.«

»Und stimmt das?«

Sarah Jonsen schüttelte den Kopf. »Nein. Die Mutter hat die Polizei alarmiert, als Helena nicht nach Hause gekommen ist.«

»Gibt es eine Beschreibung von der Frau?«

»Vermutlich Ende zwanzig«, antwortete Sarah und stand auf. »Die Mädchen haben sie als schlank beschrieben. Etwa 165 cm groß. Schwarze Haare, dunkle Jacke und helle Jeans.« Sie legte die Hand auf die Türklinke. »Ich muss leider los. Tut mir leid, dass das Bild nicht besser geworden ist.«

18. September
Haderslev

Sarah Jonsen verließ Mads' Büro, und er hörte, wie sie auf dem Flur Laugesen begrüßte. Er stand auf und schloss die Tür, ehe er zum Telefon griff.

»Institut für Rechtsmedizin, Werner Still.«

»Hier ist Mads Lindstrøm«, sagte Mads und setzte sich. »Sie sind noch im Institut?« Seine Finger umklammerten den Hörer, als wäre dies sein letzter Halt.

»Ja, ich schaue mir gerade den Abdruck von Carolines Speiche an.«

»Und?«

»Die Kerben stammen wie erwartet von einer Säge mit verhältnismäßig großen Zacken.« Er schwieg einen Augenblick, und Mads hörte, wie er sich etwas zu trinken eingoss. »Knochen sind härter als Holz«, fuhr Werner Still fort. »Die Spuren deuten auf ein sehr aggressives Vorgehen hin. Es braucht viel Kraft, wenn man den Knochen mit so wenigen Sägezügen einkerben will. Das ist nicht dieselbe Sorgsamkeit wie bei der herzförmigen Wunde auf ihrer Brust. Es deutet viel darauf hin, dass dem Mädchen diese Wunden post mortem zugefügt wurden.«

»Woran erkennen Sie das?«

»An den Wundrändern war kein geronnenes Blut, was

natürlich auch mit dem Aufenthalt im Wasser zu tun hat«, antwortete Werner Still. »Auf dem Video sind die Wunden ebenfalls nicht zu sehen – weder vor noch nach der Injektion der Mischung, die vermutlich aus Warfarin und Acetylsalicylsäure besteht.«

»Das stärkt die These von einer Art Markenzeichen des Täters«, sagte Mads. »Und damit die Vermutung, dass es einen Zusammenhang mit dem Mord an Lea Dietrich gibt.«

»Wir müssen die Kerben noch vergleichen, bevor wir sicher von einem Zusammenhang ausgehen können«, antwortete Werner Still. »Ich hoffe, Thomas gräbt den Abdruck bald mal aus dem Archiv aus.«

»Sie haben noch nichts von ihm gehört?«

»Nicht, seit er uns den Polizeibericht über das Verschwinden von Lea Dietrich gebracht hat.«

»Könnte er das vergessen haben?«

»Das bezweifle ich«, antwortete Werner Still und machte eine kurze Pause. »Thomas vergisst eigentlich nichts.«

»Ich glaube, Sarah Jonsen hat auch noch nicht die Lachgaspatronen bekommen. Sie war übrigens gerade hier«, sagte Mads und massierte sich mit den Fingern den Nasenrücken. Die Müdigkeit setzte ihm zu.

»Neuigkeiten?«

»Sie hatte nicht viel Zeit«, antwortete Mads. »Es ist schon wieder ein Mädchen verschwunden. Dieses Mal in Tinglev.«

»Gibt es einen Zusammenhang zu den anderen Fällen?«

»Sie meint, ja«, erwiderte Mads. »Unter anderem ist eine Lachgaspatrone gefunden worden. Genau wie in Kolding und Süderlügum.«

»Was ist mit dem Video? Konnte sie erkennen, was da im Hintergrund zu sehen ist?«

»Deshalb war sie hier«, sagte Mads und nahm den Ausdruck, den Sarah ihm gebracht hatte. »Sieht aus wie die Ecke eines Gemäldes.«

»Eines, das Sie kennen?«

»Mit Kunst kenne ich mich wirklich nicht aus«, antwortete Mads. »Da habe ich keine Ahnung.«

»Kann man eine Signatur erkennen?«

»Ja«, antwortete Mads. »Es ist ein bisschen verpixelt, ich glaube aber, dass da A. N. W. steht.«

»Haben Sie danach gesucht?«

»Ja«, antwortete Mads und legte den Zettel weg. »Leider ohne Erfolg.«

»Haben Sie bei der Suche verschiedene Wortkombinationen ausprobiert?«

»Natürlich«, antwortete er barsch, bereute es aber gleich. Er ließ die Schultern sinken, atmete seufzend aus und sah an die Decke. »Unterwäsche und außerdem Zubehör für Audio und Video.« Er hob die Hand zu einer resignierten Geste, obgleich der Rechtsmediziner ihn nicht sehen konnte. »Es gibt keinen einzigen Treffer, der irgendwas mit unserem Bild zu tun hat, und auch keinerlei Informationen zu irgendeinem Kunstmaler mit diesen Initialen.«

»Wie wäre es mit einem Museum?«, fragte Werner Still.

»Das habe ich noch nicht probiert, aber das wäre eine Möglichkeit«, antwortete Mads. »In Kolding gibt es ein Auktionshaus, die müssten sich doch mit so etwas auskennen.«

»Ich kann morgen vorbeikommen«, sagte Werner Still. »Dann sehen wir uns das gemeinsam an. Und jetzt fahren Sie nach Hause und ruhen sich ein bisschen aus.«

18. September

Toftlund

Mads ließ die Tür vom Toftlunder Pizza & Steakhouse hinter sich ins Schloss fallen und sah an den Abendhimmel. Die Zweige der dünnen Bäume lagen wie schwarze Striche vor dem Grau. Der Nieselregen, der schon den ganzen Tag in der Luft gehangen hatte, war zu einem Dauerregen geworden, der die Straßen im Licht der Laternen glitzern ließ. Wasser und Blätter liefen durch den Rinnstein und verschwanden in den Gullys. Mit schnellen Schritten lief Mads zurück zum Wagen. Kalte Regentropfen fielen ihm in den Nacken und jagten ihm einen Schauer über den Rücken. Er ließ sich auf den Sitz fallen und atmete den Pizzaduft ein, der durch die Pappe drang. Dann legte er den Ellenbogen ans Seitenfenster und starrte leer vor sich hin, während die Scheiben langsam beschlugen. Die Augen fielen ihm zu, und Fragmente der vergangenen Tage schwirrten durch seine Gedanken. Ein Sammelsurium aus Worten und Bildern.

Er blinzelte ein paarmal, als das Handy in seiner Tasche vibrierte und kurz darauf ein Tonsignal von sich gab. Mit gerunzelter Stirn sah er auf seine Uhr. 22:05 Uhr. Die Luft im Auto war kalt. Fröstelnd nahm er das Telefon und wischte den grünen Hörer zur Seite. »Hallo, Schwesterherz!«

»Hallo. Hast du schon geschlafen?«

»Nein.« Seine Stimme war so rau, dass er sich räusperte. »Nicht wirklich.« Er steckte den Schlüssel ins Zündschloss und ließ den Motor an. Die warme Luft aus der Lüftung sorgte dafür, dass der Beschlag der Scheiben nach und nach verschwand. »Ich bin auf dem Weg nach Hause.«

»Wie geht es mit deinem Fall voran? Habt ihr schon eine Spur?«, fragte sie gespannt. Ihre erwartungsvolle Lebendigkeit stand in krassem Gegensatz zur Kälte und Steifheit, die er in seinem Körper empfand.

»Nein.«

»Überhaupt keine?« Die weiche Umarmung ihrer Stimme verwandelte sich in kalte Enttäuschung.

»Noch nicht«, antwortete er. »Wir haben es nicht mehr nur mit einem Fall zu tun.«

»Pass auf dich auf. Du weißt, wie solche Fälle Papa zugesetzt haben.«

»Hör auf, Lisa.«

»Ich mache mir Sorgen um dich. Es ist so lange her, dass du mal ein paar Tage richtig freihattest.«

Mads seufzte. »Mörder nehmen keine Rücksicht auf Urlaub. Das bringt dieser Job leider mit sich.«

»Genau das meine ich. Weißt du, ich habe einfach Angst, dass es dir so ergeht wie Papa.«

»Zum letzten Mal, ich bin nicht wie er!«

»Nein, aber ...«

»Lisa, bitte!«

Es knackte im Telefon, als sie ausatmete. »Schaffst du es bis zu Elliots Geburtstag?«

Er ließ den Kopf an die Nackenstütze fallen. »Ich weiß es nicht. Wir sind noch weit von einem Durchbruch entfernt.«

Er schwieg. Wartete auf ihre Antwort. Auf die Vorwürfe, aber sie kamen nicht. »Ich tue mein Bestes.«
»Ja, natürlich. Das weiß ich.« Sie atmete tief durch. »Ich habe Papas Job gehasst«, sagte sie schließlich. »Die Arbeit war immer wichtiger als wir.«
»Er war ein Held«, antwortete Mads. »Er hat sich für alle anderen geopfert.«
»Nur nicht für uns. Erinnerst du dich an den Tag, an dem er gestorben ist?«
Ein Meer von Bildern, die er am liebsten vergessen wollte, flackerte in ihm auf. »Natürlich erinnere ich mich. Schließlich hab ich ihn gefunden.«
Sie schwieg. Nur ein Knistern war in der Leitung zu hören. Nadelstiche aus Verachtung und Vorwürfen.
»Er hat sein Bestes gegeben, Lisa.«
»Und das hat ihn das Leben gekostet.« Ein leises Schniefen entlarvte sie, und er hörte, wie sie sich die Nase abwischte. »Ich vermisse dich, Mads.«
Er ließ das Lenkrad los und legte die Hände in den Schoß. Durch das Regenwasser auf der Scheibe wirkte die Umgebung verzerrt. Die Erinnerungen waren zu viel für ihn, er ertrug das jetzt nicht, und das wusste sie ganz genau. »Ich vermisse dich auch, Lisa.« Schweigend lauschte er dem melodiösen Trommeln des Regens.
»Wann kommst du?«
Er warf einen Blick in den Rückspiegel. Der kurze Bart war zu lang geworden.
»Bald«, antwortete er und ließ das Kinn auf die Brust sinken. Er wartete auf eine Antwort, die ausblieb. »Sobald diese Sache zu Ende ist, versprochen.« Er beendete das Gespräch und legte den Gang ein. Der Duft der Pizza war längst verflogen.

19. September
Kolding

Mads fuhr auf den Parkplatz des großen Auktionshauses in Kolding, an dessen grauer Fassade die weißen Buchstaben des Logos leuchteten. Er öffnete die Autotür und stieg aus. Sein Blick glitt über den Platz, auf dem nur wenige Autos parkten. Auf dem Beet zur Straße wuchsen ein paar Graspolster. Er fuhr sich durch die Haare und lief zur Eingangstür.

Drinnen hieß ihn der milde Duft polierter Möbel willkommen. Er ging zur Rezeption und sah sich um. Seine Schritte hallten in dem großen Raum wider, als suchten sie nach Aufmerksamkeit. Er drehte sich um, lehnte sich mit dem Rücken an den Empfangstresen und betrachtete die Gemälde an der gegenüberliegenden Wand, während er darauf wartete, dass ein Angestellter Zeit hatte.

»Kann ich Ihnen behilflich sein?« Eine Frau kam zwischen den Möbeln zum Vorschein. Ihre hohen Absätze auf dem harten Boden gaben ein klackerndes Geräusch von sich, und der enge Rock und die körperbetonte Jacke betonten ihre perfekte Figur.

»Kommissar Mads Lindstrøm«, stellte er sich vor und reichte ihr die Hand. »Ich habe um eins einen Termin mit Gutachterin Betina Justesen.«

»Das bin ich, herzlich willkommen.« Eine Reihe perlweißer

Zähne kam zum Vorschein. Sie lächelte ihn an. »Was kann ich für Sie tun?«

»Gibt es hier einen Ort, wo wir ungestört reden können?«

»Ja, natürlich.« Sie zog die Augenbrauen fragend hoch. Dann führte sie ihn zu einem Büro. »Setzen Sie sich doch«, sagte sie und nickte in Richtung einer Sitzgruppe mit Arne-Jacobsen-Stühlen aus der 7er Serie, ehe sie selbst auf der anderen Seite des Tisches Platz nahm.

»Es geht um dieses Gemälde hier«, sagte Mads und legte den Ausdruck des Videostandbilds vor sie auf die Tischplatte. »Können Sie mir etwas über das Bild oder den Künstler sagen?«

Sie zog die Stirn in Falten und strich sich die blonden Haare aus dem Gesicht. »Was genau wollen Sie wissen?«

»Wer ist der Maler, und mit welchem Gemälde haben wir es hier zu tun?«

Sie nahm das Blatt genauer in Augenschein. »Auf den ersten Blick würde ich sagen, es handelt sich um eine Reproduktion«, sagte sie und sah ihn an.

»Eine Reproduktion?«

»Ja. Mir ist vollkommen bewusst, dass das nur der Ausschnitt eines größeren Gemäldes ist, aber ich müsste mich schon sehr irren, wenn das nicht eine Reproduktion von Carla Colsmann Mohrs *Flagene sys* wäre.«

»Und da sind Sie sich sicher?«

»So sicher, wie ich sein kann – ausgehend von dem, was Sie mir da zeigen. Die Pinselstriche sind anders als bei Colsmanns Original, aber es gibt keinen Zweifel, dass auch dieser Maler sein Handwerk versteht.« Sie drehte den Bildschirm des Laptops zu ihm, ehe sie den Titel des Werks eintippte. »Wenn Sie das Original und die Reproduktion genau vergleichen, sehen

Sie, dass einzelne Details nicht übereinstimmen, und natürlich sind das auch nicht Colsmanns Initialen.«

Er nickte und notierte sich, was die Gutachterin gesagt hatte. »Sagen Ihnen die Initialen etwas?«

»Leider nein«, antwortete sie und schüttelte den Kopf. »Ich kann aber versuchen, sie nachzuschlagen.« Wieder tanzten ihre Finger über die Tastatur. Die dunkelroten Nägel klickten auf den Tasten, ehe sie erneut den Kopf schüttelte. »Nein, nichts.«

»Wäre es denkbar, dass ein solches Bild in einem Auktionshaus den Besitzer gewechselt hat?«

»Wohl kaum«, antwortete sie und stand auf. »Solche Gemälde bringen nichts ein, auch wenn das wirklich eine gute Reproduktion ist. Ich würde eher auf einen Flohmarkt oder einen einfachen Antiquitätenladen tippen.«

Mads nickte nachdenklich. »Danke, dass Sie sich die Zeit genommen haben.« Er stand auf und nahm ihre ausgestreckte Hand. Die sonnengebräunte Haut war glatt und kühl.

»Tut mir leid, dass ich Ihnen nicht weiterhelfen konnte«, antwortete sie und öffnete ihm die Tür.

»Trotzdem vielen Dank«, sagte Mads und nickte ihr zu. »Und noch einen schönen Tag.« Er ging zum Ausgang. Hinter sich hörte er sie durch den Showroom verschwinden.

19. September
Kolding

Mads setzte sich in seinen Wagen. Das graue Gebäude, das er gerade verlassen hatte, wirkte ebenso kalt wie die Spur. Aus lauter Frust hämmerte er mit den Händen auf das Lenkrad.

Nach einer Weile nahm er das Handy aus der Tasche, suchte Werner Stills Nummer heraus und fuhr los, nachdem er die Freisprechanlage aktiviert hatte.

»Institut für Rechtsmedizin, Werner Still.«

»Mads Lindstrøm hier.« Er zögerte eine Sekunde, ehe er weiterredete. »Das Bild ist eine Reproduktion von Carla Colsmann Mohrs *Flagene sys*. Es gibt keine bekannten Maler mit den Initialen A. N. W.«, fuhr er fort. »Alles deutet auf einen Amateur hin, der versucht hat, ein berühmtes Bild zu kopieren.«

»Ein Amateur«, wiederholte Werner Still nachdenklich.

»Ja, ein Amateur. Es ist mit Sicherheit eine Kopie. Laut Aussage der Gutachterin zwar gut gemacht, aber das bringt uns dem Besitzer auch nicht näher.«

»Nein, nicht unbedingt«, brummte Werner Still. »Haben Sie was von Sarah Jonsen gehört wegen der DNA-Spuren an der Lachgaspatrone?«

»Noch nicht. Ich sehe sie aber später.« Er schwieg. Der Gedanke an die im Sand verlaufene Spur ließ ihn nicht los.

»Es gibt natürlich auch noch eine andere Möglichkeit.« Er setzte den Blinker und fuhr auf die Autobahn.

»Und die wäre?«

»Wir könnten mit der Sache an die Öffentlichkeit gehen. Ich weiß, dass das riskant ist. Außerdem ist die Chance, dass das Bild von anderen als dem Täter erkannt wird, eher gering.«

»Sind wir bereit, das Risiko einzugehen, dass der Täter das mitbekommt?«, gab Werner Still zu bedenken.

»Ich weiß es nicht. Die Spur verläuft im Sand, wenn wir nichts unternehmen.« Mads sah aus dem Seitenfenster. Kahle Felder erstreckten sich, so weit das Auge reichte. »Sollen wir Kontakt mit Thomas Beckmann aufnehmen?«, schlug er vor und richtete den Blick wieder auf die Straße. Die Reifen rauschten über den grauen Asphalt.

»Vielleicht«, antwortete Werner Still nach einer Pause. »Wenn wir uns entscheiden, an die Öffentlichkeit zu gehen, muss er auf jeden Fall als Vertreter der deutschen Seite kontaktiert werden.«

»Haben Sie den Abdruck von Lea Dietrich bekommen?«, fragte Mads und blinkte, um einen Lastwagen zu überholen. Die Ruhelosigkeit ließ nicht von ihm ab.

»Nein.«

»Wir können nicht noch länger warten«, sagte Mads. »Wir brauchen Klarheit, ob die Verletzungen identisch sind. Können Sie nicht bei Thomas Beckmann vorbeifahren und ihn mal in die Mangel nehmen?«

»Ich kann es versuchen«, sagte Werner Still.

»In der Zwischenzeit rede ich mit Per Teglgård über die Idee, die Medien ins Boot zu holen. Wir sehen uns dann später.« Mads legte auf und fuhr von der Autobahn ab in Richtung Haderslev.

19. September

E45 Richtung Süden

Mads gab Gas. Die Reihe der Fahrzeuge schien kein Ende zu nehmen. Er trommelte mit den Fingern auf das Lenkrad und wartete darauf, dass er auf die Überholspur fahren konnte. Das Wasser der vor ihm fahrenden Autos wirbelte auf seine Windschutzscheibe und blieb als nasser Film auf dem Glas kleben. Er warf einen Blick über die Schulter, blinkte und konnte endlich überholen. Seine Finger glitten über den Touchscreen des Autos und suchten Per Teglgårds Nummer.

»Ja?« Sein Chef klang angespannt. Im Hintergrund war Laugesens Stimme zu hören, Mads konnte aber nicht verstehen, was er sagte. »Bist du weitergekommen?«

»Ja und nein«, antwortete Mads und kniff die Lippen zusammen.

»Was heißt das?«

»Sarah Jonsen hat den Hintergrund aus dem Video aufgearbeitet«, antwortete Mads. »Es handelt sich zweifellos um ein Gemälde in einem goldenen Rahmen, auf dem das Licht reflektiert.«

»Fantastisch«, platzte Per hervor, als hätte er Mads' Zögern nicht wahrgenommen. »Dann haben wir ihn bald.«

»So einfach ist es nicht«, gab Mads zu bedenken. »Die Spur ist kalt. Das Gemälde ist eine Reproduktion.«

»Wie meinst du das?«

»Genau so, wie ich es sage«, antwortete Mads. »Das Gemälde ist eine Reproduktion. Es lässt sich nicht so einfach aufspüren wie ein Original.«

»Was haben wir sonst noch?«

»Nicht viel. Ich habe mich gefragt, ob wir mit dem Gemälde nicht an die Öffentlichkeit gehen sollten.«

»Das ist zu riskant«, sagte Per schroff. »Wenn der Täter das mitbekommt, riskieren wir, dass er das Bild wegschafft.«

»Ich weiß«, wandte Mads ein. »Aber das ist alles, was wir haben. Das Opfer gibt uns keine weiteren Hinweise. Die sind wir alle schon durchgegangen.« Seine Stimme klang härter als beabsichtigt.

»Und sonst gibt es wirklich nichts?«

»Nein«, antwortete Mads und atmete seufzend aus. »Das ist das einzig Handfeste, dem wir nachgehen könnten.« Er machte eine Pause. »Es ist unsere einzige Chance, den Tatort zu finden.« Er warf kurz einen Blick in den Rückspiegel und fuhr zurück auf die rechte Spur.

»Was sagt Thomas Beckmann?«

»Keine Ahnung. Das Opfer ist Dänin, die Entscheidung liegt also bei uns.«

»Und wie verhält es sich mit den früheren Funden?«

»Thomas Beckmann sieht da noch immer keinen Zusammenhang«, antwortete Mads. »Bis etwas anderes bewiesen ist, ist das unser Fall. Erst recht, wenn diese neue Vermisstensache in dieselbe Richtung geht.«

»Es geht nicht«, antwortete Per Teglgård und atmete schwer aus. »Das ist zu riskant.«

»Wieso?« Mads schlug mit der Hand auf das Lenkrad. »Wir haben doch sonst nichts.«

»Im Moment sieht es danach aus, als würden wir die Ermittlungen in Tinglev übernehmen, auch wenn bis jetzt natürlich nur von einem Vermisstenfall die Rede ist. Wir müssen abwarten, wie sich die Sache entwickelt. Angenommen, hinter dem Mord an Caroline Hvidtfeldt und dem Verschwinden von Helena Rybner steht derselbe Täter – dann riskieren wir, dass er irgendwas Übereiltes tut, wenn wir mit der Suche nach dem Gemälde an die Öffentlichkeit gehen.«

»Und wenn wir warten, riskieren wir, wertvolle Zeit zu verlieren«, wandte Mads ein. »Falls die Sache in Tinglev etwas mit den anderen Fällen zu tun hat, ist Steen Hvidtfeldt ganz sicher nicht der Entführer des Mädchens.«

»Das wäre nur ein weiterer Grund, die Sache mit dem Bild nicht öffentlich zu machen.«

»Wieso denn? Wir müssen uns auf das konzentrieren, was wir haben«, wandte Mads ein.

»Es geht nicht. Caroline Hvidtfeldt war mehrere Wochen in der Gewalt des Täters, das geht aus dem Obduktionsbericht hervor. Wir müssen Helena Rybner die größtmögliche Chance geben zu überleben.«

»Genau das will ich doch auch! Wir müssen uns auf die Fakten konzentrieren. Und mehr als dieses Bild haben wir nicht. Verstehst du nicht?« Mads' Finger krallten sich ins Lenkrad, und das Blut pulsierte in seinen Schläfen. »Entweder nimmst du Kontakt mit der Presse auf, oder ich mache das.«

»Das reicht jetzt!« Per Teglgårds Stimme tönte schneidend durch die Freisprechanlage. »Du gehst mit dem Bild nicht an die Öffentlichkeit. Zumindest nicht, bevor wir wissen, was in Tinglev gefunden wurde. Wenn du die Ergebnisse von Sarah Jonsen hast, können wir noch mal darüber reden. Verstanden, Mads? Das ist ein Befehl!«

19. September

Haderslev

»Ja«, sagte Mads mit Nachdruck. »Es ist von der Chefetage genehmigt worden. Wir sind uns darüber im Klaren, dass es ein gewisses Risiko birgt.«

»Ich glaube immer noch nicht daran, dass es einen Zusammenhang mit dem Fall in Süderlügum gibt.« Thomas Beckmanns Widerwille war sogar durch den Telefonhörer zu spüren.

»Ganz egal, ob es einen Zusammenhang gibt – dieses Gemälde ist die beste Spur, die wir haben. Uns bleibt keine andere Wahl.« Mads lehnte den Kopf nach hinten und stöhnte lautlos.

»Haben Sie denn schon etwas veranlasst?«

»Ja, die Fahndungsmeldung nach dem Bild wird heute Abend in den dänischen Nachrichten sein – sowohl im Fernsehen als auch im Rundfunk und in den entsprechenden Internetauftritten.« Mads beugte sich vor und nahm den Ausdruck des Originals in die Hand. »Es wäre super, wenn wir auch eine Meldung auf Tagesschau24 hätten. Uns interessiert insbesondere die Signatur, also die Initialen, die auf dem Gemälde zu erkennen sind.«

»Na gut, ich werde mich darum kümmern und es entsprechend weitergeben«, erklärte Thomas Beckmann.

Mads drehte den Kopf, als es an der Tür klopfte, und

winkte Werner Still herein. »Prima, wir hören dann voneinander. Danke für Ihre Hilfe.« Er beendete das Telefonat mit Thomas Beckmann und seufzte tief.

»War das Thomas?«, fragte Werner Still und sah Mads über den Rand seiner Brille hinweg an, während er seine Jacke an den Haken hinter der Tür hängte.

»Ja«, antwortete Mads und lehnte sich nach hinten. »Er war nicht sonderlich begeistert.«

»Warum nicht?«

»Das liegt doch auf der Hand«, antwortete Mads mit einem Schulterzucken. »Das Risiko, dass der Täter die Meldung mitbekommt und sich von dem Bild trennt, ist groß.«

»Aber Teglgård hat das genehmigt?«

»Ja, natürlich. Wenn der Fall in Tinglev mit den anderen beiden Fällen zusammenhängt, müssen wir handeln. Und eine andere Spur haben wir bisher nicht.«

Werner Still nahm Laugesens Stuhl und setzte sich an dessen Schreibtisch. »Dann heißt es also warten. Ich habe noch etwas, das ich Ihnen zeigen möchte.« Er warf einen Blick auf einen Becher mit einem eingetrockneten Kaffeerest, ehe er ihn zur Seite schob. »Hier.« Er nahm zwei Plastikobjekte aus seiner Tasche und reichte sie Mads über den Tisch hinweg. »Das sind die Abdrücke der Kerben in Lea Dietrichs und Caroline Hvidtfeldts Unterarmen. Wenn Sie auf die kleinen Kerben achten, sehen Sie, dass das Sägeblatt dieselbe Breite hat.«

»Sie sind sich also sicher, dass die von derselben Säge kommen?«, vergewisserte sich Mads.

»So sicher, wie man sich sein kann, wenn man die Säge nicht hat«, antwortete Werner Still. »Wie sieht es mit der Kriminaltechnik aus? Haben Sie was von Sarah Jonsen gehört?«

»Sie hatte zu tun, als ich es vorhin bei ihr probiert habe.

Einige Spuren aus Tinglev erfordern ihre ganze Aufmerksamkeit. Ich habe sie gebeten, vorbeizukommen, sobald sie Zeit hat«, sagte Mads. Er trank einen Schluck Kaffee, ehe er seinen Blick wieder auf Werner Still richtete. »Es deutet viel darauf hin, dass es einen Zusammenhang zu den früheren Fällen gibt. Sie will aber erst ganz sicher sein.«

»Vernünftig«, sagte Werner Still mit einem Nicken. »Gehen die Hinweise aus der Öffentlichkeit eigentlich bei Ihnen ein?«

»Nur diejenigen, die für relevant gehalten werden«, antwortete Mads. »Thomas Beckmann übernimmt die von der deutschen Seite.«

»Und zum Mädchen aus Tinglev gibt es noch keine Neuigkeiten? Eine Lösegeldforderung oder Spuren, die in eine bestimmte Richtung deuten?«

»Leider nein«, antwortete Mads. »Ich hoffe, dass Sarah irgendwelche Neuigkeiten hat, wenn sie kommt. Fest steht aber schon, dass Carolines DNA an dem Cracker ist, der in Kolding gefunden wurde. Sarah Jonsen untersucht gerade die Lachgaspatrone aus Tinglev.«

»Hat sie inzwischen das Beweismaterial von Thomas erhalten?«

»Da bin ich mir nicht sicher.«

»Und wie sieht es mit Steen Hvidtfeldt aus?«

»Der bleibt noch bis zum 30. September in Untersuchungshaft.«

Mads drehte den Kopf, als die Tür aufging und Sarah Jonsen den Raum betrat.

»Störe ich?«

»Nein, überhaupt nicht. Wir haben sogar eben über dich geredet. Hast du was herausgefunden?«

»Sowohl als auch«, antwortete Sarah Jonsen und legte den Asservatenbeutel mit der Säge aus dem Fjordvej auf den Tisch. »Was den Süderlügum-Fall angeht, habe ich bis jetzt weder Fingerabdrücke noch die Lachgaspatronen bekommen«, fuhr sie fort. »Bevor ich die nicht gesehen habe, kann ich nicht mit Sicherheit sagen, ob der Fall mit unseren beiden neuen Fällen zusammenhängt.«

»Ich werde Per Teglgård bitten, da noch mal Druck zu machen«, versprach Mads.

»Danke.« Sarah nahm einen Stapel Papiere von einem Stuhl, der neben der Tür stand, bevor sie diesen zum Tisch zog. »Es gibt aber ein paar andere Dinge«, fuhr sie fort. Ihre grünen Augen leuchteten. »Bei den Fällen in Kolding und Tinglev konnten an den Patronen vier beziehungsweise fünf verschiedene Sätze von Fingerabdrücken festgestellt werden. Einige davon stammen sicher vom Verkauf oder der Produktion, es gibt aber keinen Zweifel, dass die Patronen in den Händen derselben Personen waren. Leider stammt aber keiner dieser Abdrücke von Steen Hvidtfeldt.«

»Er könnte Handschuhe getragen haben«, gab Mads zu bedenken.

»Das kann natürlich sein«, räumte Sarah ein. »Wir haben aber weder in seinem Schuppen noch im Haus Handschuhe gefunden. Wobei natürlich auch Einmalhandschuhe infrage kommen.«

»Können Sie sehen, ob Hvidtfeldts Säge zum Einsatz gekommen ist?«, fragte Werner Still und deutete auf den Asservatenbeutel. »Auf den ersten Blick würde ich sagen, dass die Verletzungen in den Unterarmen der beiden Mädchen von derselben Säge stammen.«

»Darf ich mal sehen?«

»Ja, natürlich.«

Sarah Jonsen begutachtete die beiden Abdrücke sorgsam, ehe sie einen Messschieber nahm und den Abstand der kleinen Zacken ausmaß. »Nein«, sagte sie schließlich und hob den Blick. »Diese Säge hier kann unmöglich zu dem Muster geführt haben. Das Sägeblatt ist zu dünn.«

»Mist«, fluchte Mads und schlug mit der Hand auf den Tisch. »Und was ist mit den Reifenabdrücken? Hast du die mit Hvidtfeldts Auto verglichen?«

»Habe ich«, sagte Sarah und stand auf. »Größe und Marke stammen nicht überein.«

Werner Still nickte kaum merklich. »Die Beweise schwinden dahin.« Er stand auf. »Ich sollte zusehen, dass ich zurückfahre. Vera wartet zu Hause auf mich.«

»Danke, dass Sie gekommen sind«, sagte Mads und lehnte sich auf seinem Stuhl zurück, als Werner Still die Tür hinter sich schloss. »Die Indizien gegen Hvidtfeldt reichen nicht. Wir stehen wieder am Anfang. Wir können nur hoffen, dass wir Hinweise zu dem Bild bekommen.«

Sarah nickte. »Bei der Arbeit am Video ist mir noch was aufgefallen. An manchen Stellen waren da Fremdgeräusche. Es hat etwas gedauert, bis mir das aufgefallen ist. Es deutet einiges darauf hin, dass derjenige, der das Video aufgenommen hat, die Geräusche erst wegredigiert und dann an den Stellen, an denen er Caroline Hvidtfeldt Schmerzen zufügt, wieder eingebaut hat.«

»Wie meinst du das?«

»Die einzelnen Laute sind unglaublich schwer zu hören, weil sie nur an wenigen Stellen auftauchen. Das ist also kein kontinuierliches Hintergrundgeräusch«, erklärte Sarah. »Ich musste es ziemlich verstärken. Spontan würde ich sagen, es

handelt sich um eine Leine, die gegen irgendetwas schlägt. Es klingt irgendwie metallisch.«
»Kann ich das mal hören?«
»Klar. Ich schicke dir die Audiodatei.« Als sie sich in Richtung Tür wandte, wirbelten ihr die roten Locken um den Kopf.
»Was ist mit dem Rest des Videos?«, wollte Mads wissen.
»Ich habe es mir mehrmals angesehen.« Sarah drehte sich um. »Vielleicht habe ich noch was gefunden.«
»Was denn?«
»Man sieht es nur für den Bruchteil einer Sekunde, als im Video die rechte Hand des Täters zu erkennen ist. Er hat den Handschuh nicht ganz hochgezogen. Ich weiß nicht, was mir an dieser Hand aufgefallen ist, aber irgendetwas ist da.«
»Kannst du das vergrößern?«
»Das hoffe ich doch.« Einen Moment musterte sie ihn nur, dann warf sie ihm ein breites Lächeln zu. »Du hörst von mir.«

19. September

Haderslev

Mads lehnte sich zurück und gähnte laut. Draußen war es mittlerweile dunkel, und das bläuliche Licht des Monitors wurde von der Fensterscheibe reflektiert. Seit die Polizeimeldung in den TV2 News vor einer Stunde gezeigt worden war, starrte er auf den Bildschirm. Seufzend stand er auf und sah aus dem Fenster.

»Was, zum Henker, hast du gemacht?« Das Spiegelbild von Per Teglgårds Gesicht erschien auf der Scheibe. Seine Stimme donnerte so laut durch den Raum, dass Mads sich ruckartig umdrehte und seinen Chef anstarrte. Teglgårds Augen funkelten, und an seinem Hals waren rote Flecken. »Bist du jetzt völlig verrückt geworden?«

»Das war das einzig Richtige! Wir mussten das tun!«

Per Teglgård schüttelte den Kopf. »Es war das einzig Richtige, dich meinem Befehl zu widersetzen?«

»Ja!« Mads zeigte nach draußen auf die Straße. »Jonsen hat noch nichts Brauchbares, und da draußen läuft verdammt noch mal ein Mörder herum. Wir können nicht einfach dasitzen und Däumchen drehen.«

»Wir drehen keine Däumchen«, schimpfte sein Chef und schlug mit der Faust auf den Schreibtisch. »Jetzt, in diesem Augenblick, sind Leute in Tinglev. Sie tun, was sie können, während du hier hockst und darauf wartest, dass jemand eine Scheißkopie von einem Gemälde erkennt. Wenn hier irgendjemand Däumchen dreht, dann doch wohl du. Du hast die gesamte Ermittlung gefährdet, Mads! Auf diese Art riskieren wir, Helena Rybner zu verlieren.«

»Und was hast du, von dem ich noch nichts weiß? Welche Resultate sollen uns dem Täter näherbringen? Was habt ihr in Tinglev gefunden?« Er machte einen Schritt auf Per Teglgård zu.

Dessen Reaktion blieb aus. Das Gesicht des Dezernatsleiters war wie versteinert.

Das Telefon klingelte, und Mads nahm ab.

»Mads Lindstrøm.«

»Hallo, hier ist Sarah. Ich habe die Fingerabdrücke aus Deutschland erhalten.«

»Ja?« Er umklammerte den Rand des Stuhlrückens. Im Fenster sah er Teglgård kurz zögern, bevor er auf den Flur trat.

»Wir haben eine Übereinstimmung«, fuhr sie fort. »Es gibt keinen Zweifel mehr. Die Fälle hängen zusammen.«

»Weiß Thomas Beckmann schon Bescheid?«, fragte Mads und wartete vergeblich darauf, dass Teglgård zurückkam.

»Ja, aber er war nicht sonderlich begeistert«, antwortete Sarah.

»Was hat er gesagt?«

»Nicht viel, ich bin mir aber sicher, dass ihm die Sache nahegegangen ist.«

»Ich rede später mit ihm«, sagte Mads. »Danke für die Information.« Er legte auf und sank auf seinem Stuhl zusammen. Sein Blick verweilte auf dem Bildschirm, auf dem das Foto von Helena Rybner auftauchte. Er stellte den Ton an.

»Helena Rybner wurde zuletzt am Freitag, den 18. September, um die Mittagszeit gesehen. Das Mädchen ist hundertfünfundzwanzig Zentimeter groß, hat einen schmächtigen Körperbau und lange, hellblonde Haare. Zum Zeitpunkt ihres Verschwindens trug sie weiße Shorts mit schwarzen Streifen der Marke Adidas, ein lilafarbenes T-Shirt und Joggingschuhe der Marke Nike. Helena Rybner wurde zuletzt auf dem Sportplatz hinter der Deutschen Schule Tingleff gesehen, wo eine Frau sie zu sich gerufen hat. Die Frau soll etwa achtundzwanzig bis zweiunddreißig Jahre alt und von schlanker bis normaler Statur gewesen sein, ihre Größe wird mit hundertsechzig bis hundertfünfundsechzig Zentimetern angegeben. Sie trug eine dunkelblaue Windjacke und helle Jeans. Hinweise zu den beiden Personen können an die Polizeistellen Syd- und Sønderjylland gegeben werden. Die Telefonnummer lautet…«

Mads schaltete den Ton ab. Eine Luftaufnahme von Tinglev zeigte die Stelle, wo Helena Rybner zuletzt gesehen worden war. Das Foto des Mädchens blieb eingeblendet, darunter erschien ein gelber Balken, in dem auch auf die Suche nach dem Gemälde hingewiesen wurde. Die Telefonnummern der beiden Polizeistellen waren deutlich zu lesen.

19. September

Toftlund

Mads sah aus dem Fenster auf die dunklen Felder. Weit hinten war das Licht einiger Straßenlaternen von Toftlund zu sehen. Nur das gleichmäßige Ticken der alten Standuhr durchbrach die Stille. Er schob die Hände in die Taschen. Die Finger legten sich um das Handy, als wollten sie es zum Klingeln bringen, doch es blieb stumm. Sein Blick wanderte zu der Kommode mit dem ovalen Foto von Bodil Lindstrøm. Ihre Augen sahen ihn an. Hartnäckig, als forderte sie noch aus dem Grab seine Aufmerksamkeit. Langsam näherte er sich der Kommode, und ohne es wirklich zu wollen, legte er die Finger um den Messingschlüssel und öffnete die Schublade. Ein paar Sekunden lang starrte er das Foto in dem Bilderrahmen an, dann nahm er die vergilbten Dokumente heraus, die darunterlagen.

Als das Scheinwerferlicht eines Autos durch die Fenster fiel, hob er den Blick. Die Äste des alten Apfelbaums warfen Schatten durch die Fenster der Terrassentür, und für einen Moment kam es ihm so vor, als hinge dort draußen wieder der Leichnam von Jørgen Lindstrøm und bewegte sich im Wind. Sein Magen zog sich zusammen. Die Finger umklammerten die leicht welligen Ränder der Dokumente, die sachlich den Tod seines Vaters abhandelten.

Er überflog den Text, obwohl er jedes Wort kannte. Obduktions- und Polizeibericht waren eindeutig. Keine Abwehrverletzungen. Das übliche, schräg verlaufende Mal von der Schlinge. Blutergüsse unter dem Seil, in den Bindehäuten der Augen, im Gesicht und in den Schleimhäuten von Mund und Nase. Er schüttelte kaum merklich den Kopf, als er das oberste Dokument aufschlug und das Bild betrachtete. Das von Ödemen geprägte Gesicht blickte starr an ihm vorbei. Wohlbekannt und doch so fremd. Er blätterte weiter. Sein Blick huschte über die Zeilen und verharrte bei der Beschreibung des Fundorts. Keine Anzeichen für ein Fremdverschulden oder einen Kampf. Eine einfache Holzkiste lag umgestoßen ein Stück seitlich des hängenden Leichnams. Alles sprach eine deutliche Sprache, und der Brief, der auf dem Tisch gelegen hatte, untermauerte das. Mads' Blick verharrte auf der Unterschrift. Jørgen Eskild Lindstrøm. Sein Magen zog sich zusammen und wurde zu einer harten Kugel. Er war sich ganz sicher, dass er es erwähnt hatte, trotzdem hatte Torben Laugesen es nirgends festgehalten. Sein Vater hätte niemals den Namen Eskild verwendet. Diesen Teil seines Namens hatte er immer ausgelassen.

Er zuckte zusammen, als sein Handy klingelte. Hastig warf er die Dokumente in die Schublade, schob diese zu und nahm sein Telefon. Für einen Moment sah er unentschlossen auf das Display, dann drückte er Lisa weg.

20. September

Haderslev

Mads leerte die Coladose, drückte sie zusammen und warf sie in den Mülleimer. Aus der leeren Take-away-Box stieg ein schwerer Geruch nach Curry und Kokos. Er schüttelte sich, trommelte mit den Fingern auf die Armlehnen und starrte auf die Vernehmungsprotokolle, die vor ihm auf dem Tisch lagen. Nachdem er ein paar Seiten weitergeblättert hatte, schob er die Unterlagen beiseite und stand auf.

Das Handy begann zu vibrieren. Der Anruf kam von einer internen Nummer.

»Dezernat für Gewaltverbrechen, Mads Lindstrøm.«

»Polizeiassistent Mathias Larsen«, meldete sich eine Stimme am anderen Ende. »Ich nehme die Hinweise aus der Bevölkerung zur Entführung und zum gesuchten Gemälde entgegen.«

»Ja?« Eine Welle aus Adrenalin spülte durch Mads. Er klemmte das Handy zwischen Schulter und Ohr und griff nach einem Kugelschreiber. »Was haben Sie?«

»Es gab ein paar Hinweise. Die ersten waren nicht wirklich von Interesse, der letzte dürfte Sie aber interessieren«, antwortete Larsen. »Eine Frau kann ziemlich genaue Angaben zu dem Bild machen. Wenn Sie erlauben, stelle ich sie zu Ihnen durch.«

»Natürlich, ich bin bereit«, antwortete Mads.

Er nahm ein Blatt Papier und setzte sich. »Kommissar Mads Lindstrøm«, meldete er sich, als er die Frau in der Leitung hatte. Einen Moment blieb es still, dann hörte er ein Räuspern.

»Guten Tag.« Ihre Stimme zitterte. »Hier ist Mona West-Nilsson. Ich rufe wegen des Gemäldes an, das in den Nachrichten gezeigt wurde.«

»Ja?«

»Mein Onkel hat dieses Bild gemalt«, fuhr sie nach einer kurzen Pause fort. »Warum interessiert es Sie?«

»Darauf kann ich leider zum jetzigen Zeitpunkt nicht näher eingehen, aber es ist von entscheidender Bedeutung, dass wir das Gemälde finden.«

»Aha«, antwortete sie hörbar verunsichert.

»Wie lautet der Name Ihres Onkels?«

»Anders West«, antwortete sie ohne Zögern. »Andreas Nikolaj West.«

Schnell kritzelte Mads nahezu unleserliche Hieroglyphen aufs Papier.

»Das ist der jüngste Bruder meines Vaters«, fuhr sie fort, als Mads nichts sagte. »Er ist aber schon vor vielen Jahren gestorben, ich glaube, Anfang der 1980er-Jahre.«

»Und Sie sind davon überzeugt, dass es das Bild ist, das wir suchen?«

»Ja«, antwortete sie und räusperte sich erneut. »Ich erinnere mich ganz genau. Als ich klein war, hing das bei denen über dem Sofa. Ich war fast jedes Jahr in den Ferien dort. Mein Vetter ist ein paar Jahre jünger als ich.« Sie machte eine Pause, und aus den Hintergrundgeräuschen entnahm Mads, dass sie durch den Raum ging, in dem sie sich befand. »Mein

Onkel hat mir das Bild erklärt«, fuhr sie fort. »Es zeigt die Frauen, die die Flagge für die dänische Minderheit nähen. Mein Onkel wurde am 17. Juli 1920 geboren und war damit als einziges Geschwister von Geburt an Däne, während mein Vater und seine anderen Brüder Deutsche waren. Ihm war das sein Leben lang sehr wichtig. Ja, eigentlich der ganzen Familie.«

»Verstehe«, antwortete Mads. »Wissen Sie, wo sich das Bild heute befindet?«

»Ich gehe davon aus, dass mein Vetter Eigil West es hat. Es ist aber viele Jahre her, dass ich ihn zuletzt gesehen oder gesprochen habe. Ich bin mir nicht einmal sicher, ob er noch lebt.«

»Aha«, murmelte Mads und machte sich Notizen. »Können Sie mir seinen letzten bekannten Wohnort nennen?«

Sie lachte leise. »Das ist nicht so einfach. Eigil hatte immer Salzwasser in den Adern. Das Leben an Land war nicht leicht für ihn, deshalb hat er direkt nach der Konfirmation auf einem Schiff angeheuert.«

Mads trommelte mit dem Kugelschreiber leicht aufs Papier, während ihre Worte in seinem Kopf nachhallten.

»Danke für Ihren Hinweis«, sagte er schließlich. »Das hilft uns wirklich weiter.« Er beendete das Gespräch und beugte sich vor. Der Blick war auf den Bildschirm gerichtet, und ein paar Klicks später hatte er das Personenregister geöffnet und den Namen eingetippt. Seine Augen überflogen die Zeilen, ehe er zum Telefon griff und Per Teglgård anrief.

20. September

Haderslev

»Und du bist dir sicher?« Per Teglgårds Stimme klang noch immer unversöhnlich. Mads musste an die versteinerte Miene denken, mit der sein Chef das Büro verlassen hatte.

»Ja. Oder nein. Sicher kann ich mir ja erst sein, wenn wir das Gemälde gefunden haben, aber mein Bauch sagt mir, dass wir auf der richtigen Spur sind.«

»Dein Bauchgefühl nützt uns gar nichts«, zischte Per Teglgård. »Nur Fakten zählen.«

»Ja, aber im Moment ist es das Konkreteste, was wir haben«, antwortete Mads und schlug mit der Hand auf den Tisch. »Wir haben sonst nichts, gar nichts!«

»Du bist echt ein Dickschädel«, sagte Teglgård. »Du bist dir aber schon im Klaren darüber, welche Schwierigkeiten wir kriegen, sollte durch diese Veröffentlichung der Fall verkompliziert werden?« Er atmete schwer aus.

»Konzentrier dich doch mal auf das, was wir jetzt haben«, antwortete Mads. »Mit etwas Glück haben wir ihn in ein paar Stunden, vorausgesetzt, wir arbeiten schnell. Das Bild war am Tatort, als Caroline Hvidtfeldt ermordet wurde.«

»Hast du schon weitere Informationen über ihn?«

»Ja«, antwortete Mads. »Eigil West, geboren 1952. Sohn

von Andreas Nikolaj West und Ellen West, geborene Jeppesen. Geschieden, seine Ex-Frau Ulla West, geborene Poulsen, lebt nicht mehr. 1982 aus Dänemark ausgewandert. 1997 ist er dann wieder zurückgekommen. 2008 war er in einen Arbeitsunfall verwickelt.« Er sah von seinen Papieren auf.

»Und die Adresse?«, fragte Teglgård.

»Die letzte bekannte Adresse war in Sønderborg. Im Jahr 2010 ist er wieder ausgewandert. Nach Deutschland«, antwortete Mads.

»Mist!« Die Härte war in Teglgårds Stimme zurückgekehrt. »Hast du mit Thomas Beckmann gesprochen?«

»Noch nicht.«

»Dann mach das. Eine Verhaftung über die Grenze hinweg dauert länger.« Er legte auf. Die Stille rauschte in Mads' Ohren. Schließlich suchte er die Nummer von Thomas Beckmann heraus und rief ihn an.

»Thomas Beckmann.« Ein Anflug von Müdigkeit hatte sich in die Stimme seines deutschen Kollegen geschlichen. Mads wollte sich melden, als Beckmann, ohne zu warten, weiterredete. »Sie rufen außerhalb der Bürozeiten an, weshalb ich Ihren Anruf leider nicht persönlich entgegennehmen kann. Hinterlassen Sie eine Nachricht, und ich rufe Sie baldmöglichst zurück. Auf Wiederhören.«

Mads legte fluchend auf, sah aus dem Fenster und versuchte es noch einmal, erreichte aber wieder nur den Anrufbeantworter. Ohne eine Nachricht zu hinterlassen, legte er erneut auf und rief Werner Still an.

»Wir haben einen Verdächtigen«, sagte Mads, kaum dass der Rechtsmediziner sich gemeldet hatte.

»Oh«, antwortete Werner Still positiv überrascht. »Das sind gute Neuigkeiten. Schon festgenommen?«

»Noch nicht, er lebt in Deutschland, weshalb ich ihn nicht aufspüren kann.«

»Haben Sie schon mit Thomas Beckmann gesprochen?«

»Noch nicht. Er geht nicht ans Telefon. Haben Sie eine Privatnummer, über die ich ihn erreichen kann?«

Werner Still lachte am anderen Ende. »Thomas gibt keine privaten Informationen raus und ganz sicher nicht seine Privatnummer. Außerdem ist er ein Outdoor-Mensch, was seine Freizeit angeht. Und heute ist Sonntag. Bestimmt schippert er irgendwo in einem Kajak über die Förde.«

»Dann gibt es keine Möglichkeit, in Kontakt mit ihm zu kommen?«

»Nein, erst morgen«, antwortete Werner. Im Hintergrund war eine Frauenstimme zu hören. »Das Essen steht auf dem Tisch. Wir haben die Kinder zu Hause. Ich muss auflegen.«

Verärgert warf Mads das Telefon auf den Tisch. Dann drehte er sich um und nahm die Jacke vom Haken. Er starrte noch eine Weile aus dem Fenster, bevor er seine Unterlagen zusammensammelte, in die Aktentasche stopfte, mit einem letzten Blick zum Schreibtisch sein Handy nahm und das Büro verließ.

21. September

Toftlund

Mads trank seinen Kaffee aus und stellte den Becher in die Spüle, bevor er mit dem Finger über das Display seines Handys wischte. Kurz vor halb acht. Er sah durchs Küchenfenster nach draußen auf die Felder, ehe er erneut zum Telefon griff.

»Thomas Beckmann«, kam es durch den Hörer, während Mads zur Haustür ging. »Sie rufen außerhalb der Bürozeiten an.« Mads legte auf, nahm ärgerlich seine Jacke und warf die Haustür hinter sich zu.

Als er Toftlund hinter sich gelassen hatte, gab er Gas. Der Ort verschwand im Rückspiegel, während rechts und links der Straße kahle Felder und grüne Straßenränder vorbeiflimmerten. Er schaltete das Radio ein und drehte es lauter, als sein Handy klingelte.

»Lindstrøm«, meldete er sich und warf einen Blick auf die Telefonnummer.

»Thomas Beckmann hier. Wie ich sehe, haben Sie versucht, mich zu erreichen?«

»Wir haben ihn«, sagte Mads. »Der Besitzer des Gemäldes heißt Eigil West.«

»Und Sie haben ihn schon festgenommen?«, fragte Thomas Beckmann. Seine Stimme klang hart, fast schon abweisend, als wollte er das Gespräch gleich wieder beenden.

»Nein«, antwortete Mads. »Eigil West ist aus Dänemark ausgewandert.«

»Aha«, sagte Thomas Beckmann. »Und was habe ich damit zu tun?«

»Laut der Informationen, die ich habe, lebt er jetzt in Deutschland.«

Ein Kratzen war zu hören, als würde Thomas Beckmann mit den Fingern über seinen Bart fahren, bevor er langsam ausatmete.

»Könnten Sie herausfinden, ob er sich noch in Deutschland aufhält?«, fuhr Mads fort und wartete, bis das Klappern der Tastatur am anderen Ende verstummt war.

»Das tut er«, antwortete Thomas Beckmann schließlich. »Er wohnt in Flensburg.«

Mads sah rasch auf die Uhr. »Ich könnte in einer Stunde in Flensburg sein. Wie sieht es bei Ihnen aus?«

»Das wird knapp«, antwortete Thomas Beckmann.

»Es eilt«, insistierte Mads. »Sie wissen, dass er ein weiteres Mädchen entführt hat? Wenn wir warten, riskieren wir, dass er auch sie tötet.«

»Dass Eigil West der vermutliche Besitzer eines Gemäldes ist, reicht nicht aus, um ihn der Entführung oder des Mordes anzuklagen«, antwortete Thomas.

»Das ist unser Mann«, sagte Mads mit Nachdruck. »Ich weiß es.«

»Gut, dann treffen wir uns in Flensburg«, sagte Thomas Beckmann mit zusammengebissenen Zähnen. »Bedenken Sie aber bitte, dass Sie nicht nur Ihre, sondern auch meine Zeit vergeuden.«

*

Mads Lindstrøm fuhr auf den Parkplatz des Wohnungskomplexes in Flensburg. Die grauen Fassaden mit den roten Laubengängen sahen im Morgenlicht ziemlich trist aus. Er stieg aus dem Wagen und sah sich um. Eine welke Buchenhecke zog sich um einen Spielplatz. Trockene Blätter schwammen ziellos auf den Pfützen, die sich im Laufe der Nacht gebildet hatten. Der Wind kräuselte die Oberfläche und fegte Müll über den Boden. Mads zog den Ärmel etwas hoch und sah auf seine Uhr. Thomas Beckmanns weißer Passat war noch nicht zu sehen, obwohl es schon zehn Minuten nach neun war. Er lehnte sich an seinen Wagen und musterte das Gebäude. Es wirkte verlassen – als machte es gerade Winterschlaf. Kein Licht hinter den Fenstern. Überhaupt kein Leben.

Mads drehte sich um, als Thomas Beckmann auf den Parkplatz fuhr und neben ihm parkte.

»Sie sind ja schon da«, konstatierte er und warf die Autotür zu.

»Schön, Sie zu sehen«, antwortete Mads und reichte Beckmann die Hand, sein Gruß wurde aber wieder ignoriert.

»Er wohnt da oben«, fuhr Thomas Beckmann fort und zeigte hoch zum ersten Laubengang. »In erster Linie wohnen hier Sozialfälle: Arbeitslose, Alkoholiker, Drogenabhängige. Passen Sie auf, wohin Sie Ihre Füße setzen.«

Mads folgte dem deutschen Kollegen zum Fahrstuhl. In der Kabine schlug ihnen ein scharfer Uringeruch entgegen.

»Ich bezweifle wirklich, dass wir hier unseren Täter finden«, sagte Thomas Beckmann und drückte den Knopf für den dritten Stock. »Wer hier wohnt, hat nicht gerade den Ruf, besonders helle zu sein.«

»Mörder gibt es doch in allen Gesellschaftsschichten«, erwiderte Mads, als der Aufzug mit einem Ruck stehen blieb und die Tür sich öffnete. Draußen auf dem Laubengang atmete er gierig die frische Luft ein. Der Wind wirbelte sein Haar durcheinander. Er steckte die Hände in die Taschen und beobachtete Thomas Beckmann, der an den Wohnungstüren entlangging, vor denen Schuhe und etliche Müllsäcke standen, die darauf warteten, zum Container gebracht zu werden.

Beckmann blieb vor der letzten Tür stehen. Ein kleines graues Schild verkündete, dass hier Eigil West wohnte. Mads betrachtete die verwaschenen Buchstaben.

»Sollen wir?«, fragte Thomas Beckmann und klopfte an. Das Geräusch hallte über den Laubengang. Er trat einen Schritt zurück. Wartete und klopfte ein zweites Mal. Unter ihnen fiel eine Tür ins Schloss. Kurz darauf war das klagende Kreischen der Aufzugkabel zu hören. »Er scheint nicht zu Hause zu sein. Ich kann Sie ja informieren, sollte ich ihn später noch erreichen«, meinte Thomas Beckmann und schob sich an Mads vorbei.

»Ich muss aber mit ihm reden«, sagte Mads mit Nachdruck. »Er steht unter dem Verdacht, Caroline Hvidtfeldt ermordet zu haben.«

»Hier finden Sie Ihren Täter nicht«, antwortete Thomas Beckmann. Seine braunen Augen wirkten dunkel und kalt. Dann drehte er sich um, ging in Richtung Aufzug und drückte auf den Knopf. Es rumpelte, als die Stahlseile sich in Bewegung setzten.

Mads klopfte noch einmal an die Wohnungstür von Eigil West. »Aufmachen! Polizei!«

Thomas Beckmann starrte ihn eine Weile an, ehe er mit verbissener Miene zu ihm zurückging. Seine Schritte hallten auf dem Boden des Laubengangs wider.

»Was ist da los?« Ein älterer Mann öffnete die Tür der

Nachbarwohnung. Der grau melierte Bart verdeckte den Großteil seines Gesichts. Dann schob er sich die Brille etwas höher auf die Nase.

Thomas Beckmann blieb stehen, den Blick auf Mads gerichtet, während er etwas in seiner Tasche suchte. »Kommissar Thomas Beckmann.« Er wandte sich an den Mann und zeigte ihm seinen Ausweis.

»Polizei?« Sichtliches Missfallen breitete sich auf dem Gesicht des Mannes aus, der von Thomas Beckmann zu Mads sah. »Was wollen Sie denn von Gus?«

»Gus?«, wiederholte Beckmann.

»Ja, Gus. Hat er wieder irgendeiner feinen Dame ans Bein gepinkelt?«

»Wer ist Gus?«, fragte Mads und zog die Stirn in Falten.

»Ja, dann halt Eigil«, antwortete der Mann und trat auf den Laubengang. Das offene Hemd gab den Blick auf seinen nackten Bauch frei. »Oder hat er das Zeitliche gesegnet?« Er verschränkte die Arme vor der Brust und musterte sie.

»Wissen Sie, wann Eigil West nach Hause kommt?«, fragte Thomas Beckmann.

»Na ja«, antwortete der Mann und verzog den Mund, wobei sein Blick über den Vorplatz schweifte. »Es ist ein paar Tage her, dass ich ihn zuletzt gesehen habe.« Er richtete den Blick wieder auf sie, und Mads nahm die Wolke aus Schweiß und Bierdunst wahr, die den Mann umgab. »Meistens treffe ich ihn unten in der Bärenhöhle, aber die haben jetzt noch nicht geöffnet. Bestimmt schläft er noch.« Er schüttelte langsam den Kopf. »Gehen Sie doch einfach rein. Gus hat die Tür nicht abgeschlossen. Für den Fall, dass er mal aus dem Bett fallen sollte und nicht wieder aufstehen kann.«

Mads zog fragend die Augenbrauen hoch.

»Das war damals echt Scheiße. Er hat ein paar Tage auf dem Boden gelegen«, fuhr der Mann fort und zuckte bedauernd mit den Schultern. »Aber so was passiert halt.«

»Aha«, antwortete Beckmann und legte die Hand auf die Klinke. »Dann schauen wir mal bei ihm rein.« Er nickte dem Nachbarn zu und machte Anstalten, die Klinke nach unten zu drücken.

»Sind Sie sicher, dass er nicht irgendeinen Mist gebaut hat?«, fragte der Mann und trat einen Schritt näher. Neugierig sah er sie durch die fettigen Brillengläser an.

»Da kann ich Sie beruhigen. Es geht bloß um eine Formalität«, antwortete Thomas Beckmann.

»Na dann.« Zögernd blieb der Mann hinter ihnen auf dem Laubengang stehen, als hoffte er, mit ihnen in Eigil Wests Wohnung gehen zu können.

Thomas Beckmann drückte die Klinke nach unten, doch die Tür blieb verschlossen.

»Verflucht«, murmelte der Nachbar und trat näher. »Klemmt die wieder?«

»Was ist da los, Otto?« Eine dünne Frau sah aus der Nachbarwohnung. Sie lehnte sich an den Türrahmen und nahm einen Zug von der Zigarette, die zwischen ihren Fingern hing.

»Polizei«, antwortete Otto und nickte in Richtung von Mads und Thomas Beckmann. »Die wollen mit Gus reden.«

»Und warum stehen die dann bloß rum?« Sie öffnete den Mund und lachte heiser, bis sie sich vor Husten vornüberbeugen musste. Nach Atem ringend nahm sie den nächsten Zug, woraufhin das Husten besser wurde. Schließlich kam sie zur Ruhe. Ihre Augen glänzten rot, und als sie mit dem trockenen Handrücken darüberfuhr, verwischte sie die Wimperntusche.

»Die Tür ist verschlossen«, antwortete Otto.

»Was ist die?« Sie stieß sich vom Türrahmen ab und kam schwankend auf sie zu. Dann schob sie Thomas Beckmann ohne ein Wort beiseite und drückte die Klinke nach unten. Es vergingen ein paar Sekunden, bis sie reagierte. Noch einmal drückte sie die Klinke nach unten und rüttelte daran, doch die Tür blieb verschlossen. Schließlich beugte sie sich mit langem Hals vor und sah durch den Türspion. Die eine Hand lag noch immer auf der Klinke, die andere hielt die Zigarette und stützte sich an der Tür ab. »Ich kann seine Warnweste sehen«, sagte sie und drehte sich um. Die Beine gaben etwas unter ihr nach, und sie kippte gegen die Wand. »Die Tür muss klemmen.«

»Sie meinen, er ist zu Hause?«, fragte Mads.

»Natürlich«, antwortete die Frau und stieß sich von der Wand ab. Für einen Moment schwankte sie gefährlich, dann stapfte sie zurück in ihre Wohnung. »Der hat sicher zu viel getrunken und pennt noch«, rief sie aus dem Flur.

Der Nachbar kratzte sich am Bart und schüttelte langsam den Kopf. »Der schließt sonst nie ab«, murmelte er.

Mads wurde zunehmend unruhig. Er sah zu Thomas Beckmann. »Ich muss mit ihm reden! Jetzt!«

Beckmann schüttelte den Kopf. »Wir müssen warten, bis er wach wird.«

»Es geht hier um Mord, verdammt! Egal, was Sie meinen – ich muss mit Eigil West reden! Und wenn er da drinnen am Boden liegt und Hilfe braucht, nützt Warten auch nichts. Wenn er die Tür jetzt nicht aufmachen kann, kann er das später auch nicht. Ich übernehme die Verantwortung und der dänische Staat die Kosten.« Er hob das Bein und machte sich bereit, die Tür einzutreten, als Thomas Beckmann ablehnend den Arm hob.

»Sie sind hier nicht in Dänemark.« Beckmanns Blick war hart. »Wir halten uns hier an die Gesetze.« Er nahm sein Handy heraus und hatte gleich darauf die Website der Hausverwaltung aufgerufen. »Kommissar Thomas Beckmann«, stellte er sich vor und entfernte sich ein Stück auf dem Laubengang.

Mads sah ihm hinterher. Der Rücken wirkte für den gedrungenen Körper überdimensioniert und so abweisend wie Beckmanns ganzes Wesen. Er hörte den deutschen Kollegen lachen und sah, wie er das Handy zurück in die Tasche steckte und sich zu Mads umdrehte.

»Der Hausmeister kommt mit einem Schlüssel«, sagte er, beugte sich über das Geländer und sah hinunter. Tatsächlich kam gleich darauf ein Mann auf das Gebäude zu. »Da«, sagte Thomas Beckmann und deutete nach unten. »Wir müssen die Tür nicht eintreten.« Er drehte sich um und ging zum Aufzug. Für ein paar Sekunden ruhte sein Blick noch auf Mads, dann verschwand er im Fahrstuhl und fuhr abwärts.

Mads beobachtete, wie er unten aus dem Aufzug trat und der Hausmeister ihm den Schlüssel reichte.

21. September

Flensburg

Mads trat einen Schritt vor und warf einen Blick in den Flur. Ein unangenehmer Geruch schlug ihm entgegen, süßlich und sauer zugleich. Wie Müll, der mehrere Tage in der Sonne gestanden hatte, gewürzt mit Schweiß, Urin und Tabak. Er wandte das Gesicht ab und atmete noch einmal tief durch, ehe er Thomas Beckmann in die Wohnung folgte. Das Herz hämmerte gegen sein Brustbein, und die Muskeln spannten sich an.

»Eigil West?« Thomas Beckmanns Ruf hallte zwischen den Wänden wider. Der deutsche Kollege blieb stehen. Wartete. Lauschte. Sein wachsamer Blick glitt durch den kleinen Raum, bevor er einen weiteren Schritt in die Wohnung hinein machte.

Mads hielt die Luft an, musste dem Drang seiner Lunge aber schließlich nachgeben und den Gestank einatmen. Als er den bitteren Geschmack auf der Zunge wahrnahm, schnitt er unfreiwillig eine Grimasse.

»Eigil West? Hier ist die Polizei.« Beckmann drückte sich den Arm auf die Nase. Die Jacke raschelte, als er den Ellenbogen beugte und zögernd einen Schritt weiterging.

Mads folgte ihm und prägte sich alle Details des Flurs ein. Die harten Fasern der Kokosmatte. Der dreckige Boden und die vom Nikotin verfärbte Raufasertapete. Ein paar Tüten mit leeren Dosen standen auf dem Boden, aus einer war eine klebrige, gelbe Flüssigkeit gelaufen. Weiße Hundehaare klebten darin und mischten sich mit Dreck und Staubmäusen. Mads ließ den Blick über den restlichen Boden schweifen. Keine Schuhe. Sein Blick fiel auf eine neongelbe Warnweste, die neben einer abgetragenen Jacke an einem Haken hing.

»Soll ich mitkommen?«, fragte der Nachbar dicht hinter ihm. Der neugierige Blick des Mannes brannte sich in seinen Rücken.

»Es ist besser, wenn Sie draußen warten«, antwortete Mads und lächelte dem Mann kurz zu, ehe er Thomas Beckmann folgte. Mit aufmerksamem Blick musterte er das Wohnzimmer. Ein altes Sofa nahm den Großteil der Längswand ein. Bierdosen und ein übervoller Aschenbecher standen auf dem Couchtisch, daneben eine Dose Tabak und Zigarettenpapier. Die Vorhänge waren zugezogen. Der vergilbte Stoff ließ ein bisschen Licht hindurch, das auf eine welke Topfpflanze fiel. Mads drehte sich um. Auf einem alten Tisch stand ein Fernseher neben einem Stapel Reklame. Für einen Moment begegnete er Thomas Beckmanns Blick, dann betrachtete er das Bild über dem Sofa. Vorsichtig atmete er ein, aber das änderte nichts an dem Gestank.

»Sehen Sie das?«, fragte Mads und zeigte auf das Bild.

Beckmann zog die Stirn in Falten. »Ist dies das Bild, nach dem Sie gesucht haben?«

»Ja«, erwiderte Mads und trat einen Schritt vor. »Die Initialen stimmen mit dem auf dem Video überein.« Er wollte mit den Fingern darüberstreichen, aber Beckmann hob abwehrend die Hand. Mads zog die Stirn in Falten. Der dunkle Hintergrund im Video stimmte nicht mit der vergilbten Tapete überein. Mit einem Kopfschütteln trat er einen Schritt zurück und sah an Thomas Beckmann vorbei zur Tür des angrenzenden Raumes. Er drückte sich den Ärmel seiner Jacke auf die Nase und stieß sie auf. Stapel von dreckigem Geschirr türmten sich in der Spüle, leere Bierdosen lagen auf dem Tisch neben den bunten Verpackungen zahlloser Fertigmahlzeiten. Aufmerksam betrat er die Küche. Der Boden klebte vor Fett und Bierresten.

»Ist er zu Hause?«, hörten sie den Nachbarn aus dem Hausflur rufen.

»Ich muss Sie bitten, draußen zu warten!«, antwortete Thomas Beckmann.

»Vielleicht liegt er wie beim letzten Mal im Schlafzimmer«, schlug der Nachbar vor.

»Danke, wir kommen schon allein klar«, erwiderte Thomas Beckmann mit harter Stimme.

»Ich wollte ja nur ...«

»Danke.« Beckmann schnitt ihm das Wort ab.

Mads blieb stehen. Der Müllgeruch mischte sich mit dem von Urin. Er speicherte alle Eindrücke. Die kleinen schwarzen Fliegen, die Essensreste auf den Tellern, die Hundeleine auf dem Boden und die gelbe, in die Länge gezogene Pfütze rund um das Tischbein. Sein Herz schlug härter, während er mit dem Blick der Urinspur bis zur angrenzenden Tür folgte. Wie von einer Schnur gezogen, stieg er über die Pfütze und öffnete die Tür.

Der saure Gestank von Schweiß und Urin wurde noch schlimmer. Staub wirbelte von dem Teppich auf, als er seinen Fuß daraufsetzte. Sein Blick schweifte über das ungemachte Bett und fiel auf den Lichtschein, der durch die halb geöffnete Badezimmertür fiel.

»Beckmann!« Unwillkürlich trat er einen Schritt zurück, ohne den Blick von dem Körper zu nehmen, der halb aus dem Rollstuhl gekippt war. Die Beine des Mannes waren knapp über dem Knie amputiert worden, sodass er trotz seiner vornübergekippten Haltung den Boden nicht erreichen konnte. Ein Riemen saß stramm um den Hals des Mannes, und der Kopf neigte sich unnatürlich in die Richtung des Handtuchhalters, an dem der Riemen verknotet war, während die Arme schlaff zu Boden hingen.

»Ja?« Thomas Beckmann war gekommen und blieb abrupt stehen. Sein Atem ging schwer, als er hinter Mads trat und den schlaffen Körper anstarrte, der von rotvioletten Leichenflecken übersät war. »Wir sollten Werner Still rufen«, murmelte er und drehte sich um.

21. September

Flensburg

»So!«, sagte Kriminaltechniker Helmut Vogel, nahm den Mundschutz ab und sah zu Mads. »Wir sind dann fertig. Sie können rein.« Er nickte in Richtung der offenen Wohnungstür, zog sich den weißen Overall aus und genoss es sichtlich, die frische Luft einzuatmen. Der Parkplatz unter ihnen war voller Autos, Blaulicht reflektierte an der grauen Hausfassade. Schaulustige hatten sich versammelt, und einige Fotografen beobachteten sie durch ihre Teleobjektive.

»Ist Werner Still noch da drinnen beschäftigt?«

»Ja«, antwortete Vogel. Er streifte die blauen Überschuhe ab, knüllte sie zusammen und sah zum Absperrband am Laubengang. Die Enden flatterten knatternd im Wind. »Er wartet auf Beckmann.«

Mads nickte. »Können Sie mir etwas zu dem Gemälde sagen?«

»Das ist ohne jeden Zweifel erst kürzlich dort hingehängt worden«, antwortete Vogel. »Die Verfärbungen der Tapete lassen erkennen, dass da bis vor Kurzem ein kleineres Gemälde gehangen hat, und zwar schon ziemlich lange.«

»Glauben Sie, dass ich das Gemälde mit nach Dänemark nehmen darf?«

Helmut Vogel zuckte mit den Schultern. »Reden Sie mit

Beckmann. Er bekommt den Bericht, sobald wir fertig sind.«
Er sah nach unten zu seinem Team. Die Kisten mit der Ausrüstung waren längst im Kofferraum verstaut worden.

»Danke«, antwortete Mads.

»Nichts zu danken«, erwiderte Vogel, hob die Hand zum Gruß und entfernte sich über den Laubengang. Ein Polizist hob das Absperrband an und grüßte ihn kurz, als er darunter hindurchtauchte und im Aufzug verschwand.

Mads holte tief Luft und kehrte in die Wohnung zurück. Die Luft war durch die offen stehende Tür etwas besser geworden. Nur der süßliche Geruch nach verdorbenen Haushaltsabfällen hing noch in den Räumen.

»Und?«, sagte Werner Still und hob den Blick, als Mads in der Tür des Badezimmers zum Vorschein kam. »Wissen Sie, wo Thomas abgeblieben ist?«

»Er ist bei den Nachbarn«, antwortete Mads.

»Bei dem, der den Toten identifiziert hat?«

»Ja.« Mads starrte den Toten an. Das dreckige Unterhemd hing schief, und an der Unterhose war ein gelber Fleck zu erkennen. »Wie lange ist er schon tot?« Sein Blick hing an dem blauen Nylonriemen, der sich in sein Fleisch geschnitten hatte. »Selbstmord?«

»Sieht auf den ersten Blick danach aus«, antwortete Werner Still, als Thomas Beckmann hinter Mads in der Tür zum Vorschein kam. »Wir haben auf dich gewartet, Thomas.« Der Rechtsmediziner lächelte, aber Beckmann reagierte nicht darauf. »Fangen wir mal mit dem Offensichtlichen an«, sagte Werner Still und zeigte auf den Riemen. »Sieht nach Selbstmord aus. Das heißt, es wurde alles entsprechend hergerichtet.«

»Hergerichtet?«, fragte Mads. Sein Blick wollte sich nicht von den Beinstümpfen des Toten lösen.

»Ja«, antwortete Werner Still. »Es gibt einige klare Anzeichen dafür, dass es kein Selbstmord war.« Er trat etwas zur Seite, damit Thomas besser sehen konnte. »Der Tod scheint vor acht bis sechzehn Stunden eingetreten zu sein«, sagte er und schob sich die Brille mit dem Handrücken hoch. Dann drückte er mit dem Daumen auf einen von Eigil Wests verfärbten Beinstümpfen. »Wie ihr seht, sind die Leichenflecken voll fixiert.« Er machte eine kurze Pause. »Die Körpertemperatur des Toten beträgt 27,3 Grad, was in Anbetracht der Umgebungstemperatur und des Grads der Leichenstarre bedeutet, dass der Exitus zwischen 17 und 3 Uhr eingetreten ist. Auf den ersten Blick gibt es keine Abwehrverletzungen. Allerdings deutet der Kratzer hier«, er zeigte auf Eigil Wests rechten Arm, »mit hoher Wahrscheinlichkeit darauf hin, dass er sich zu schützen versucht und gegen etwas Scharfes gestoßen ist.«

»Du meinst also, dass weitere Personen in der Wohnung waren?«, fragte Thomas Beckmann.

»Ja, und ich würde so weit gehen zu sagen, dass sie dem Ganzen beigewohnt haben. Schaut mal hier«, sagte Werner Still und schob eines von Eigil Wests Augenlidern hoch. »Seht ihr die punktförmigen Einblutungen in der Bindehaut? Im Gegensatz dazu finden sich unter dem Riemen keinerlei Einblutungen. Allein das zeigt schon, dass er nicht durch Erhängen gestorben ist. Außerdem wäre er selbst gar nicht in der Lage gewesen, den Riemen da zu befestigen. Jedenfalls nicht mit der Position des Rollstuhls.«

»Aber die kann er doch auch noch mit dem Riemen um den Hals geändert haben«, warf Beckmann ein.

»Theoretisch schon«, antwortete Werner Still. »Ich halte es aber für nicht sehr wahrscheinlich. Außerdem geht bei

Todeseintritt unweigerlich Urin ab. Die Urinmenge rund um den Rollstuhl ist aber verschwindend gering.«

»In der Küche befindet sich eine Urinpfütze«, sagte Mads und schüttelte sich etwas.

Werner Still nickte. »Ich gehe davon aus, dass Eigil West erhängt wurde, nachdem er schon tot war.«

»Hast du DNA-Spuren vom Täter gefunden?«, fragte Thomas Beckmann.

»Kann ich noch nicht sagen«, antwortete Werner Still. »Ich untersuche die Nägel, wenn ich ihn auf dem Tisch der Rechtsmedizin habe. Helmut Vogel hat alles mit Fotos dokumentiert, die werden dem Obduktionsbericht natürlich beiliegen.« Er nickte einem der Sanitäter zu, die an der Tür standen, und zog sich die Latexhandschuhe aus.

Mads verließ das Badezimmer und folgte Still und Beckmann durchs dunkle Schlafzimmer. Hinter ihnen wurde der Reißverschluss des Leichensacks geöffnet. Mads drehte sich noch einmal um und sah, wie Eigil West von den Sanitätern angehoben wurde. Der Tote war in der verdrehten Haltung erstarrt, und die kurzen Beinstümpfe ragten hilflos in die Luft.

»Hat Helmut Vogel noch irgendwas gesagt?«, wollte Thomas Beckmann wissen.

»Es sind mehrere Teil-Schuhabdrücke in der Küche gefunden worden«, antwortete Werner Still, während sie sich an der Spüle vorbeischoben. »Sie sind natürlich gesichert worden. Vielleicht stammen sie vom Täter.«

»Größe?«

»Ich bin mir nicht sicher, würde aber sagen, dass es Männerschuhe waren.«

Beckmann nickte. »Und das Bild?«

»Das hat Helmut mitgenommen«, sagte Werner Still und trat nach draußen auf den Laubengang.

»Wäre es möglich, dass das Gemälde nach Dänemark geschickt wird?«, fragte Mads und öffnete den weißen Overall. Der Wind war etwas abgeflaut, die frische Luft war aber noch immer belebend.

»Nein«, antwortete Thomas Beckmann. »Es handelt sich um potenzielles Beweismaterial von einem deutschen Tatort, also bleibt es in Deutschland.«

»Das Bild steht mit dem Mord an Caroline Hvidtfeldt in Zusammenhang«, wandte Mads ein. »Auch Ihre deutschen Kriminaltechniker gehen davon aus, dass das Gemälde dort platziert wurde.«

»Das spielt keine Rolle«, antwortete Thomas Beckmann. »Solange wir nicht mit Sicherheit sagen können, dass es einen Zusammenhang zwischen Ihren Fällen und dem Mord hier in Flensburg gibt, bleibt das Gemälde in Deutschland.«

Mads biss die Zähne zusammen. Für einen Augenblick erwog er, Teglgård anzurufen, doch er ließ das Handy in der Tasche stecken. Stattdessen starrte er Beckmann hinterher, der sich über den Laubengang entfernte. Dann holte er tief Luft und folgte ihm.

21. September
Kiel

»Also, legen wir los«, sagte Werner Still und sah von Helmut Vogel zu Thomas Beckmann und Mads. Seine weiße Arbeitskluft ragte unter der grünen Schürze hervor, als er zum Obduktionstisch ging. Das scharfe Licht wurde vom Stahltisch mit der nackten Leiche reflektiert.

Mads konnte seinen Blick nicht von Eigil West nehmen. Die Haut rings um die Amputationsnarben war weiß und vernarbt, der restliche Körper blass und von Leichenflecken übersät.

»Obduktion von Eigil West, achtundsechzig Jahre alt«, begann Werner Still und zog die Lampe etwas tiefer über den Toten. »Leiche eines Mannes, mittleren Alters, Erscheinungsbild altersentsprechend, vielleicht etwas verlebt. Größe 123 Zentimeter. Gewicht: zweiundsechzig Kilo. Bilateral femuramputiert, was mit der Krankenakte des Toten übereinstimmt. Keine Anzeichen für die Nutzung von Beinprothesen. Ernährungszustand unterdurchschnittlich«, diktierte er und trat einen Schritt zurück, während Helmut Vogel die Vorderseite des Leichnams fotografierte. »Wie aus der Fotodokumentation vom Fundort zu entnehmen, entsprechen die Leichenflecken der Platzierung des Toten beim Fund.« Wieder erhellte ein Blitzlicht den Raum. »Rigor mortis zum

Zeitpunkt des Auffindens voll ausgeprägt, jetzt nur noch teilweise. Keine Anzeichen von Verwesung. Keine punktförmigen Einblutungen in den Bindehäuten der Augen oder an anderen Stellen des Körpers.« Er zog die Lampe weiter herunter, ehe er Eigil Wests Kopf nach hinten beugte und den Mund öffnete. »Schlechter Zahnstatus, mehrere fehlende Zähne in Ober- und Unterkiefer«, fuhr er nach ein paar Sekunden fort. »Keine Blockade im oberen Teil der Luftwege.« Er richtete sich auf und ließ den Blick über den Körper schweifen. »Als Anzeichen für Gewalteinwirkung findet sich auf der Rückseite des rechten Unterarms eine 92 Millimeter lange, mögliche Abwehrverletzung. Die Epidermis ist unregelmäßig aufgeplatzt, das Muster gezackt und weniger als einen Millimeter tief. Sonst keine Anzeichen stumpfer oder scharfer Gewalt.« Er machte eine Pause und justierte das Licht. Die Finger glitten über die dünne Haut an der Brust des Toten und strichen zum Gesicht. »Am Hals sind einzelne, oberflächliche, schräg verlaufende Hautabschürfungen ohne Blutergüsse zu sehen, die den Strangulationsmarken folgen.« Er hob den Blick, als sich das Blitzlicht in der Stahloberfläche spiegelte und Helmut Vogel ihm zu verstehen gab, dass das Foto gut geworden war.

Werner Still atmete schwer durch den Mundschutz ein, bevor er den Obduktionsassistenten bat, den Leichnam auf die Seite zu drehen. »Auf der Rückseite des Toten sind wie auf der Vorderseite keine Anzeichen von stumpfer oder scharfer Gewalt zu erkennen«, diktierte er weiter und schüttelte sich leicht, bevor er sich nach vorn beugte und mit den Fingern über die Schultermuskeln strich. »Im Nacken und an der linken Schulter sind mehrere Einstiche mit entsprechenden Unterhautblutungen zu sehen. Jede dieser Läsionen misst etwa drei mal zwei Millimeter.« Er sah zu Mads, während Helmut

Vogel den entsprechenden Bereich dokumentierte. Vorsichtig drehte der Obduktionsassistent den Leichnam wieder auf den Rücken. Werner Still hob die Hand des Toten an. Der Zigarettenkonsum hatte in Gestalt von gelben Nikotinflecken auf der Haut und einem gelblichen Schimmer auf den Nägeln seine Spuren hinterlassen. »Das Material unter den Nägeln wird für eine DNA-Untersuchung gesichert. Des Weiteren wird eine Blutprobe für toxikologische und rechtsmedizinische Untersuchungen entnommen.« Er trat einen Schritt zurück und nickte dem Obduktionsassistenten zu, der ein Skalpell in die Hand nahm. Die scharfe Klinge durchtrennte Eigil Wests Haut unter dem Schlüsselbein und glitt schräg durch die lederartige Brusthaut und weiter nach unten, sodass das darunterliegende Gewebe entblößt wurde. Anschließend legte er das Skalpell weg und griff nach einer Schere. Das Knacken der Rippen übertönte für einen Moment das nervtötende Rascheln der Belüftungsanlage. Der Geruch des Todes wurde immer stärker.

»Die vor der Obduktion durchgeführte Computertomografie hat keine Anzeichen von Frakturen erkennen lassen«, sagte Werner Still, während der Obduktionsassistent den Organblock entnahm und auf einen Stahltisch legte. Einen Moment musterte er die Organe, die in dem scharfen Licht feucht glänzten. Dann begann er mit routinierten Bewegungen den Block aufzuteilen. »Zu erkennen sind ausgeprägte Verkalkungen von Kranzgefäßen und Aorta«, fuhr er fort, während Vogel die aufgetrennten Arterien fotografierte. »Der Mageninhalt ist nur zum Teil verdaut, das Lebergewebe fest und mit fortgeschrittener Zirrhose.« Er strich mit dem Daumen über die Oberfläche der Leber, ehe er sie auf die Waage legte und das genaue Gewicht notierte. Ähnlich ging er mit den übrigen Organen vor, bevor er sich wieder an Mads und Thomas Beckmann wandte. »Wollt ihr dabei sein, wenn ich den Schädel öffne?«, fragte er und sah sie über den Rand seiner Brille hinweg an.

Mads wurde für einen Moment schwindelig. Er ballte die Fäuste und fand die Fassung wieder. Beim Gedanken an den Schnitt im Nacken und die Haut, die über das Gesicht nach unten gezogen wurde, spürte er, wie ihm die Galle in den Hals stieg. Trotzdem nickte er.

21. September
Kiel

Mads ließ sich auf einen Stuhl in Werner Stills Büro fallen. Der Geruch von der Obduktion steckte ihm noch in der Nase, und die beklemmende Übelkeit wollte einfach nicht von ihm ablassen. Draußen auf dem Parkplatz sah er, wie Thomas Beckmanns weißer Passat das Gelände verließ. Er schloss die Augen. Noch immer hörte er das Kreischen der elektrischen Säge, die sich durch Eigil Wests Schädel fraß.

»Und?«

Mads zuckte zusammen und blinzelte ein paarmal, ehe er den Blick auf Werner Still richtete, der durch den Raum zu seinem Schreibtisch ging.

»Sie haben ihn wieder zusammengebaut?«, fragte Mads und legte die Hände auf die Armlehnen.

»Ja, er ist jetzt so gut wie neu«, meinte der Rechtsmediziner und zog seinen Schreibtischstuhl zu dem kleinen Tischchen. »Ein bisschen wie ein Todesser, aber mehr kann man ja kaum erwarten.« Er griff nach der Thermoskanne und einem Becher. Bald darauf erfüllte Kaffeeduft den Raum. »Sie auch?«, fragte er und hob die Kanne fragend an.

»Nein, danke.« Mads hielt die Hand über seinen Becher. Sein Magen rebellierte, und er schluckte, um die Übelkeit unter Kontrolle zu bringen.

»Haben Sie etwas über die Strömungsverhältnisse im Kleinen Belt und der Flensburger Förde herausgefunden?«, fragte Werner Still und trank einen Schluck Kaffee.

Mads nickte. »Was die Strömungen in der Zeit zwischen Carolines Verschwinden und dem Auffindezeitpunkt angeht, ist es nicht unwahrscheinlich, dass sie irgendwo zwischen Als und Ærø ins Wasser geworfen wurde.«

Werner Still nickte nachdenklich. »Wissen wir, welche Schiffe zum entsprechenden Zeitpunkt in der Nähe waren?«

»So weit bin ich noch nicht gekommen«, antwortete Mads. »Wenn ich Helmut Vogel richtig verstanden habe, wurden in Eigil Wests Wohnung Papiere für ein Boot gefunden, oder? Eine Luna 26 aus dem Jahr 1976.« Er schwieg für einen Moment. »Sarah Jonsen hat bei ihrer Arbeit mit dem Video auch noch etwas Interessantes gefunden«, fuhr er fort. »Sie konnte ein paar kurze Tonsequenzen isolieren.«

»Ja?« Werner Still sah ihn erwartungsvoll an.

»Ich habe sie mir angehört, für mich klingt es nach einer Leine, die an einen Mast schlägt. Vielleicht von einer Fahne.«

»An was denken Sie?«

»Wenn Eigil West ein Boot hat«, sagte Mads und trommelte mit den Fingern auf den Tisch, »könnte das unser Tatort sein?«

Werner Still nickte nachdenklich. »Sie meinen, das Geräusch könnte vom Tauwerk eines Segelbootes stammen?«

»Ja, vielleicht. Wissen Sie, ob Vogels Team Fotos von dem Boot gefunden hat?«

»Nein«, antwortete Werner Still. »Soll ich mal nachfragen?«

»Das wäre eine große Hilfe.«

Werner Still griff zum Telefon. »Eine Sache stimmt da nicht«, sagte er, während er darauf wartete, dass der Anruf entgegengenommen wurde. »Eigil West kann Caroline Hvidtfeldt in Anbetracht seiner körperlichen Situation auf keinen Fall getötet haben.«

»Der Gedanke ist mir auch gekommen«, meinte Mads. Er rieb sich über die Stirn, und die Finger hinterließen eine rote Spur. »Könnte Eigil West sein Boot verkauft oder vermietet haben?«

»Das ist eine Möglichkeit«, sagte Werner Still und hob einen Finger, als Helmut Vogel sich am anderen Ende meldete. Ein herzliches Lächeln breitete sich auf seinen Lippen aus, und er griff nach einem Kugelschreiber und einem Block.

»Hier«, sagte er und reichte Mads den Zettel, sobald er aufgelegt hatte. »Es hat ihm nicht gerade gefallen, Thomas Beckmann außen vor zu lassen.«

»Das verstehe ich«, sagte Mads und überflog die Notizen. »Dann haben sie wirklich Fotos von dem Boot gefunden?«

Werner Still nickte. »Der Name des Bootes lautet Anna. Und es hat einen Mast.«

»Haben wir auch eine Nummer? Stand da etwas in den Papieren?«

»Er schickt sie Ihnen, zusammen mit den Fotos von dem Boot«, antwortete Werner Still.

»Es wird nicht leicht sein, herauszufinden, ob das Boot in der Gegend war«, meinte Mads. »Private Boote müssen ja noch kein GPS haben.«

»Einen Versuch ist es aber wert«, sagte Werner Still.

»Ich werde Sarah Jonsen bitten, sich darum zu kümmern, sobald ich die Nummer habe.«

»Gut«, erwiderte Werner Still. »Und wie sieht es mit den Opfern aus? Haben Sie da irgendwelche Gemeinsamkeiten gefunden?«

»Die Daten zu Helena Rybner habe ich noch nicht sichten können«, antwortete Mads. »Es gibt aber gewisse Übereinstimmungen zwischen Lea Dietrich und Caroline Hvidtfeldt. Beide Familien sind eher wohlhabend, und die Mädchen galten als aktiv und beliebt. Und beide Familien haben Wurzeln diesseits und jenseits der Grenze.«

»Und Helena Rybner?«

»Ihre Familie gehört der deutschen Minderheit in Dänemark an«, antwortete Mads.

»Ein Zufall?«

»Schwer zu sagen.« Mads zuckte mit den Schultern. »Hier in der Gegend ist es ja nichts Besonderes, auf beiden Seiten der Grenze Familie zu haben. Interessant ist aber auch, dass es bei beiden Familien Verbindungen zu Hvilshøj Energi gibt.«

»Auch bei den Rybners?«, fragte Werner Still.

»Auf den ersten Blick nicht, ich muss der Sache aber noch genauer nachgehen.«

»Wie sieht es mit Eigil West aus? Haben die Befragungen der Nachbarn etwas ergeben?«

»Nicht viel«, erwiderte Mads. »Anscheinend hat er seit etwa zehn Jahren in der Wohnung gewohnt. In all den Jahren war er Stammgast in der Kneipe Bärenhöhle an der Flensburger Förde. Thomas Beckmann hat erzählt, dass West polizeibekannt ist, aber eher wegen Bagatellen. Wildpinkeln, kleinere Diebstähle und so weiter. Er hat keine Kinder, und laut Aussage der Nachbarn bekommt er auch nur selten Besuch. Es ist ein paar Jahre her, dass man ihm die Beine abgenommen hat.«

»Laut seiner Patientenakte hatte er Diabetes Typ 1. Nicht gerade ideal in Kombination mit viel Alkohol. Wenn ich Helmut richtig verstanden habe, hat der Nachbar Thomas erzählt, dass Eigil West früher häufig auf seinem Boot war. Es soll in der Nähe der Kneipe gelegen haben. Als er die Beine verloren hat, war damit dann aber Schluss.«

»Dann könnte es durchaus sein, dass er es gar nicht mehr hat«, sagte Mads.

»Richtig, Thomas geht dem nach.«

»Ist im Flensburger Jachthafen nach dem Boot gesucht worden?«

Werner Still nickte. »Helmut hat mir am Telefon gesagt, dass seine Leute schon nachgeforscht haben. Sollte es ein Boot mit diesem Namen in der Marina gegeben haben, ist es zumindest jetzt nicht mehr da.«

»Wie sieht es mit den Telefondaten aus?«

»Thomas kümmert sich darum«, antwortete Werner Still. »Ich bin mir sicher, dass er sich bei Ihnen melden wird.«

»Danke«, sagte Mads. Er stand auf und ging zur Tür, als sein Handy zu klingeln begann.

»Mads Lindstrøm?«

»Hallo, hier ist Sarah. Ich habe das Bild von der Hand bearbeitet.«

»Ja?« Mads blieb in der Tür stehen. »Was für eine Hand?« Sein Blick ging zu Werner Still.

»Ich habe dir doch von der Bildsequenz erzählt, in der die Hand des Täters zu sehen ist«, sagte Sarah. »Mir ist es gelungen, das Bild zu verbessern. An der Hand befindet sich eine Narbe. Ich schicke es dir zu.«

22. September

Es versetzte Maria einen Stich, als das Licht der nackten Glühbirne an der Zimmerdecke das Dunkel zerriss. Desorientiert hielt sie sich die Hand vor die Augen, während kleine Lichtpunkte über ihre Netzhaut tanzten. Der Schlafmangel steckte ihr noch im Körper, sie rang panisch nach Atem und sah sich um. In der Ferne hörte sie das leise Brummen des Notstromaggregats. Sie schnappte nach Luft, kriegte aber keinen Sauerstoff in die Lunge. Zitternd sah sie zur Eingangstür, während sie regungslos unter ihrer schmutzigen Decke hockte. Das Kunstleder klebte an ihrer Haut und hielt sie mit Dämonenfingern fest, denen sie nicht entrinnen konnte. Je mehr Geräusche sie wahrnahm, desto mehr sträubten sich die Haare in ihrem Nacken. Ein leises Knirschen, gefolgt vom Klicken der sich öffnenden Tür. Ihr Herz setzte einen Schlag aus, und vor ihren Augen begann sich alles zu drehen. Als sie einen kalten Luftzug am Boden spürte, krallte sie sich mit den Fingern in die Decke, bis die Knöchel weiß wurden. Da waren Schritte. Maria hörte sie deutlich durch den hämmernden Puls in ihren Ohren. Sie näherten sich so vorsichtig, wie sich eine Katze anschlich, um sich über ihre nichts ahnende Beute herzumachen.

Da wurde die Wohnzimmertür aufgerissen. Sie zuckte zurück und schlug so heftig mit dem Kopf gegen die Wand, dass ihr schwarz vor Augen wurde. Fieberhaft begann sie zu blinzeln und wollte ihren Muskeln den Befehl geben, sich zu bewegen, aber ihr Körper war wie gelähmt. Und dann war er auch schon über ihr. Die Hand legte sich um ihren Hals, und die Finger bohrten sich tief in die Haut. Wieder wurde ihr schwarz vor Augen.

»Du kleine Hure«, fauchte er dicht an ihrem Gesicht.

Verängstigt riss sie die Augen auf und starrte ihn an. Sein Blick war kalt und hart. Verzweifelt schnappte sie nach Luft, als er den Griff um ihren Hals etwas lockerte. Sein Atem stank nach Alkohol, und er beugte sich über sie und drückte ihr die Zunge in den Mund. Augenblicklich schnürte ihr Hals sich zusammen, und schlagartig war auch die Übelkeit wieder da. Sie ruderte mit den Armen, schlug auf ihn ein und versuchte, ihn wegzuschieben, doch vergeblich. Er presste sie an die Wand, und der spitze Putz drückte sich durch ihren dünnen Pyjama in die Haut.

Mit einem Mal zog er sich zurück und sah sie an. Seine Augen waren eiskalt. Wie versteinert starrte sie ihn an. Ihr Herz setzte aus, die Luft stockte in ihrem Hals, und sie begann zu zittern. Sekunden später schnellte seine Hand vorwärts, und ihr Kopf knallte gegen die Wand. Sie blinzelte, alles drehte sich, sein Körper verschwamm vor ihren Augen, trotzdem sah sie, wie sein Arm ein weiteres Mal auf sie zukam. Dieses Mal traf er sie seitlich am Kopf. Die Zähne schlugen aufeinander, und ein metallischer Geschmack breitete sich in ihrem Mund aus. Sie hustete halb erstickt. Der Mund füllte sich mit zähem Blut, dann sackte sie in sich zusammen. Sie rutschte an der Wand nach unten, bevor sie an den Rand des Sofas kroch und das Blut ausspuckte.

»Bist du fertig?« Er packte ihren Pyjama und zog sie hoch.

Die Augen starrten sie an, während er mit der Hand ihre Kiefer aufdrückte. Auch dieses Mal trug er Handschuhe. »Du hast keine Ahnung, wie wunderbar sie war. Ihr Schrei.« Er schloss die Augen und sog die Luft tief in seine Lunge. Dabei sah er so aus, als wollte er jeden Moment loslachen. Sein warmer Atem strich über ihren Hals, als er mit der Zunge über ihre Haut fuhr.

Ein Schauer lief ihr über den Rücken. Sie versuchte zu schlucken, aber es ging nicht, weil er noch immer ihre Kiefer auseinanderdrückte. Dann presste er ihren Kopf nach hinten. Das Blut rann ihr in den Hals, und sie kämpfte gegen das Ersticken an. Er lachte, und ihre Verzweiflung wurde nur noch schlimmer.

»Ich will dir etwas zeigen«, flüsterte er ihr ins Ohr, ehe er sie losließ. Sein Blick brannte auf ihrer Haut, bevor er wieder die Faust ballte. Sie schaffte es nicht, sich rechtzeitig zu ducken. Dieses Mal traf er sie an der Schläfe. Für den Bruchteil einer Sekunde lähmte sie der Schmerz, und ihr wurde schwarz vor Augen.

*

Geräusche drangen durch die Dunkelheit. Schrill – wie ein Tier, das gequält wurde. Sie runzelte die Stirn und versuchte zu fokussieren, aber die Dunkelheit lag zu schwer auf ihr. Langsam krümmte sie die Finger. Die Unterlage war kratzig und doch irgendwie auch glatt. Sie versuchte, sich zu erinnern, aber die Dunkelheit hinderte sie daran. In Gedanken hob die Hand sich zu ihrem Kopf, sie war sich aber nicht sicher, ob ihr Körper wirklich reagierte. Ihr Kopf dröhnte. Und von einer Stelle über dem Ohr strahlten stechende Schmerzen aus. Ihr Atem ging keuchend und abgehackt. Bilder flackerten über ihre Netzhaut, und die Angst schnürte ihr den Hals zu.

Wie in einem Film huschten Szenen aus Krakau vorbei. Das Leben auf der Straße. Der Hunger. Die Männer. Ihre Brust zog sich zusammen. Seine Stimme in ihren Gedanken. Ein Chamäleon. Er war so freundlich gewesen, dass sie alles stehen und liegen gelassen hatte, als er sie an der Ecke der Świętego Jana aufgelesen hatte. Ihr Magen drehte sich um. Der Duft der teuren Lederbezüge in seinem Auto drängte sich in ihre Erinnerung. Das weiche Leder auf ihrer nackten Haut. Das Leben im Luxus, das er ihr versprochen hatte. Was er ihr alles geben wollte! Damals war es ein Pluspunkt gewesen, Dänisch zu sprechen, heute war es eher eine Strafe. Es versetzte ihr einen Stich, als ein schriller Schrei die Luft zerriss. Mit einem Mal wusste sie, wo sie war. Der Schmerz zerriss ihren Körper. Sie schlug die Augen auf und starrte voller Angst ins Dunkel.

Sein Atem ging schwer, und seine Hand bewegte sich auf seinem Schwanz auf und ab. Die Knöchel waren blutig. Langsam drehte sie den Kopf. Das Blut verwandelte sich in Napalm. Die Schmerzen zuckten wie Höllenfeuer durch ihren Körper, während sie auf den Fernseher starrte. Nur für den Bruchteil einer Sekunde, aber der Anblick hatte sich bereits in ihre Netzhaut gebrannt. Tiefrote Flüsse strichen über den nackten Körper, während sich das scharfe Licht eines Scheinwerfers im weiß lackierten Mast spiegelte und den Kinderkörper blasser als ein Gespenst erscheinen ließ. Das Kinn ruhte auf der Brust, trotzdem hatte sie das Mädchen erkannt. Vorsichtig öffnete sie die Augen. Tränen rannen über ihre Wangen, als die Peitsche den schmächtigen Körper traf und der Kopf des Mädchens kurz nach hinten zuckte und den Strick am Hals entblößte. Das Kind zitterte vor Schmerzen, während der Schrei alles andere verzehrte. Einen Moment fragte sie sich, ob sie selbst es war, die so geschrien hatte.

Er drehte ihr den Kopf zu, und sein Blick bohrte sich in ihre Augen und saugte ihr die Luft aus der Lunge. Dann holte er aus, und der Schlag schleuderte ihren Hinterkopf an die Wand, bevor seine Finger ihre Haare packten und sie wieder nach vorn rissen.

»Sieh sie dir an, du kleine Hure!«, zischte er und drehte ihr Gesicht zum Fernseher. »Wie schön sie ist!« Sein Lachen dröhnte durch den Raum. Sie riss den Mund auf und versuchte zu atmen, als die Peitsche erneut auf den Kinderkörper klatschte. Dann drückte er seinen Schwanz in ihren Mund. Sie musste würgen, aber er presste ihren Kopf nur noch tiefer nach unten. »O ja«, stöhnte er und bohrte seine Finger tief in ihre Nackenmuskeln. »Komm, zeig mir, was du kannst, du Fotze!«

Tränen quollen aus ihren Augen, während sein Schwanz tief in ihren Mund eindrang. Ihre Lunge schrie nach Luft. Schwarze Flecken tanzten vor ihren Augen, und alles begann sich zu drehen, bis nur noch sein bitterer Geschmack in ihrem Bewusstsein war. Das Klatschen der Peitsche und die aufreißende Kinderhaut verschmolzen mit ihrem eigenen Schmerz zu einem Inferno aus Angst.

»Schau hin!«, brüllte er ihr ins Ohr, doch sie kniff die Augen zusammen, bis er ihren Kopf nach hinten beugte und die Schmerzen unerträglich wurden. Da riss sie die Augen auf und starrte verängstigt auf das Kind. Im selben Moment war ein trockenes Knacken zu hören, und die Unterlage verschwand unter dem blutigen kleinen Körper, der verzweifelt zu zucken begann. Ein lautloser Schrei um Hilfe, während der Strick um ihren Hals ihr die Luft nahm und das Gesicht rotviolett anlief und immer dunkler wurde.

Maria schloss die Augen, als sie spürte, wie sein Sperma warm auf ihren Gaumen spritzte. Die Bilder auf der Mattscheibe hatten sich wie ein Brandzeichen in ihre Netzhaut geätzt und würden nie wieder verschwinden. Er drückte ihren Kopf noch einmal nach unten und lockerte dann langsam den Griff. Für den Bruchteil einer Sekunde atmete sie erleichtert auf, doch dann riss er ihren Kopf wieder nach hinten.

»Schlucken!« Seine heisere Stimme war dicht an ihrem Ohr.

Sie versuchte, das klebrige Sperma herunterzuwürgen. Tränen liefen über ihre Wangen, während das Gurgeln in ihrem Hals zunahm.

»Du sollst das schlucken, habe ich gesagt!«

Plötzlich schlug er ihren Kopf auf den Tisch. An den Haaren riss er sie wieder hoch und verpasste ihr einen Faustschlag unter das linke Auge. Es knackte, als die Wangenknochen nachgaben, er hörte aber nicht auf, sondern hämmerte seine Faust wieder und wieder auf ihr Gesicht. Abgebrochene Zähne flogen aus ihrem geöffneten Mund, das Blut rann ihr in langen Fäden über die Lippen. Sie starrte ihn an, außerstande, Widerstand zu leisten.

Vor ihr zerfloss alles zu einem diffusen Dunst. Das Einzige, was sie noch klar sah, waren die toten Augen auf dem Bildschirm. Dann schob sich die Dunkelheit über sie und zog sie ins Nichts hinab.

22. September

Haderslev

Mads schloss die Tür des Vernehmungsraums hinter sich. Auf der anderen Seite des Tisches saß Gregers Tornborg neben Steen Hvidtfeldt. Kleine Schweißperlen standen auf der Stirn des Anwalts, und seinem stechenden Blick war zu entnehmen, wie sehr ihm das Ganze missfiel.

»Und was haben Sie dieses Mal?«, fragte Tornborg, als Mads sich setzte. »Wieder eine Anklage wegen Entführung und Mordes?« Der Sarkasmus war nicht zu überhören.

»Dienstag, den 22. September. Vernehmung von Steen Hvidtfeldt. Anwesend: Rechtsanwalt Gregers Tornborg und Kommissar Mads Lindstrøm«, sagte Mads, ohne auf Tornborgs Kommentar einzugehen. Er sah zu Steen Hvidtfeldt. Dunkle Ränder zeichneten sich unter den müden Augen des Mannes ab. »Ich möchte Sie darauf aufmerksam machen, dass es in diesem Gespräch um Ihre Entlassung gehen wird«, fuhr er fort.

Steen Hvidtfeldt hob den Kopf. »Entlassung?« Sein Blick flackerte.

»Ja.«

»Das war ja auch an der Zeit«, bemerkte Tornborg. Sein Gesicht war hochrot. Schweiß glänzte auf seiner Stirn. »Die ganze Sache ist eine Farce.« Er beugte sich vor und richtete den Finger auf Mads. »Das hier wird Folgen haben.«

Mads musterte den Anwalt noch eine Weile, dann richtete er seinen Blick auf Steen Hvidtfeldt. »Ich würde gerne über Grellsbüll reden«, fuhr er fort. »Sie haben mir zu einem früheren Zeitpunkt erzählt, dass Sie vorigen Sommer in Süderlügum waren. Ist das korrekt?«

Steen Hvidtfeldt hob den Kopf. »Ich habe dieses Mädchen nicht umgebracht«, antwortete er mit matter Stimme. Die Haut schien ihm an den unrasierten Wangen zu groß geworden zu sein, als wäre er in der Haft geschrumpft. »Weder sie noch Caroline.«

»Das weiß ich«, sagte Mads. »Aber habe ich das richtig verstanden? Sie waren in Süderlügum und Grellsbüll?«

»Ja«, antwortete Steen Hvidtfeldt. »Ich war letzten Sommer in Süderlügum.«

»Wie lang hat der Bau der Biogasanlage gedauert?«

Steen Hvidtfeldt zog die Stirn in Falten. »Ein paar Monate. Vielleicht etwas länger. Auf den Tag genau erinnere ich mich nicht.«

»Wenn ich es richtig gelesen habe, war der erste Spatenstich im Frühjahr, und eingeweiht wurde die Anlage Ende der Sommerferien kurz vor Schulbeginn. Waren Sie nur in diesem Zeitraum in der Gegend oder auch noch darüber hinaus?«

»Das ist vollkommen unwesentlich«, warf Tornborg ein. »Mein Mandant ist unschuldig.«

»Es würde mir sehr helfen, Carolines Mörder zu finden«, sagte Mads und sah bittend zu Steen Hvidtfeldt.

Der nickte, holte tief Luft und antwortete. »Ein bisschen länger, André Leitner hat später die Leitung des Betriebs übernommen.«

»Waren Sie während der gesamten Zeit in Grellsbüll?«

»Mehr oder minder ja«, antwortete Steen Hvidtfeldt und

legte die Hände vor sich auf den Tisch. Die Finger knibbelten an einem Nagel, dann hielt er inne und sah Mads an.

»Gilt das auch für Erik Hvilshøj und André Leitner?«

»Im Großen und Ganzen ja«, antwortete Steen Hvidtfeldt mit einem schwachen Nicken. »Wir haben uns abgewechselt, bis die Anlage richtig lief.«

»Erzählen Sie mir von der Bauzeit«, forderte Mads ihn auf, während sein Blick über Steen Hvidtfeldts Hände streifte. Die sonnengebräunte Haut hatte einen fahlen Ton angenommen, aber von der dünnen, leicht gezackten Narbe, von der Sarah Jonsen ihm ein Foto geschickt hatte, war nichts zu sehen.

»Ich verstehe nicht, was Sie meinen.«

»Waren Sie die ganze Zeit auf der Baustelle?« Er hob den Blick und sah Steen Hvidtfeldt in die Augen.

»Meistens«, antwortete Hvidtfeldt. Seine Schultern hingen herab, und seinem Blick fehlte die Wut, die die anderen Vernehmungen geprägt hatte. Irgendwie schien ihn nur noch eine dünne Schale zusammenzuhalten. »Hvilshøj Energi war ja gerade erst gegründet worden. Die Investoren haben verlangt, dass wir vor Ort waren und darauf achteten, dass die Kosten so gering wie möglich gehalten wurden.«

»Investoren?«

»Ja. Ohne Investoren könnten solche Anlagen wie in Grellsbüll nicht gebaut werden. Mehrere Fonds und Privatpersonen haben das Projekt unterstützt.«

»Wie war es in der Zeit nach Betriebsbeginn?«

»Ein Teil unserer Arbeitszeit ging dafür drauf, die Anlage zu präsentieren«, sagte Steen Hvidtfeldt mit einem Schulterzucken. »Erik hatte etliche Treffen mit Investoren. Auch Vertreter der Gemeinde Aabenraa waren dabei.«

»Die waren in Süderlügum, um sich die Anlage anzusehen?«

»Ja, aber nicht alle. Jens Moes vom Bauamt war da.«

Mads nickte. »Wie ist das mit der Anlage in Sottrupskov? Wird die auf dieselbe Weise finanziert?«

»Nein«, antwortete Hvidtfeldt. »Da basiert die Finanzierung weitestgehend auf Mitteln aus Grellsbüll.«

»Weitestgehend?«

»Ich habe den Finanzplan nicht gesehen, aber Erik hat das gesagt. Ich glaube, die Gemeinde Aabenraa schießt dieses Mal ein bisschen dazu.«

Mads nickte kaum merklich. »Wissen Sie, ob Erik Hvilshøj eine Verbindung zur deutschen Minderheit in Dänemark hat?«

Hvidtfeldt schüttelte den Kopf. »Nicht direkt, glaube ich. Warum fragen Sie?«

22. September

Haderslev

Mads beugte sich zum Bildschirm vor und betrachtete die Fotos von der Biogasanlage in Grellsbüll, die den Artikel illustrierten, den er im Internet gefunden hatte. Er klickte die Bilder an, um sie zu vergrößern. Auf einem davon war Erik Hvilshøj neben Steen Hvidtfeldt und André Leitner zu sehen. *Die Biogasanlage in Grellsbüll entsteht in Rekordtempo*, lautete die Bildlegende. *Erik Hvilshøj dankt seinen Partnern.* Mads klickte das Bild weg und überflog den eigentlichen Artikel.

Die Biogasanlage, die trotz ihrer dänischen Bauträgerschaft in Grellsbüll errichtet wird, soll in absehbarer Zeit den gesamten Kreis Südtondern mit Energie versorgen. Die von den Ingenieuren Erik Hvilshøj und Steen Hvidtfeldt entwickelte Technologie revolutioniert in vielerlei Hinsicht die Gewinnung und Verfügbarmachung von Biogas. Die Anlage ist die erste ihrer Art, weckt aber bereits zum jetzigen Zeitpunkt große Aufmerksamkeit. Auf dänischer Seite hat die Gemeinde Aabenraa, repräsentiert durch den Gemeinderat Jens Moes, ein Kooperationsabkommen mit Hvilshøj Energi geschlossen.

Mads warf noch einen Blick auf das Foto. Etwas hinter Steen Hvidtfeldt erahnte er eine Gestalt, bei der es sich um

Jens Moes handeln konnte. Er war sich aber nicht ganz sicher. Er druckte den Artikel aus und tippte »Erik Hvilshøj« und »deutsche Minderheit« ins Suchfeld. Einen Augenblick später hatte er eine Reihe von Treffern. Er zog die Brauen zusammen, als das Telefon klingelte.

»Lindstrøm«, antwortete er, ohne den Blick vom Bildschirm zu nehmen.

»Per Teglgård. Wo steckst du gerade?«

»Im Büro. Warum?« Mads klickte auf den Link, der ihn zum Internetauftritt des Vereins der deutschen Minderheit in Dänemark brachte. Seine Augen klebten an den Zeilen. *Bezirksvorsitzende Benedickte Hvilshøj sagte die Generalversammlung wegen der Entführung von Helena Rybner, der Tochter der Vorständin Theresa Rybner, ab. Die Generalversammlung wird verschoben. Das neue Datum wird baldmöglichst bekannt gegeben.*

»Ich brauche dich«, fuhr Teglgård fort. »Wir haben einen Mordfall bei Øster Snogbæk.«

»Was ist mit Laugesen oder Kjær?«

»Laugesen ist schon hier«, antwortete Per Teglgård.

»Dann soll er das doch machen«, meinte Mads.

»Das geht nicht«, antwortete sein Chef. »Sarah Jonsen hat darum gebeten, dass du kommst.«

22. September

Sottrupskov

Das Navi führte ihn schnell durch Øster Snogbæk. Vor ihm zeichnete sich der Wald wie eine gelbgrüne Wölbung vor dem grauen Himmel ab. Von dem kurvigen, schmalen Weg aus sah er die Möwen über dem Als Sund kreisen. Mads bremste, als er sich einem Feldweg näherte, der zu einem heruntergekommenen Haus führte. Das Blaulicht schnitt sich durch den Dunst und verriet die massive Anwesenheit der Polizei. Ein Auto von TV Syd parkte am Waldrand. Ein Teleobjektiv ragte aus dem Seitenfenster und wurde in Mads' Richtung gedreht, als er in den Weg einbog. Ein Stück vor ihm flatterte das Absperrband im Wind. Er ließ die Scheibe herunter und streckte seinen Ausweis hinaus, als er auf den Platz vor dem Haus fuhr und neben Sarah Jonsens Kastenwagen parkte. In der Tür des Hauses stand Per Teglgård, hinter ihm erahnte er Torben Laugesen.

Mads stieg aus und betrachtete die Umgebung. Sein Blick glitt über die Fassade des Hauses, und er prägte sich kleine Details ein. Der Verfall war nicht zu übersehen. Die Farbe blätterte ab, und durch die undichte Dachrinne sickerte graugrünes Wasser, das die Hauswand verfärbt hatte und die Fensterrahmen schimmeln ließ. Sein Blick ging nach oben. Eine alte Dachantenne hing halb abgebrochen auf den Dachplatten aus Eternit. In den Fugen breiteten sich Büschel von graugelbem Moos aus wie ein Parasit, der allmählich seinen Wirt auffrisst.

»Gut, dass du da bist«, sagte Per und nickte Mads zu.

»Was haben wir?«, fragte Mads und sah vom Dezernatsleiter zu Laugesen, der gerade aus dem Haus trat und zum Rettungswagen ging, der am Feldrand parkte.

»Die Leiche einer jüngeren Frau«, antwortete Teglgård und zog den weißen Overall aus. »Es sieht nicht gut aus.«

»Warst du im ganzen Haus?«

»Nein, nur im Flur. Jonsens Team ist noch nicht fertig, es herrscht aber wohl kein Zweifel, dass es sich um den Tatort handelt.«

»Ist schon jemand von der Rechtsmedizin da?«

Per Teglgård nickte, ohne ihn anzusehen. »Berit Langer ist vor einer halben Stunde gekommen.«

»Gut. Und wer sind die?«, fragte Mads mit einem diskreten Kopfnicken in Richtung des Rettungswagens, vor dem einige Leute warteten.

»Danke, das wäre dann alles. Sie können gehen«, sagte Laugesen.

»Die Leute da drüben haben die Polizei gerufen«, antwortete Teglgård.

»Ich gehe davon aus, dass sie befragt wurden?«

»Ja«, antwortete Teglgård. »Laugesen hat ihre Aussagen aufgenommen. Die Meldung kam von Jens Moes war hier zusammen mit Erik Hvilshøj, dem Besitzer von Hvilshøj Energi, und einer Journalistin namens Julie Astrup.«

»Der Gemeinderat Jens Moes?«, fragte Mads und sah den Autos hinterher, die das Gelände verließen. Dann nickte er einigen von Jonsens weiß gekleideten Mitarbeitern zu.

»Ja«, antwortete Teglgård und ging zu seinem Wagen.
»Laugesen kann dir mehr dazu sagen. Ich muss leider los. Die Presse reißt mir sonst den Kopf ab. Die Nachrichten über den Mord in Flensburg sind jetzt auch bei uns angekommen. Die Fragen werden nur so auf mich einprasseln.«
Mads drehte den Kopf. Aus dem Augenwinkel sah er Sarah Jonsen zusammen mit Laugesen auftauchen.
»Ich bin dann weg!«, rief Per Teglgård.
Mads nickte. »Danke.«
»Aber glaub bloß nicht, dass die Sache damit vergessen ist. Ich sollte dich vom Fall abziehen.«
Mads sah seinem Chef hinterher. Die Autotür fiel zu, und gleich darauf war das Starten des Motors zu hören.
»Soso, hat da einer Mist gebaut?«
Er drehte sich zu Sarah um, die hinter ihm stand. Sie zwinkerte ihm zu, während Teglgårds Wagen sich in Richtung Hauptstraße entfernte. »Bist du bereit?«, fragte sie und ging zu ihrem Wagen. Trotz des Ernstes, der auf ihrem Gesicht lag, war das Lächeln nicht zu übersehen.
»Wie weit seid ihr?«, fragte Mads.
»Fast fertig.« Sarah setzte sich auf die Kante des Laderaums. »Hast du einen Overall?«
Mads schüttelte den Kopf. »Jetzt sag schon, warum sollte ich herkommen?«, fragte er und nahm den Overall entgegen, den Sarah ihm reichte.
»Ich habe unten im Keller etwas gefunden«, sagte sie, drehte eine Thermosflasche auf und goss sich etwas Kaffee in einen Becher. »Ich glaube, Helena Rybner war hier.«
»Erzähl«, forderte Mads sie auf und schob seine Beine in den Overall.
»Es ist leichter, wenn ich dir das zeige«, antwortete sie.

»Lass uns da unten erst fertig werden, dann gehe ich alles mit dir durch.«

»Was ist mit dem Wohnzimmer?«

»Fertig«, sagte sie und trank einen Schluck Kaffee. »Du kannst reingehen. Dann kannst du auch Berit Langer begrüßen.«

»Gut.« Mads schloss den Reißverschluss des Overalls, zog die Überschuhe an, die Sarah ihm hingeworfen hatte, und ging ein paar Schritte in Richtung Haus.

»Da bist du also«, sagte Laugesen, der am Türrahmen lehnte. »Wieder einmal ein Lindstrøm, der sich vordrängelt?« Er schüttelte langsam den Kopf. Sein Körper wirkte in der schmalen Tür ausladend breit, und er machte keine Anstalten, sich zu bewegen.

»Wenn ich das richtig verstanden habe, ist das dein Fall?«, fragte Mads, nickte Laugesen zu und zog sich die Latexhandschuhe an.

»Wie gelingt es dir nur immer, uns andere zur Seite zu drängen?«, fuhr Laugesen fort. »Erst der Fall in Deutschland, und jetzt auch noch der hier. Bekommst du eigentlich nie genug?« Er kniff die Augen zusammen, wodurch sich die rote, faltige Narbe an seinem Haaransatz nach unten zog. Dann stieß er sich widerwillig vom Türrahmen ab, kam auf ihn zu und berührte Mads im Vorbeigehen mit der Schulter. »Ich habe die Zeugen befragt«, rief er, ohne sich umzublicken. »Ich lege dir den Bericht auf den Tisch.« Er zog sich den Overall aus, bevor er sich in seinen Wagen setzte und vom Tatort verschwand.

»Was war das denn?«, fragte Sarah und trat neben Mads.

»Laugesen ist einfach ein Arsch«, antwortete er verbissen und sah dem Wagen nach, der in dieselbe Richtung wie Teglgård verschwand. »Was ist eigentlich mit diesem Gelände? Ist es schon verkauft worden?«

»Ja, der Kaufvertrag wurde gestern unterzeichnet«, antwortete Sarah. »Erik Hvilshøj und Jens Moes waren hier, um das Gelände genauer in Augenschein zu nehmen.«

»Und die Journalistin, die sie begleitet hat, will vermutlich eine Reportage über die neue Biogasanlage schreiben, die Hvilshøj Energi hier errichten will?«

»Genau«, sagte Sarah. »Vermutlich wieder so eine Charmeoffensive.« Sie machte eine Pause und strich die roten Haare nach hinten, die der Wind ihr ins Gesicht geweht hatte.

»Die Blutspuren an der Gardine waren Jens Moes aufgefallen, deshalb ist er überhaupt ins Haus gegangen«, fuhr sie fort und nickte in Richtung des Wohnzimmerfensters. Eine dicke Schicht Dreck ließ die Scheibe grau wirken. Eine halb verwelkte Pflanze lehnte sich an die Scheibe, als versuchte sie, aus ihrem Gefängnis irgendwie doch noch ans Sonnenlicht zu gelangen.

»Und wie sind die reingekommen?«, fragte Mads und sah fragend zur Tür.

»Die Tür war offen«, antwortete Sarah.

»Und die Journalistin?«, fragte Mads und richtete sich auf. »War die auch drin?«

Sarah nickte. »Ja, alle drei.«

»Dann hast du sicher ihre Fingerabdrücke und DNA-Proben genommen?«

Sie lächelte ihm zu und schüttelte den Kopf, während sie sich wieder auf die Ladekante ihres Wagens setzte. »Also wirklich! Was denkst du eigentlich von mir?«

»Muss ich sonst noch was wissen, bevor ich da reingehe?«

»Ich glaube nicht«, antwortete Sarah und ließ den Blick

über das Gebäude schweifen.« Auf den ersten Blick sieht es so aus, als wäre das Haus seit längerer Zeit bewohnt. Vermutlich eine Prostituierte, die sich hier eingenistet hat. Eventuell illegal. Wir haben keinen Ausweis gefunden und können deshalb im Moment noch nicht sagen, um wen es sich handelt. Das Haus gehört der Gemeinde und sollte abgerissen werden. Der Strom wurde laut Aussage des Stromversorgers schon vor Längerem abgeschaltet, und der Abwassertank ist seit dem Verkauf an die Gemeinde nicht mehr geleert worden. Das Haus ist mit Elektroheizkörpern ausgestattet, die nicht mehr laufen, und dahinten«, sagte sie und zeigte mit dem Daumen über ihre Schulter, »befindet sich eine private Wasserbohrung mit dazugehöriger Pumpe.«

Mads zog die Stirn in Falten. »Ohne Strom?«

»Eine alte Handpumpe«, antwortete sie.

»Sonst noch was?«

Sarah zuckte mit den Schultern. »In Wohn- und Schlafzimmer sind Blutspuren, einige davon schon älteren Datums. Jemand hat versucht, sie zu entfernen, aber in den Fugen zwischen den Dielen sind sie noch zu sehen. Ebenso im Badezimmer.« Sie schwieg und starrte ein paar Sekunden auf das Haus, ehe sie ihren Blick wieder auf Mads richtete und lächelte. »Der Keller ist aber am interessantesten. Wir sind noch nicht ganz fertig, aber wenn du mich fragst, ist das ein Gefängnis.«

»Ein Gefängnis?«

»Ja. Toiletteneimer, eine an der Wand befestigte Kette und eine alte Matratze. Ich sage Bescheid, wenn wir fertig sind und du dir das angucken kannst.«

22. September

Sottrupskov

Mads blieb in der Tür des Wohnzimmers stehen, ließ den Blick durch den Raum schweifen und prägte sich alles ein. Die Blutspritzer an den Wänden. Der abgetretene Teppich und die wellige Tapete. Es roch nach Tod. Ein paar Füße ragten unter einer Decke auf dem Sofa hervor. Blass mit einem rotvioletten Schimmer. In einer Haltung erstarrt, als hätte die Frau sich vor ihrem Tod vor Schmerzen gewunden. Er senkte den Blick. Ein tiefdunkler See war zwischen Berit Langers Füßen in den Teppich eingezogen.

»Hallo. Lange nicht gesehen«, grüßte er sie.

»Mads?« Berit Langers Augen leuchteten auf. Sie streckte ihm die Hand hin, zog sie aber gleich wieder mit einem etwas beklommenen Lächeln zurück. »Vielleicht nicht der richtige Moment, um sich die Hand zu geben«, sagte sie.

»Du bist zurück aus Odense?«

Sie nickte. »Ja, wie heißt es so schön: einmal Südjütland, immer Südjütland.«

»Und Nikolai?«

»Ist noch immer in Kopenhagen«, antwortete sie und richtete ihren Blick auf die Tote.

»Was hast du für mich?«

»Tja, was habe ich?« Sie atmete seufzend aus und ließ

ihren Blick über das Opfer schweifen. »Frau, vermutlich um die dreißig. Größere Läsionen im Kopfbereich sowie Male an Hals und Nacken, als hätte jemand versucht, sie zu erwürgen. Der Tod ist wahrscheinlich durch grobe Gewalt eingetreten. Der Täter ist wirklich extrem brutal vorgegangen.« Sie machte einen kleinen Schritt nach hinten. Der Druck auf den Teppich führte dazu, dass der Blutfleck sich noch weiter ausdehnte.

»Todeszeitpunkt?«

»Tja«, sagte Berit, spitzte die Lippen und begutachtete das Opfer. »Die Leichenstarre ist voll ausgebildet. Die Leichenflecken sind, wie du siehst, rotviolett und ebenfalls ausgeprägt vorhanden. Die Körpertemperatur beträgt 19,8 Grad, was mich in Anbetracht des unbeheizten Raums vermuten lässt, dass sie zwischen vierzehn und dreißig Stunden tot ist.«

»Aha«, sagte Mads und nickte.

»Genauer geht es im Moment noch nicht.«

»Und die Todesursache?«

»Unter Vorbehalt würde ich sagen, dass sie am Schädelbruch gestorben ist, aber natürlich kann da bei der Obduktion auch noch was anderes zum Vorschein kommen. Die Kriminaltechniker haben Knochensplitter im Blut an der Wand gefunden. Der Täter muss wirklich mit extremer Brutalität vorgegangen sein.«

»Sarah Jonsen meinte, es könnte sich um eine Prostituierte handeln. Könnte das ein Freier gewesen sein?«

»Nicht auszuschließen«, antwortete Berit. »Ich glaube das aber nicht. Es sieht so aus, als hätte sie hier auf dem Sofa geschlafen. Die Hose liegt zusammengefaltet auf dem Boden, und auf dem Tisch sind Reste von Essen.«

»Kann es sein, dass sie andere Gäste gehabt hat?«

»Vielleicht«, sagte Berit und zuckte die Schultern. »Normalerweise lädt man aber niemanden in ein ungeheiztes Haus ein.«

»Raubmord?«

»Wirkt auf mich deutlich wahrscheinlicher«, antwortete sie. »Obwohl es nicht so aussieht, als wäre hier viel zu holen gewesen.«

Mads nickte stumm. Sein Blick verweilte auf dem niedrigen Couchtisch. Die Blutlache zog sich bis zu der scharfen Tischkante, einzelne Blutspritzer klebten an dem schmutzigen Geschirr und den eingetrockneten Brotkrümeln auf der Tischplatte.

»Ich bin gleich fertig, du kannst dich so lange ja noch ein bisschen umsehen. Den Rest machen wir dann im Institut.«

»Alles klar«, antwortete Mads, ohne den Blick vom Tisch zu nehmen. An der Wand stand ein großer Aschenbecher. Asche war über den Rand gefallen, und an manchen Stellen hatte sich die Glut schwarz in die Teakholzplatte gebrannt. Die Kippen musste Sarah Jonsen mitgenommen haben. Er trat an die dünne Gardine. Flackerndes Blaulicht fiel herein, und die welke Pflanze, die ihm schon von draußen aufgefallen war, warf tanzende Schatten auf die Tapete. Er schob die Gardine etwas zur Seite. Schwarze Stockflecken krochen am Rand des Fensters in die Höhe. Für einen Augenblick stand er still da und betrachtete eine verschmierte Blutspur im Fensterrahmen, ehe er die Gardine wieder losließ.

»Hat Sarah Jonsen sich den Fensterrahmen angesehen?«

Berits Wangen waren von der nach vorn gebeugten Stellung ganz rot geworden. »Weiß ich nicht«, antwortete sie. »Die Techniker waren schon fast fertig, als ich gekommen bin. Ich glaube, da hat nur noch der Keller gefehlt.«

»Ich frage sie später.« Mads sah sich weiter im Raum um. Ein verstaubter 28-Zoll-Fernseher stand gegenüber der Couch. »Kann man mit einer Zimmerantenne eigentlich noch immer fernsehen?«, fragte er und betrachtete das simpel aussehende Ding, das oben auf dem Gerät stand.

»Kann ich dir wirklich nicht sagen«, antwortete Berit, ohne ihn anzusehen.

»Da ist auch ein DVD-Spieler«, fuhr Mads fort und sah zum Couchtisch. Eine Fernbedienung war nirgends zu sehen. Sarah Jonsen musste auch die mitgenommen haben. Er hob den Blick und nickte einigen Sanitätern zu, die in der Tür auftauchten. Die Bahre mit dem schwarzen Leichensack wirkte viel zu groß für das kleine Wohnzimmer. Viel zu aufdringlich. Wie ein Angriff auf den Frieden – oder die Stille, die über dem Zimmer lag. Beim Quietschen des Reißverschlusses sah er weg und ballte die Hände zu Fäusten. Sein Blick wanderte zum Schlafzimmer. Die Farbe auf dem Türrahmen war ungleichmäßig, und das schwarze Fingerabdruckpulver, das an mehreren Stellen auf dem Lack klebte, ließ das Grün noch fahler wirken.

Als er zur Tür ging, knirschten die Dielen unter seinen Füßen. Auch hier blieb er auf der Schwelle stehen und ließ den Raum erst mal auf sich wirken. Von der Zimmerdecke hing eine nackte Glühbirne. Die Luft war abgestanden, es roch nach Staub und irgendwelchen Körpersäften, die in die Matratze und das Bettzeug gesickert waren. Das Bett stand mitten im Raum, eine Decke hing über dem metallenen Bettrahmen, und das Laken war halb von der Matratze gerutscht, auf der große gelbbraune Flecken zu erkennen waren. Er senkte den Blick. Auf dem Boden unter dem Fenster lag ein Haufen Kleider. BH. Slips. Jeans. Alles getragen und zusammengeschoben, als warteten die Sachen darauf, gewaschen zu werden. In Gedanken versuchte er sich vorzustellen, wie die Frau in diesen Sachen ausgesehen hatte, aber die Kleider wirkten für den mageren Körper auf dem Sofa viel zu groß. Er bückte sich und hob einen blauen Kapuzenpulli auf. Der Aufdruck war zu einem Wirrwarr aus weißen Eisschollen auf einem kalten Meer zerrissen. *Polska*. Gut möglich, dass sie illegal im Land war. Er ließ den Pulli auf den Boden fallen und sah zu der Kommode hinter der Tür. Dasselbe Grün. Auch hier blätterte die Farbe ab und gab den Blick auf das Gelbbraun des darunterliegenden Holzes frei. Er öffnete die oberste Schublade und wühlte mit den Finger durch die verwaschene Unterwäsche. Daneben lagen Lippenstift, Mascara und Foundation. Nichts von Interesse, außerdem hatten sich Jonsens Leute ja schon alles angeschaut.

»Mads?«

Er schob die Schublade zu. »Ja?« Aus dem Augenwinkel sah er die kalten Fliesen des Badezimmers. Einige waren gebrochen, und die ockergelbe Farbe der Fugen ließ den Raum schmutzig wirken. Er trat einen Schritt zur Seite und sah ins Wohnzimmer. »Was denn?«

Berit stand vornübergebeugt da und löste mit ihren schlanken Fingern etwas vom Boden. »Guck mal«, sagte sie und hielt ihm ein kleines Stückchen Karton hin. »Das ist aus ihrem BH gefallen, als wir sie bewegt haben.« Er sah in den Flur hinaus. Die Räder der Bahre quietschten über den ramponierten Boden, und einen Augenblick später hörte er das Knirschen von Kies.

Er betrachtete das Foto in seiner Hand. Das Kind konnte kaum älter als sieben oder acht Jahre sein. Es war ein Mädchen, das sich das blonde Haar aus dem Gesicht hielt. Sie lächelte, und ihre Augen blitzten glücklich. Ein Schnappschuss. Sorglos. Warum ihm gerade dieses Wort in den Sinn kam, wusste er nicht. Schweiß glänzte auf ihrer sonnengebräunten Haut und ließ die blauen Augen noch klarer wirken, als sie es vermutlich waren.

»Da steht etwas auf der Rückseite«, sagte Berit und tippte mit ihrem Finger auf das Foto.

Mads drehte es um. Ein Name, schwungvoll mit Bleistift geschrieben, aber so dünn, dass er an manchen Stellen kaum mehr zu lesen war. »Alicja Blot–…« Er zögerte, kniff die Augen zusammen und konzentrierte sich auf die Buchstaben. »Blotnika.« Er hob den Blick und drehte das Bild um. »Alicja Blotnika. Wo kommt der Name her?«

»Osteuropa, würde ich sagen«, antwortete Berit.

Mads nickte. Gut möglich. Er nahm den Asservatenbeutel, den Berit ihm reichte, und legte das Bild hinein.

»Ich mach mich dann auf den Weg«, sagte Berit und zog die Handschuhe aus. »Der Rest ist dann deine Sache und die der Kriminaltechnik.« Sie sah zur Decke, als das Licht anging. Hinter ihnen knisterte der Lautsprecher des Fernsehers. »Wir sehen uns dann morgen um neun.«

»Ja«, antwortete Mads, drehte sich mechanisch um und starrte auf den Fernseher, während Berit nach draußen ging. Kleine weiße Punkte flimmerten über die schwarze Mattscheibe, bis das immer schneller werdende Rauschen des DVD-Spielers zu hören war. *Charon.* Das Wort war erst für den Bruchteil einer Sekunde zu lesen, hatte sich aber bereits in seine Netzhaut eingebrannt. Er schloss die Augen, das Wort sah er aber noch immer. Sein Hirn zählte die Sekunden, bis er wieder die Augen öffnete und auf den Fernseher starrte.

»Verdammt!« Ein Stakholz bewegte sich im Wasser, dann

tauchte aus dem Dunst das längliche Boot mit den Schädeln auf, das er schon einmal gesehen hatte. Grauweiße Nebelfetzen lösten sich von den Buchstaben und klammerten sich wie Hände an die Reling. Noch einmal leuchtete das Wort kurz auf, bevor es verschwand und der Mann in der Kutte zu erkennen war. Langsam hob er den Kopf und starrte den Zuschauer durch die Totenmaske direkt an. Das leise Plätschern des Bootes, das durchs Wasser gestakt wurde, jagte Mads einen eisigen Schauer über den Rücken. Dann war ein Schrei durch die Lautsprecher zu hören. Disharmonisch und schrill. Das Bild zoomte die Totenmaske ein, und ein leises Lachen drang durch den offenen Mund.

»Wir haben draußen im Schuppen ein Notstromaggregat gefunden.« Sarah Jonsens Stimme aus dem Flur brach den eisigen Panzer auf, der Mads mit hypnotischer Kraft festhielt. Seine Beine hatten plötzlich alle Kraft verloren. Er taumelte nach hinten und stieß gegen den Couchtisch. Sein Blick war fest auf den Bildschirm gerichtet, auf dem eine Peitsche auf den nackten, an den Mast gefesselten Mädchenkörper einschlug. Blut lief über die bleiche Haut. Das Gesicht des Kindes war schmerzverzerrt. Tränen glänzten auf den Wangen, die Augen waren vor Angst weit aufgerissen. Wieder ging die Peitsche auf das Mädchen nieder. An der Spitze der Peitschenschnur wurde das Licht eines Scheinwerfers reflektiert. Ein herzzerreißender Schrei ertönte, als die Peitsche sich in die Haut schnitt.

»Verdammt«, murmelte Mads wieder. »Der hat eine Rasierklinge an die Peitschenschnur geknotet.« Er drehte sich halb um.

Sarah Jonsens Gesicht war in der Türöffnung aufgetaucht. Die roten Locken waren durch die weiße Kapuze zu erahnen, und ein Lächeln umspielte ihre grünen Augen.

»Damit hätten wir…« Sarah hielt mitten im Satz inne. Ihr Lächeln verblasste. Sie starrte auf den Bildschirm. »Ist das…?«

»Ja«, sagte Mads. »Das ist noch ein Video von Charon.« Er drehte sich rechtzeitig wieder zum Bildschirm, um zu sehen, wie das Metall sich in das Gesicht des Mädchens schnitt. Die Kleine warf den Kopf nach hinten an den Mast, und für einen Moment sah es so aus, als würde sie das Bewusstsein verlieren, doch dann öffnete sie den Mund zu einem weiteren lang gezogenen Schrei.

Mads streckte den Finger aus und drückte auf den Eject-Knopf. Der Schrei hallte in seinen Ohren wider. »Verdammte Scheiße!« Er kniff die Lippen zusammen und drückte noch einmal auf den Knopf, aber die Bilder liefen weiter. Resolut packet er den DVD-Spieler und riss die Kabel aus der Wand. Die Leitungen zogen den Fernseher mit sich, und für einen Moment drohte alles zu Boden zu gehen.

Er schnappte nach Luft. Sein Blick war so hart wie seine Stimme, als er Sarah das Gerät reichte. »Nimm das mit.« Dann stürmte er an der Kriminaltechnikerin vorbei nach draußen. Seine Lunge schrie nach Luft. Nach frischer, kalter Luft.

Vor dem Haus legte er den Kopf in den Nacken und atmete tief durch. Die hereinbrechende Dunkelheit wurde durch das Blaulicht zerrissen, das unruhige Schatten auf das Gelände warf. Er schloss die Augen, doch die weißen Buchstaben waren noch immer auf seiner Netzhaut.

»Alles okay?«, fragte Sarah und legte ihm die Hand auf die Schulter.

»Ja, hab nur ein bisschen frische Luft gebraucht«, antwortete Mads und ließ den Blick über den Sund schweifen.

Der blaugraue Himmel ging fast nahtlos ins Meer über. Er schüttelte den Kopf, aber die Bilder des gepeinigten Kinderkörpers wollten nicht weichen. Schließlich drehte er sich um und sah in Richtung Haus. Ein Hundeführer war aufgetaucht. Der Schäferhund zerrte bellend an der Leine und wusste nicht, wohin mit seiner Aufmerksamkeit.

»Sollen wir es hinter uns bringen und uns den Keller anschauen?«, fragte er und sah zu Sarah.

22. September

Sottrupskov

Der Gestank von Ammoniak schlug Mads entgegen, als Sarah die Kellertür öffnete. Der Boden am Fuß der Treppe wurde von einer Arbeitslampe beleuchtet. Die Betonwände glänzten feucht, und Girlanden aus Spinnweben tanzten in der klammen Luft, als er durch die Tür trat. Ein Ohrwurm schlüpfte unter dem Linoleum hervor, das bis an die Tür reichte, und lief am Rand entlang, bis er in seinem Versteck verschwand. Die abgetretenen Holzstufen der Treppe hatten etliche schwarze Flecken.

Mads schloss für einen Moment die Augen. Das Geräusch von Sarahs Schritten auf den Stufen änderte sich, als sie unten war, und er richtete den Blick nach vorn, legte die Hand um das Geländer und ging vorsichtig nach unten. Das feuchte Holz knirschte, und aus den Deckenbalken ragten rostige Nägel. Der scharfe Gestank nach Exkrementen, der in der muffigen Luft lag, hinterließ eine bittere Note auf der Zunge. Er presste die Lippen zusammen und sah sich um. Große Flecken verfärbten den Betonboden. Eine an die Wand geschraubte Spanplatte, die an den Ecken von der Feuchtigkeit aufgequollen war, verdeckte das Fenster zum Lichtschacht. Er trat von der letzten Stufe auf den Kellerboden. Sein Blick blieb an der Matratze hängen. Der Stoff war abgewetzt und voller Stockflecken.

»Was hast du gefunden?«, fragte er.

Sarah trat einen Schritt zurück. »Der Keller war ein Gefängnis und offenbar bis vor Kurzem bewohnt.« Sie zögerte ein paar Sekunden. »Etwa einen Tag alt, nehme ich an«, sagte sie und deutete auf einen Teller, auf dem eine halb gegessene Scheibe Brot lag. »Die Ränder biegen sich hoch, die Mitte ist aber noch weich. In dem Eimer neben der Matratze sind Urin und Kot. Die Kette, die wir von der Wand gelöst haben, war lang genug, damit man sich etwa im halben Raum bewegen konnte. Wir haben Knochensplitter, Reste von Haarbleichmittel und eine leere Tablettenpackung gefunden«, fuhr sie fort. »Clobazam.«

»Und wie sieht es mit Blut aus?«

»Haben wir auch«, sagte Sarah. »Wir haben einen Luminoltest gemacht. Rund um die Matratze, an der Kette, an der Wand und am Boden war Blut.«

»Gewalt?«

»Vermutlich«, antwortete sie. »Die Spuren an der Wand und am Boden sind unregelmäßig. Keine eindeutigen Tropfen, aber die Knochenfragmente deuten klar auf Gewaltausübung hin. Eigentlich wollte ich dir in erster Linie diese Blutspuren zeigen.«

Sie schaltete die Arbeitslampe aus. Der schwache Lichtschein, der von oben in den Keller fiel, reichte nur bis zu den Stufen, während der Rest des Raums im Dunkeln lag. Sie beugte sich nach unten und nahm eine Sprayflasche. »Wir haben das erst mit Luminol gesehen«, sagte sie. »Der Effekt nimmt schnell ab – ich meine, wir haben das natürlich fotografiert, aber ich wollte, dass du es selbst siehst.« Sie zog die Matratze etwas zur Seite und sprühte eine dünne Schicht der chemischen Substanz auf den Boden. Einen Augenblick später kamen die Buchstaben als blauer Schimmer auf dem Boden zum Vorschein. Unregelmäßig und kantig. Er starrte nach unten. Trotz der Unbeholfenheit war klar zu erkennen, dass jemand mit Blut den Namen *Helena Rybner* geschrieben hatte.

»Können wir die DNA verifizieren lassen?«

»Klar«, sagte Sarah und schaltete das Licht wieder ein. »Alle Proben hier aus dem Keller sind mit einem Eilvermerk direkt ins Labor geschickt worden.«

»Gut.« Mads richtete sich auf. Sein Blick schweifte über den Boden. Ein altes Gitter rostete vor sich hin, vermutlich ein alter Abfluss. »Wir müssen wissen, ob es da eine Übereinstimmung gibt«, sagte er und nickte. »Auf den ersten Blick sieht es wirklich danach aus, als wäre Helena Rybner hier gewesen.« Er hob den Blick, als er die oberste Stufe der Kellertreppe knirschen hörte.

»Jonsen?«, fragte jemand hörbar aufgeregt. »Der Hund hat etwas gefunden.«

»Wo?«, fragte Sarah und sah zu dem Polizeiassistenten hoch, der in der Kellertür zum Vorschein gekommen war.

»Drüben im Wald.«

»Worum handelt es sich?«

»Ein Auto. Der Hundeführer ist noch da.«

»Ich komme.« Sarah sah schnell zu Mads. »Kommst du mit?« Ihre Hand lag bereits auf dem Treppengeländer. Dann lief sie mit schnellen Schritten nach oben.

22. September

Sottrupskov

Es war stockdunkel, als Mads und Sarah im Laufschritt auf den kleinen Waldweg abbogen. Vor ihnen zwischen den Bäumen leuchteten die Scheinwerfer der Kriminaltechniker. Hektische Stimmen mischten sich mit dem Gebell des Schäferhundes und hallten zwischen den Bäumen wider. Sie liefen schneller.

»Warte hier«, sagte Sarah außer Atem, als sie sich dem Wagen näherten. »Ich muss erst abklären, wie weit sie sind.« Mads blieb stehen. Die Enden des aufgespannten Absperrbandes flatterten im Wind, und das grelle Scheinwerferlicht spiegelte sich auf den Pfützen, die sich in den Reifenspuren gebildet hatten. Kleine Plastikschildchen mit Nummern zeigten an, wo die Techniker etwas gefunden hatten. Die Objekte wurden fotografiert und dann in Asservatenbeutel gesteckt.

»Du kannst kommen«, sagte Sarah kurz darauf und winkte ihn zu sich. »Die Spurensicherung auf dem Waldboden ist weitestgehend abgeschlossen.«

Mads hob das Absperrband an und ging gebückt darunter hindurch. Sein Blick schweifte über den dunkelblauen Opel Corsa, der im Dickicht stand. Welke Blätter klebten auf der Windschutzscheibe und sahen den rostroten Flecken in der Karosserie zum Verwechseln ähnlich. Er trat einen Schritt zur

Seite, während der Fotograf das Reifenprofil mit der Kamera festhielt. Ein paar blaue Plastikrahmen waren hinter dem Wagen in den Waldboden gedrückt worden.

»Reifenabdrücke?«

»Ja«, antwortete Sarah. »Mindestens zwei unterschiedliche Fahrzeuge.«

»Und was ist mit dem da?«, fragte Mads und nickte in Richtung des blauen Opels. »Hängt der irgendwie mit dem Mord zusammen?«

»Der Hund hat beim Auto angeschlagen«, antwortete sie und sah zu, wie einer ihrer Kollegen den Plastikrahmen sorgsam mit Gips ausgoss. »Er hat hier entweder eine Fährte des Täters oder des Opfers wahrgenommen.«

»Habt ihr das Nummernschild schon gecheckt?«

»Ja«, sagte Sarah. »Der Wagen wurde vor knapp zwei Jahren als gestohlen gemeldet. Eigentlich gehören die Nummernschilder zu einem weißen Toyota Yaris. Die Fahrzeugnummer ist rausgefeilt worden, also werden wir die Herkunft dieses Wagens nicht ermitteln können.«

»Könnte es einen Zusammenhang zwischen diesem Auto und den übrigen Fällen geben?«, fragte Mads.

»Ich denke schon«, antwortete Sarah und hielt ihm einen Beweisbeutel hin. »Die hier haben wir im Handschuhfach gefunden.«

»Lachgas«, sagte Mads und nahm den Beutel mit den kleinen Metallzylindern entgegen.

»Ja«, antwortete Sarah. »Dieselbe Marke und Fabrikationsnummer wie die Lachgaspatronen in Kolding, Tinglev und Süderlügum.«

»Habt ihr im Auto Fingerabdrücke oder DNA gefunden?«

»Reichlich«, antwortete Sarah. »Blut und Haare und Unmengen von Fingerabdrücken. Wir haben einen Abschleppwagen gerufen, damit wir das Auto mitnehmen können. Am wichtigsten ist jetzt aber erst einmal die Sicherung der Spuren, bevor uns das Wetter einen Strich durch die Rechnung macht.«

»Was habt ihr?«

»Es gibt, wie gesagt, Reifenspuren von mindestens einem anderen Auto«, sagte Sarah und zeigte auf den Bereich hinter dem alten Opel. »Und dann haben wir noch einige Zigarettenkippen und ein zerstörtes Handy gefunden.« Sie bückte sich und hob einen weiteren Beweisbeutel an. Ein dünne Schicht Erde klebte an den Kunststoffresten, die einmal ein Handy gewesen waren. »Das ist bei den hintersten Reifenabdrücken gefunden worden«, fuhr sie fort. »Der SIM-Karte konnten wir entnehmen, dass es ein Prepaidhandy war.«

»Darf ich mal sehen?«, fragte Mads und streckte die Hand nach dem Asservatenbeutel aus.

»Teglgård kann sicher die Telefondaten anfordern«, meinte Sarah, als hätte sie Mads' Gedanken gelesen. »Mit etwas Glück hast du sie morgen. Fahr jetzt ruhig nach Hause. Wenn der Abschleppwagen hier war, sind wir dann auch fertig.«

»Gute Arbeit«, sagte Mads und nickte ihr anerkennend zu. »Ruf mich an, wenn du mehr weißt.«

Er drehte sich um und kehrte zu seinem Wagen zurück. Als er den Schlüssel ins Zündschloss steckte, spürte er, wie müde er war. Trotzdem musste er erst noch seinen Chef informieren.

»Mads Lindstrøm hier«, meldete er sich und fuhr auf die Straße in Richtung Øster Snogbæk. Im Rückspiegel sah er das weiße Licht der Scheinwerfer im Dunkel schimmern.

»Bist du auf dem Heimweg?«, fragte Teglgård.

»Ja«, antwortete Mads und unterdrückte ein Gähnen.

»Jonsen und ihr Team packen jetzt auch zusammen. Ich habe mit Berit Langer vereinbart, dass Werner Still und ich morgen zur Obduktion vorbeischauen.«

»Hast du eine Idee, wer das Opfer sein könnte?«

»Es deutet einiges darauf hin, dass es sich um eine Prostituierte aus Osteuropa handelt.«

»Hast du einen Namen?«

»Nicht, was das Opfer betrifft, aber Berit Langer hat ein Foto gefunden, das die Frau bei sich trug. Von einer Alicja Blotnika.«

»Und das ist nicht unser Opfer?«

»Nein«, antwortete Mads. »Auf dem Foto ist ein Mädchen zu sehen, sieben oder acht Jahre alt.«

»Okay«, antwortete Per Teglgård. »Ich gebe den Namen mal an Interpol weiter. Vielleicht kommt ja was dabei raus. Was denkst du über den Keller?«

»Tja«, sagte Mads und umfasste das Lenkrad fester. »Erst mal glaube ich, dass es falsch war, Laugesen von dem Fall abzuziehen. Bist du dir eigentlich im Klaren darüber, dass ich mir mit ihm das Büro teile?«

Per Teglgård seufzte. »Ich weiß. Sarah Jonsen war sich aber ganz sicher, dass der Mord mit den Fällen in Zusammenhang steht, die du bearbeitest. Was hätte ich denn tun sollen?«

»Keine Ahnung. Ich weiß nur, dass unser Verhältnis durch so etwas nicht gerade besser wird.«

»Ich rede mit ihm«, sagte Teglgård.

»Nein, das ist eine Sache zwischen Laugesen und mir.«

»Du weißt, dass das tiefer reicht und nicht nur eure Zusammenarbeit betrifft«, entgegnete Teglgård.

»Zusammenarbeit?«, schnaubte Mads. »Ich glaube, dieses

Wort gibt es ins Laugesens Wörterbuch nicht.« Er schwieg. Die Reifen summten über den Asphalt, und die Scheibenwischer rutschten quietschend über die Scheibe.

»Mit deinem Namen sind viele Erinnerungen verbunden«, sagte Teglgård schließlich. »Leider nicht nur gute.«

»Komm jetzt bitte nicht damit«, erwiderte Mads und verdrehte die Augen.

»All das, wofür ich deinen Vater beneidet habe, sehe ich auch in dir, Mads, aber leider auch seine Schwächen.«

»Lass es bitte, Teglgård.«

»Ich meine das ernst, Mads. Dein Vater hat alles gegeben. Er war eine Koryphäe. Ich war nicht der Einzige hier im Dezernat, der ihn um seine Fähigkeiten beneidet hat.«

»Hör auf!«

»Tut mir leid.« Teglgård schwieg. Die Stille kam knisternd durch die Lautsprecher des Wagens und verschmolz mit dem gleichmäßigen Brummen des Motors. »Ich wollte dich nicht mit ihm vergleichen.«

»Lass es einfach«, antwortete Mads, setzte den Blinker und fuhr in Richtung Toftlund. »Du wolltest wissen, was ich über den Keller denke.«

»Ja, lass hören.«

»Ich bin derselben Meinung wie Sarah. Es deutet alles darauf hin, dass Helena Rybner dort unten gefangen gehalten wurde.« Mads machte eine kurze Pause und bog nach links ab. »Es wurde auch eine leere Packung Clobazam gefunden. Werner muss prüfen, ob das mit den toxikologischen Daten von Caroline Hvidtfeldt übereinstimmt.«

»Was ist mit dem Mädchen aus Süderlügum? Gibt es irgendwelche Indizien, die auch sie mit dem Tatort in Verbindung bringen?«

»Wir müssen abwarten, welche Ergebnisse die DNA-Analysen bringen. Mit Blick auf die vielen Knochensplitter, die Jonsens Team gefunden hat, glaube ich aber, dass wir auch Spuren von ihr haben werden.«

»Wie verhält es sich mit dem Rest des Hauses?«

»Wir haben eine DVD gefunden«, sagte Mads. Er holte tief Luft, behielt sie kurz in der Lunge und atmete langsam aus. »Sarah Jonsen hat sie.«

»Charon?«

»Ja«, antwortete Mads.

»Verdammt!«, fluchte Teglgård. »Sag nicht, dass es Helena Rybner ist.«

»Nein«, antwortete Mads. »Es ist Alicja Blotnika.«

23. September

Odense

»Sie sieht nicht sonderlich gut aus«, sagte Berit Langer und zog den Mundschutz hoch, bevor sie mit dem Ellenbogen die Tür zum Obduktionssaal öffnete. »Ausgehend von dem, was wir gestern gesehen haben, gibt es wohl keine Zweifel daran, dass der Fundort auch der Tatort ist.« Ihre Schritte hallten zwischen den gefliesten Wänden wider. Sie waren fest und ohne jedes Zögern.

Mads sah zum Stahltisch hinüber. Die OP-Lampe brannte und ließ die Leichenflecken auf der blassen Haut deutlich hervortreten. Offene Wunden klafften und entblößten den Krater in ihrem Schädel.

»Heute machen wir alles auf Deutsch«, sagte Berit mit einem schnellen Blick zu Werner Still. »Sarah Jonsen hat mich informiert, dass dieser Mord hier mit dem Fall in Nieby zusammenhängt.«

»Ja«, antwortete Mads. »Es deutet viel darauf hin, dass wir es mit demselben Täter zu tun haben.«

»Gibt es schon einen Verdächtigen?«

»Nein, nicht mehr«, antwortete Mads und schüttelte den Kopf. »Steen Hvidtfeldt wurde gestern entlassen. Er ist nicht unser Täter. Sarah hat in dem Video mit Caroline Hvidtfelt Hinweise gefunden, die ihn als Täter ausschließen.«

Sie nickte, griff nach dem Mikrofon und heftete es an ihren Kittel. »Habt ihr mitbekommen, dass das *Ekstra Bladet* sich auf die Sache gestürzt hat?«

»Ja, schrecklich«, antwortete Mads. »Sie haben den ganzen Mittelteil der Zeitung dieser Tragödie gewidmet und kein Detail ausgelassen. Die Paparazzi haben sogar fotografiert, wie Susanne Hvidtfeldt aus ihrem Haus ausgezogen ist.«

»Und das Gemälde?«, fragte Berit. »Wird noch immer danach gefahndet?«

»Wir haben es gestern Morgen gefunden«, antwortete Mads.

»Hat euch das weitergebracht?«

»Nein. Es hat uns lediglich eine weitere Leiche beschert.«

»Wie meinst du das?«

»Wir haben den Besitzer des Bildes, Eigil West, erhängt in seiner Wohnung gefunden. Es sollte wie Selbstmord aussehen«, antwortete Mads.

Berit pfiff leise.

»Ich habe gestern Abend übrigens die Ergebnisse aus der Toxikologie bekommen«, berichtete Werner Still. »Der Insulinwert war massiv überhöht, was die Injektionsstellen in der Nacken- und Schulterregion erklärt.«

»Dann ist Eigil West an einem Insulinschock gestorben?«, fragte Mads.

»Ja«, sagte Werner Still und nickte. »Er war bereits tot, als man ihn erhängt hat.«

»Habt ihr irgendwelche Spuren?«, fragte Berit.

»Nicht viel«, antwortete Mads. »Hoffentlich kann Sarah Jonsen uns ein bisschen weiterhelfen, wenn sie den Bericht aus Deutschland bekommen hat.«

Berit nickte. »Dann legen wir los. Wir haben es mit der

Leiche einer jüngeren Frau zu tun. Sie wurde leblos, auf dem Bauch liegend gefunden. Rigor Mortis war zum Auffindezeitpunkt voll ausgebildet und ist noch immer teilweise erhalten. Keine Anzeichen von Verwesung. Leichenflecken an der Vorderseite des Körpers sowie an Kopf, Hals und rechtem Arm. Größe: ein Meter zweiundsechzig. Gewicht: neunundvierzig Kilo. Schmächtiger bis normaler Körperbau. Ernährungszustand: unterdurchschnittlich. Am Fundort waren Zeichen von Gewaltausübung zu erkennen. Keine punktförmigen Einblutungen in den Bindehäuten der Augen oder an anderen Stellen.«

Sie beugte den Kopf der Toten vorsichtig nach hinten und öffnete ihren Mund. »Einige Zähne fehlen. Keine Fremdkörper im vorderen Teil der Mundhöhle.« Berit zog die Lampe etwas näher. Eine tiefe Falte grub sich zwischen ihre Augenbrauen. »Im hinteren Bereich der Mundhöhle ist eine weißliche Schleimschicht zu erkennen.« Sie richtete sich auf. Einen Moment stand sie still da und wartete, bis ihr Assistent alles notiert hatte, dann trat sie an die Seite der Toten. »Brustdrüsen und Behaarung für einen weiblichen Körper normal. Die äußeren Geschlechtsteile weisen teils geschwollene Kratzer auf.« Das Blitzlicht leuchtete mehrmals auf, als die Stellen dokumentiert wurden. »Am rechten Oberschenkel findet sich ein leicht erhabenes, diffus abgegrenztes, blauviolettes Hämatom mit den Maßen 160 mal 113 Millimeter. Auch in der Schulterregion finden sich zahlreiche, ineinander übergehende, blauviolette Hämatome.« Sie hob den Blick, als die Kamera erneut aufblitzte. »An der Außenseite des linken Unterarms verläuft quer eine klaffende, 64 Millimeter lange Risswunde. Möglicherweise eine Abwehrverletzung.« Sie machte eine Pause und sah kurz zu Werner Still.

Er nickte ernst, als sie fortfuhr: »Als Anzeichen von externer Gewalt finden sich diffus abgegrenzte, fingerförmige Hämatome an Hals und Nacken. Überdies eine 57 Millimeter lange Platzwunde auf der Stirn. Die Palpation des Schädels hat Unebenheiten erkennen lassen, die sich von der rechten Seite bis zum Hinterkopf erstrecken. Frakturen: Die Computertomografie vor der Obduktion hat den Schädelbruch bestätigt. Überdies ist der Wangenknochen gebrochen, und im Kleinhirn konnte eine größere Blutansammlung festgestellt werden.«

Sie nickte dem Obduktionsassistenten zu, der den Leichnam auf die Seite drehte. »Auf der Rückseite des Leichnams finden sich keine Leichenflecken und, abgesehen vom Hinterkopf, auch keine Anzeichen für Gewalt.« Sie trat einen Schritt zurück, während der Kriminaltechniker die Läsionen fotografierte und der Obduktionsassistent die Tote wieder zurück auf den Rücken drehte. »Die Nägel werden für eine DNA-Analyse beprobt, ebenso die Mundhöhle und die Vagina.«

»Glauben Sie, dass es sich um Sperma handelt?«, fragte Werner Still, als Berit den Mund der Toten öffnete und mit einem Spatel über die hinteren Schleimhäute fuhr.

»Nicht ausgeschlossen«, antwortete sie. »Spermatozoen können, wie Sie wissen, in der Vagina längere Zeit überdauern und von mehreren Männern stammen. Der weiße Schleim hinten in der Mundhöhle deutet darauf hin, dass sie kurz nach der Ejakulation gestorben ist, falls es tatsächlich Sperma ist.«

»Wann können wir mit den Ergebnissen der DNA-Analyse rechnen?«, fragte Mads.

»Ich werde vermerken, dass die Sache eilig ist. Ein paar Tage wird es aber trotzdem dauern.« Sie nickte dem Obduktionsassistenten kurz zu. Die blanke Klinge des Messers bildete ein Y, als sie durch die verfärbte Haut fuhr.

Mads wandte sich ab, als die Rippen durchtrennt wurden.

23. September

Haderslev

Mads schloss die Tür seines Büros hinter sich.
»Bitte.« Er reichte Werner Still einen Becher Kaffee und setzte sich an seinen Schreibtisch. Sein Blick fiel auf den Ausdruck der Zeugenbefragung auf Laugesens Tisch.
»Was steht drin?«, wollte Werner Still wissen.
»Nicht viel«, antwortete Mads und stellte seinen Kaffeebecher ab, ehe er den Ausdruck in die Hand nahm. »Die Meldung von Jens Moes ging um 12:16 Uhr in der Notrufzentrale ein«, übersetzte Mads. »Laut Moes waren er, Erik Hvilshøj und die Journalistin Julie Alstrup zu dem Haus gefahren, um dort ein Interview zur geplanten Biogas-Anlage zu führen, die ja auf diesem Gelände entstehen soll.« Er schwieg kurz und überflog den Text.
»Wie haben sie überhaupt die Tote gefunden?«
»Julie Alstrup hat ausgesagt, dass ihnen Blutspuren am Fenster aufgefallen sind.«
»Konnten sie die Tote durch das Fenster sehen?«
»Nein«, antwortete Mads. »Erik Hvilshøj hat angegeben, dass die Haustür offen war und sie deshalb einfach hineingegangen sind.«
»Das muss ein ziemlicher Schock für sie gewesen sein«, bemerkte Werner Still.

Mads nickte. »Laugesen hat sich um psychologischen Beistand gekümmert.«

»Wie sieht es mit Fingerabdrücken und DNA aus?«

»Es sind Proben von den dreien genommen worden, damit es keine Verwirrung gibt, wenn die Spuren aus dem Haus analysiert werden«, antwortete Mads und legte den Ausdruck beiseite. »Laut Aussage aller drei Zeugen ist Jens Moes als Erster ins Haus gegangen. Das erscheint auch glaubwürdig, da seine Fingerabdrücke an mehreren Stellen gefunden wurden. Nach dem Leichenfund war er auf der Toilette, um sich zu übergeben, doch anscheinend ist nichts gekommen. Sein Speichel wurde im Waschbecken gefunden, an dem auch seine Fingerabdrücke waren. Erik Hvilshøj hat bestätigt, dass die Frau tot war, danach sind alle drei wieder nach draußen gegangen, und Moes hat die Polizei verständigt.«

»Ihre Aussagen stimmen also mit dem überein, was die Techniker am Tatort gefunden haben?«, fragte Werner Still.

Mads nickte. »Sarah Jonsen hat übrigens eben angerufen.«

»Ja?« Werner Still hob den Kopf. »Gibt es was Neues vom Tatort?«

»Im Auto konnten Fingerabdrücke der Toten gesichert werden. Sarah Jonsen hat uns eine ganze Liste geschickt«, sagte Mads und öffnete die Nachricht, die Sarah ihm zusätzlich noch per Mail geschickt hatte. »Auf den Lachgaspatronen im Handschuhfach des blauen Opels sind mehrere Teilabdrücke, die mit denen in Kolding, Süderlügum und Tinglev übereinstimmen. Und diese Teilabdrücke passen auch zu denen des Opfers. Kurz gesagt: Die Frau aus dem Haus in Sottrupskov hat mit allen drei Entführungen zu tun.«

Werner Still nickte. »Und die Reifenabdrücke?«

»Das Profil ist identisch mit dem aus Tinglev«, antwortete

Mads. »Zusammen mit den Blutspuren im Keller stärkt das unseren Verdacht, dass Helena Rybner sich im Keller des Hauses aufgehalten hat, auch wenn die Ergebnisse der DNA-Analyse noch nicht vorliegen. Des Weiteren sind in einem Regal im Keller mehrere Seile gefunden worden sowie Bleilote mit einem Gewicht von drei bis acht Kilo, außerdem Ketten und Räder, die vermutlich zu einer Winde gehören.«

»Dann wäre es auch denkbar, dass Lea Dietrich in dem Keller ermordet wurde?«, fragte Werner.

»Es wird schwer zu beweisen sein, dass dies der Tatort ist. Sie kann dort aber durchaus gefoltert worden sein«, antwortete Mads. »Sarah Jonsen hat die DNA-Analyse der Knochensplitter noch nicht bekommen, sie wird die Ergebnisse aber mit den Daten der mitochondrialen DNA vergleichen, die Sie bei der Identifikation von Lea Dietrich ermittelt haben.«

»Könnte die Frau unsere Täterin sein?«, fragte Werner Still.

»Nein«, antwortete Mads. »Sie hat nicht die Narbe, die Jonsen auf dem Video gesehen hat.«

»Sonst noch was aus dem Keller?«

»In einem Abfluss am Boden sind Reste von Blut und einem Bleichmittel gefunden worden.« Mads hob einen Finger, während sein Blick über den Bildschirm schweifte. »Und eine leere Tablettenpackung der Marke Clobazam.«

»Clobazam«, wiederholte Werner Still. »Das ist ein Benzodiazepin.«

»Dann passt das zu den toxikologischen Ergebnissen bei Caroline Hvidtfeldt?«

»Ja«, antwortete Werner Still. »Leider. Was ist mit dem Opfer auf dem Video? Gibt es da irgendwelche Spuren?«

»Sarah Jonsen hat sich das Ganze genau angesehen«, sagte Mads und scrollte in der Mail weiter nach unten. »Sie hat das Video als Datei angehängt, ich kann Ihnen aber mal vorlesen, was sie dazu notiert hat. Das Opfer, das vermutlich mit dem Mädchen auf dem Foto identisch ist, ist fast zu Tode gepeitscht worden. Standbilder des Videos belegen, dass ein rasierklingenartiges Messer ans Ende der Peitschenschnur montiert wurde. Das erklärt auch die tiefen Wunden. Am Ende des Videos wird das Mädchen dann erhängt. Es scheinen mehrere Sequenzen zusammengeschnitten worden zu sein. Die Geräusche, die Sarah aus dem Video von Caroline Hvidtfeldt isolieren konnte, sind auch auf der DVD. Wollen Sie mal hören?« Er startete das Video, das Sarah ihm geschickt hatte. Die schrillen Schreie von Alicja waren durch den Lautsprecher zu hören, bis sie erstarben und das klappernde Geräusch einer Leine zu vernehmen war, die gegen einen Mast schlug.

»Es herrscht also kein Zweifel, dass das Video von Caroline Hvidtfeldt auf einem Boot aufgenommen wurde?«

»Nein«, antwortete Mads. »Unser Täter macht seinem Decknamen Charon alle Ehre. Wollen Sie das komplette Video sehen?«

»Nein, das ist nicht nötig«, antwortete Werner Still. »Nach Ihrer Beschreibung sehe ich es so schon deutlich genug vor mir.« Er trank einen Schluck Kaffee. »Wissen wir, ob das Opfer inzwischen gefunden wurde?«

»Per Teglgård lässt per Interpol nach dem Mädchen suchen. Der Name deutet darauf hin, dass sie osteuropäischer Abstammung ist.«

»Lässt sich das Video datieren?«, fragte Werner Still.

»Ich glaube nicht. Sarah Jonsen hat dazu auch nichts notiert«, sagte Mads. »Dafür gibt es Neuheiten, was das zerstörte Handy betrifft, das in der Nähe des Hauses im Wald gefunden wurde. Teglgård hat die Genehmigung erhalten, die SIM-Karte auszulesen und die Telefondaten abzufragen.«

»Und?«, fragte Werner Still aufmerksam.

»Sarah Jonsen hat sich alles angesehen. Es handelt sich um eine Prepaidkarte. Das Handy ist schon eine Weile nicht mehr benutzt worden. Und es sind darauf nur Anrufe angenommen worden. Anhand der Telefonmasten, über die sich das Gerät eingeloggt hat, lässt sich rekonstruieren, dass das Handy primär in Sottrupskov gewesen ist. Am Freitag, den 18. September, hat es sich allerdings für kurze Zeit in einen Telefonmast in Tinglev eingeloggt.«

»Und der Zeitpunkt passt zu Helena Rybners Verschwinden?«

»Ja«, antwortete Mads. »Das Handy war auch einmal in Kolding eingeloggt, nämlich am 26. August zwischen 13:03 und 13:07 Uhr. Die Triangulation hat ergeben, dass es in der Nähe des Fjordvej war.« Er schwieg kurz. »Verschiedene Telefonnummern hatten mit dem Handy Kontakt. Die Anrufe wiederholen sich alle paar Monate.«

»Und sind die Nummern ermittelt worden?«

»Ja«, antwortete Mads. »Jonsen hat schnell gearbeitet. Drei davon sind bereits untersucht worden. Es handelt sich um Nummern von Prepaidhandys. Und keine der Nummern war länger als eine Stunde in Betrieb. Vermutlich war dann der Betrag abtelefoniert. Aber das ist nicht das Einzige. Die Nummern, von denen aus sie angerufen wurde, waren in der Regel inaktiv«, fuhr er fort. »Sie haben sich nur im zeitlichen Zusammenhang mit den Anrufen bei irgendwelchen Masten eingeloggt.«

»Sie meinen also, dass ein und dieselbe Person regelmäßig die Nummer gewechselt hat?«

»Ja, und das wäre auch nicht weiter ungewöhnlich. Prepaidkarten lassen sich nicht zurückverfolgen«, sagte er, während ein Lächeln um seine Lippen spielte. »Aber jetzt kommt das Interessante. Jonsen hat ausgehend von der Triangulation alle Telefonnummern mit dem Bereich Aabenraa Jachthafen und Rødekro in Verbindung bringen können.«

»Das ist in höchstem Maße interessant«, meinte Werner Still. »Glauben Sie, wir finden Eigil Wests Luna 26 in Aabenraa?«

»Einen Versuch ist es wert«, antwortete Mads. Er schob den Stuhl vom Tisch weg und stand auf, als sein Handy zu klingeln begann. Sarah Jonsens Telefonnummer leuchtete auf dem Display auf.

»Mads Lindstrøm.«

»Hallo, hier ist Sarah.«

»Das sehe ich«, antwortete Mads, fuhr sich durchs Haar und sah aus dem Fenster. »Hast du Neuigkeiten?«

»Die Knochensplitter aus dem Keller in Sottrupskov stammen nicht von einem Menschen«, antwortete sie.

»Was?« Mads hielt mitten in der Bewegung inne. Seine Haare stellten sich auf, als er den Arm sinken ließ.

»Es muss sich um einen größeren Hund gehandelt haben«, fuhr sie fort.

»Bist du dir sicher?«

»Ja«, antwortete Sarah. »An den Bleigewichten sind Blut und Haare gefunden worden, die vermutlich auch von einem Hund stammen.« Sie zögerte einen Augenblick. »Aber was viel wichtiger ist: Es ist auch Blut menschlichen Ursprungs gefunden worden.«

»Gibt es Übereinstimmungen mit der DNA von einem der Opfer?«

»Leider noch nicht, aber das kann jetzt nicht mehr lange dauern. Das Labor ist dran. Ich rufe dich an, sobald ich mehr weiß.«

»Danke«, sagte Mads und blieb mit dem Telefon in der Hand stehen, nachdem Sarah aufgelegt hatte. »Haben Sie das mitbekommen?«, fragte er und sah zu Werner Still.

»Nein«, antwortete sein deutscher Kollege.

»Die Knochensplitter stammen nicht von Lea Dietrich, sondern von einem Hund«, sagte Mads und setzte sich. »Unser Täter muss experimentiert haben.«

24. September

Aabenraa

Mads warf die Autotür zu und ließ den Blick schweifen. So weit das Auge reichte, waren nur weiße Masten vor blauem Himmel zu sehen.

»Aabenraa Marina. Nicht schlecht«, meinte er, vergrub die Hände in den Taschen und ging ein paar Schritte nach vorn. Die Sonne glitzerte auf dem Wasser, und ein paar Möwen kreisten über den Booten, ehe sie mit heiserem Geschrei flach über das graue Wasser flogen. Er drehte sich um und musterte das schwarze Gebäude am Rand des Jachthafens. Ein Schild hieß sie im Aabenraa Segel Club willkommen. »Sollen wir?«, fragte er, ohne den Blick vom Gebäude zu nehmen. Ein paar leichte weiße Wolken zogen hoch oben am Himmel vorbei und spiegelten sich in den dunklen Fenstern. Von überall her war das Klappern der Leinen an den Masten zu hören, das wie ein Hintergrundrhythmus den Takt des Lebens schlug.

»Sieht ziemlich zu aus«, bemerkte Werner Still und zog den Reißverschluss seiner Jacke bis zum Hals zu.

»Dann bleibt uns nur der harte Weg«, sagte Mads und nickte in Richtung Anleger. »Vielleicht finden wir das Boot ja selbst.« Er ließ den Blick über den fast leeren Parkplatz schweifen, ehe er ihn wieder aufs Wasser richtete. Der feine Schotter knirschte beim Gehen unter seinen Schuhen. Er atmete tief durch. In der kühlen Luft lag der Geruch von Tang und Salz und vollendete das idyllische Bild. Eine Szenerie, die mit ihrer unbeschwerten Ruhe ein Gegengewicht zu dem hektischen Tempo des Lebens bildete. Er atmete langsam aus. Beim Vorbeigehen registrierte er die Namen der Boote. *Viktoria. Susan.* Kunstvoll geschwungene Buchstaben auf weißem Grund.

»Das wird nicht leicht«, sagte Werner Still. Er zog die Schultern bis zu den Ohren hoch und rieb sich die Hände, bevor er sie wieder in den Taschen vergrub. Missmut lag in seiner Stimme.

»Was schlagen Sie vor?«, fragte Mads, drehte sich um und sah zum Parkplatz, wo ein altes Puch Maxi einen großen Bogen beschrieb und schließlich vor dem Anleger hielt. Der Mann, der vom Mofa stieg, wirkte für das kleine Gefährt viel zu groß, als er ihnen mit klappernden Holzclogs entgegenkam.

»Herrliches Wetter«, kommentierte Mads und nickte ihm zu. Aus der Kleidung des Mannes sickerte der süßliche Geruch von Pfeifentabak, als wäre seine Jacke seit Jahren nicht gewaschen worden. Sein Atem roch nach Bier.

»Geht ihr segeln?«, fragte der Mann und musterte sie. Dann kratzte er sich am Bart und holte die Pfeife aus der Tasche.

»Leider nicht«, antwortete Mads. »Sie haben hier wirklich eine schöne Marina. Kommen Sie oft her?«

Der Mann lachte. »Das kann man wohl sagen. Mein Boot liegt da vorne.« Er deutete mit dem Kopf auf die weiter vorn liegenden Boote und stopfte mit geübten Bewegungen seine Pfeife. »Dann wollt ihr nur das schöne Wetter genießen?«, fragte er und riss ein Streichholz an.

»Wir suchen nach einer Luna 26 mit Namen Anna«, sagte Mads. Das Gesicht des Mannes war wettergegerbt, und die blauen Augen sahen ihn durch den Pfeifenrauch hellwach an. Unter der offenen Thermojacke trug er einen grünen Rollkragenpullover.

»Ah ja«, antwortete er und kniff die Augen etwas zusammen. »Davon gibt es einige.« Sein Blick wanderte zu Werner Still. Er musterte auch ihn ein paar Sekunden, bevor sein Blick zu Mads zurückkehrte.

»Sie wissen nicht zufällig, ob das Boot hier zu finden ist?« Der Mann sog an seiner Pfeife. »Und wer will das wissen?«

»Kommissar Mads Lindstrøm«, antwortete Mads und zog seinen Ausweis aus der Tasche. Der Blick des Mannes ging von Mads' Ausweis zum Mofa, bevor er einen Schritt zurücktrat.

»Ich will heute nicht rausfahren.«

Ein Lächeln huschte bei der Antwort über Mads' Lippen. Er schob die Hände in die Taschen und sah sich um, ehe er den Blick wieder auf den Mann richtete. »Ob Sie rausfahren oder nicht oder wie und womit Sie hierhergekommen sind, interessiert mich nicht. Ich bin wegen eines Mordfalls hier«, sagte er.

Der Mann blinzelte kurz. Dann sah er Mads verunsichert an. »Ein Mordfall?«

»Richtig. Vor ein paar Tagen wurde ein Mann in Flensburg ermordet. Sie haben vielleicht davon gehört?« Mads wartete ein paar Sekunden, aber die Reaktion blieb aus. Der Mann stand wie versteinert da. »Wir haben die Vermutung, dass sein Boot hier in Aabenraa liegt.«

»Na ja.« Der Mann schüttelte zögernd den Kopf. »Mein Boot liegt seit mehr als zwanzig Jahren hier in Aabenraa.

Natürlich sind da einige gekommen und gegangen, aber die meisten sollte ich kennen.«

»Und eine Luna 26 mit Namen Anna? Vermutlich mit Mast?«

»Nee«, antwortete der Mann, sog an seiner Pfeife und atmete den Rauch aus. »Ich glaube, es gibt hier fünf oder sechs Boote mit dem Namen *Anna*, aber keins davon ist eine Luna 26.«

»Danke für Ihre Hilfe«, sagte Mads und nickte dem Mann zu. »Einen schönen Tag noch.«

Er ging zusammen mit Werner Still weiter an den Booten entlang. Das Knirschen der Planken unter ihren Füßen klang mit einem Mal trostlos. Ein letztes Mal ließ er den Blick über die Boote schweifen, dann ging er vom Anleger an Land.

»Sollen wir warten, bis das Büro des Hafenmeisters aufmacht?«, fragte Werner Still und deutete auf das Gebäude.

»Ich bezweifle, dass uns das weiterhilft. Wenn ich Teglgård richtig verstanden habe, sind mit so einem Liegeplatz nicht allzu viele Informationen verbunden.« Er öffnete die Tür und setzte sich in den Wagen. »Lassen Sie uns zurückfahren. Wir brauchen einen anderen Ansatzpunkt.«

»Halt!«

Mads hielt in der Bewegung inne. Der Mann vom Anleger hatte mit der Hand auf das Dach des Wagens geschlagen. Er atmete keuchend ein und aus und stand vornübergebeugt neben dem Auto.

»Ich ...« Sein Gesicht war rot vor Anstrengung, und ein Dunst aus Alkohol und Tabak begleitete jeden Atemzug. »Ich ... mir ist da noch was eingefallen.« Er trat einen Schritt vor. »Es gibt hier eine Luna 26 mit Mast. Aber die heißt nicht *Anna*.«

»Wo?«, wollte Mads wissen.

»Ich hatte die ganz vergessen«, fuhr der Mann fort. »Die liegt hier schon seit zwei oder drei Jahren. Ein älteres Boot. Der vorletzte Platz direkt vor dem Restaurant Skuden. *Hannah*.« Seine Lunge pfiff, als er tief durchatmete. »Ich bin mir ziemlich sicher, dass die *Hannah* heißt.« Er taumelte einen Schritt nach hinten und zeigte zur letzten Bootsreihe hinüber, als Mads aus dem Wagen stieg. »Das ist die dahinten.«

24. September

Aabenraa

Der Anleger schwankte unter seinen Füßen, als Mads über die Planken lief. Hinter sich hörte er Werner Stills Schritte. Die Boote rechts und links nahm er nur als weiße Flecken wahr, einzig unterbrochen von den wenigen leeren Liegeplätzen mit ihrem dunklen Wasser. Am Ende des Anlegers blieb er stehen und sah sich fieberhaft um. Dann kam ein lautes Fluchen über seine Lippen.

»Scheiße!« Er stampfte mit dem Fuß auf und ballte die Hände zu Fäusten. Die Wut ließ das Blut in seinen Adern kochen.

»Was ist denn?«, hörte er Werner Still hinter sich. Seine Schritte waren noch ein Stück entfernt.

»Der Platz ist leer«, sagte Mads verärgert und drehte sich um. Noch einmal trat er wütend ins Leere, aber es half nichts. Der Adrenalinrausch war vorbei.

»Wir wissen doch gar nicht, ob es das richtige Boot war«, sagte Werner Still.

»Ein Name lässt sich leicht ändern«, wandte Mads ein. »Eine Luna 26 mit Mast und ein Name, der wie Anna klingt, und das alles an einem Boot, das in Aabenraa im Jachthafen liegt? Das muss unser Boot sein!«

»Wahrscheinlich ist es schon, sicher können wir aber nicht

sein«, antwortete Werner Still und blieb neben ihm stehen. »Auf jeden Fall ist es nicht mehr hier.«

Mads ballte die Fäuste und sah zu den dunklen Fenstern des Hafenmeisterbüros hinüber. Werner Stills Worte hallten tonlos in seinen Ohren wider.

»Lassen Sie uns zurückgehen«, schlug er vor.

Er vergrub die Hände in den Taschen, als er auf die Kaimauer trat. Das schwarze Gebäude mit der Hafenmeisterei und dem Restaurant Skuden war noch immer verwaist. In den Fenstern spiegelte sich sein Körper wie eine leere Hülle, als wäre er gar nicht da. Er nahm eine kurze Lichtreflexion wahr, und es dauerte einen Moment, ehe er begriff, dass er in eine Kamera schaute. Sein Herz setzte einen Schlag aus, dann streckte er den Arm aus, hielt Werner Still zurück und zeigte auf die kleine Glaskuppel, die sich kaum von der Wand abhob. Ohne die Reflexion hätte er sie nicht gesehen.

»Eine Überwachungskamera«, sagte Mads. »Wir müssen irgendwie den Besitzer erreichen.«

*

Mads trommelte mit den Fingern aufs Lenkrad und ließ seinen Blick über die Boote schweifen, während er darauf wartete, dass sich am anderen Ende jemand meldete. Endlich ging jemand dran.

»Restaurant Skuden«, sagte eine Frauenstimme.

»Guten Tag«, antwortete Mads und räusperte sich. »Hier ist Kommissar Mads Lindstrøm.«

»Ja?«, antwortete die Frau.

»Ich würde gerne mit dem Besitzer des Restaurants sprechen.«

»Das bin ich«, antwortete sie. »Um was geht es denn?«

»Ich stehe vor dem Gebäude am Jachthafen«, antwortete Mads. »Wie ich sehe, haben Sie dort eine Überwachungskamera installiert.«

»Das ist richtig,« sagte die Frau hörbar beunruhigt. »Wir haben schon mehrfach Probleme mit Vandalismus gehabt. Sagen Sie nicht, dass schon wieder etwas passiert ist.«

»Nein, nein«, antwortete Mads und registrierte, dass die Anspannung aus der Stimme der Frau wich. »Ich ermittle in verschiedenen Fällen.« Er machte eine Pause und wartete die Reaktion seiner Gesprächspartnerin ab.

»Ja?« Die Anspannung war wieder da. Er hörte ihre Schritte, und kurz darauf waren die Kinderstimmen verschwunden, die im Hintergrund zu hören gewesen waren.

»Ist es möglich, dass ich mir die Aufnahmen mal ansehe?« Ein Windstoß ging knisternd durch den Lautsprecher und übertönte ihre Stimme.

»Entschuldigen Sie, könnten Sie das wiederholen?«, fragte Mads und beugte sich vor.

»Im Moment passt es gerade gar nicht«, antwortete sie. »Ich bin unterwegs.«

»Es ist aber wichtig. Gibt es vielleicht jemand anderen, der mir das zeigen kann?«

»Nein.« Sie zögerte. »Kann das nicht bis morgen warten?«

»Es tut mir leid, aber das geht nicht.«

»Okay. Ich bin in fünf Minuten da«, antwortete sie.

»Danke, ich warte.« Er legte auf. Die Finger trommelten weiter aufs Lenkrad, während sein Blick den Platz vor dem Restaurant in Augenschein nahm.

»Glauben Sie, dass der Blickwinkel bis zu den Booten reicht?«, gab Werner Still zu bedenken.

Die Frage verstärkte Mads' Zweifel. Er rutschte etwas

auf seinem Sitz herum, konzentrierte sich aber weiterhin auf jede Bewegung draußen vor dem Fenster. Die Autos auf der Straße, die im Wind flatternden Flaggen, der Müll, der über den Asphalt wehte.

»Wir müssen abwarten«, sagte er schließlich und richtete sich auf dem Sitz auf. Er spürte die Anspannung in jedem Muskel wie ein zum Angriff bereites Raubtier. Schließlich stieg er aus und warf die Autotür hinter sich zu. Über ihm in der Luft schwebte eine Möwe, ehe ein Windstoß sie etwas abtreiben ließ und sie schließlich über dem Wasser aus seinem Blickfeld verschwand. »Gehen wir schon mal hin.«

*

»Mit etwas Glück ist das Boot noch drauf«, sagte Mads zu Werner Still und sah nach oben zu der Glaskuppel unter dem Dachvorsprung.

In diesem Moment öffnete die Besitzerin des Restaurants die Tür und bat sie mit ausgestreckter Hand herein. Mads sah sich um. Kleine, dunkle Tische mit weißen Servietten, die wie kleine Segel gefaltet waren, schufen eine gastliche Atmosphäre. Er trat sich die Schuhe auf der Fußmatte ab und hob den Blick. Die schwarzen Balken boten einen interessanten Kontrast zu der hellgrauen, leicht abfallenden Decke.

»Wie viel von der Marina sieht man auf den Aufnahmen?«, fragte Mads und blickte durch die Fenster nach draußen, während sie hinter dem Tresen in den Personalraum gingen.

Sie zog die Stirn in Falten. »Darauf habe ich nie geachtet. Darum ging es uns ja nicht.«

Mads übersetzte ihre Antwort ins Deutsche, damit Werner Still wusste, worum es ging.

Die Restaurantbesitzerin zögerte, als durchforstete sie ihr

Gedächtnis, während sie den Laptop öffnete und in Richtung ihrer Besucher drehte. Ein etwas verpixeltes Schwarz-Weiß-Bild von dem Platz vor dem Gebäude füllte den Großteil des Bildschirms. Das Zentrum bildeten die leeren Blumenkübel und die Tische im Außenbereich.

Mads schob den Stuhl näher heran und konzentrierte sich auf den Hintergrund, der durch die Reihe der dünnen Bäume zu sehen war.

»Das Ganze ist übrigens online einsehbar«, erklärte sie auf Deutsch und klickte auf ein Icon. »Normalerweise kann ich das von zu Hause verfolgen, aber dieser Teil des Systems funktioniert seit ein paar Wochen nicht mehr.«

»Dann hat die Kamera in dieser Zeit nichts aufgezeichnet?«, fragte Werner Still und runzelte die Stirn.

»Doch, doch. Wir zeichnen alles auf«, antwortete sie und bewegte die Maus etwas nach rechts. »Allerdings nur Standbilder. Kontinuierliche Videoaufzeichnungen brauchen extrem viel Speicherplatz, weshalb wir uns für eine etwas, sagen wir, wirtschaftlichere Methode entschieden haben. Wir zeichnen fünf Bilder pro Minute auf«, fuhr sie fort und klickte auf ein weiteres Icon, durch das eine Auswahl geöffnet wurde. »Die Daten werden vierzehn Tage gespeichert und dann wieder gelöscht.«

»Dann ist alles, was in den letzten vierzehn Tagen aufgezeichnet wurde, zugänglich?«, vergewisserte sich Werner Still.

»Ja«, erwiderte sie mit einem Nicken und klickte eine Schaltfläche an. Das Datum änderte sich auf den 10. September, und einen Augenblick später startete die Bildershow.

»Können wir die Daten bekommen und mitnehmen?«, fragte Mads. »Oder können wir das Material nur hier sichten?«

»Ich kann Ihnen das Ganze auf einen USB-Stick ziehen.«

24. September

Aabenraa

Der Wind hatte zugenommen, und dünne, weiße Schaumstreifen zogen sich über das stahlgraue Wasser. Mads ließ den Moter an und drehte die Heizung auf. Die Scheiben beschlugen etwas, und die Kälte stach in die Haut.

»Haben Sie den Laptop dabei?«, wollte Werner Still wissen.

»Ja«, antwortete Mads und rieb die Hände gegeneinander, bevor er nach seiner Aktentasche griff, die auf dem Rücksitz lag. Einen Augenblick später war das Gebläse des Laptops zu hören, und er tippte das Passwort ein, bevor er den USB-Stick anschloss. Mit wenigen Klicks hatte er die Datei gestartet. »Ich habe den Ausdruck von Jonsens Triangulierung der Telefonnummern in meiner Tasche. Könnten Sie bitte nachschauen, zu welchem Zeitpunkt die fragliche Nummer in der Nähe des Jachthafens war?«

Werner Still blätterte die Unterlagen durch. »Es kommt nur der 15. September infrage, ab 23:56 Uhr und die Minuten danach.«

»Gut, dann starten wir da«, sagte Mads und spulte vor. Er drehte den Laptop, sodass auch Werner Still etwas sehen konnte. »16:22 Uhr.«

Er starrte auf die Bilder, und mit der fortschreitenden Uhrzeit rückten auch die dunklen, stahlgrauen Wolken immer weiter vor. Stück für Stück. Die Boote lagen unruhig auf dem Wasser. Im Hintergrund waren Autoscheinwerfer und beleuchtete Fenster zu erkennen.

»Tatsächlich, da liegt es«, sagte er und zeigte auf ein Boot, das am rechten Rand zwischen den Bäumen zu erahnen war. Er hielt die Aufzeichnung an und starrte auf das Bild. Ein paar dünne Zweige von Bäumen ragten vor den weißen Bootskörper.

»Können Sie den Namen lesen?«, fragte Werner Still.

»Ja. Oder nein.« Mads zog die Stirn in Falten und beugte sich weiter vor, doch die Auflösung des Bildes war zu schlecht. Er atmete schwer aus und richtete sich wieder auf. Die zerflossenen Buchstaben tanzten vor seinen Augen, als wollten sie ihm einen Streich spielen.

»Gibt es eine Zoomfunktion?«

Mads schüttelte den Kopf. »Das nützt nichts. Es ist zu dunkel.« Er klickte wieder auf Play und verfolgte die Aufzeichnung, während es immer dunkler wurde. Die Straßenlaternen warfen ein bleiches, kegelförmiges Licht auf den Platz vor dem Restaurant. Er wollte die Aufnahme gerade anhalten, als ein Schatten ins Bild glitt.

»Ziemlich spät, um nach einem Boot zu schauen«, kommentierte Werner Still.

Mads nickte, den Blick starr auf die gedrungene Gestalt gerichtet. Sie hatte die Kapuze so tief ins Gesicht gezogen, dass sie kaum zu erkennen war. Für einen Moment leuchtete die Glut einer Zigarette auf. Blassgrauer Rauch hing in der Luft und war auf dem nächsten Bild verschwunden, als hätte es ihn nie gegeben. Die Person hatte das Bein etwas angewinkelt, als drückte sie die Kippe am Boden aus. Mads warf einen Blick auf die Uhr, als die Gestalt vor dem Boot in die Hocke ging.» 23:49 Uhr.«

»Das ist er«, sagte Werner Still und tippte mit dem Finger auf den Bildschirm. Auf dem nächsten Bild war die Person wieder aufgestanden und beim übernächsten verschwunden.

»Wenn das Eigil Wests Boot ist, haben wir gerade unseren Täter gesehen.«

»Das könnte auch ein Zufall sein«, sagte Mads und nickte kaum merklich. »Aber ich gebe Ihnen recht. Das muss er sein.«

Eine konzentrierte Stille herrschte zwischen ihnen, während sie sich die weiteren Aufzeichnungen ansahen. Das Licht änderte sich, Wolkenformationen trieben über den heller werdenden Himmel, und schließlich legten erste Boote ab.

»Das dauert zu lange. Wir können uns das nicht alles anschauen«, sagte Mads.

»Könnte er Helena Rybner mit aufs Boot genommen haben?«, fragte Werner Still.

»Kein schlechter Gedanke. Wir wissen, dass sie im Haus in Sottrupskov war«, antwortete Mads und spulte vor. Die Bilder rasten im Eiltempo vorbei.

»Da!«

Mads ließ den Knopf los, als Werner Still mit dem Finger auf den Bildschirm tippte. Der Himmel war schwarz. Im blassen Schein der wenigen Laternen war die bekannte Silhouette auf dem Anleger zu erkennen. Mads spulte ein Stück zurück und ließ die Bilder erneut ablaufen. Er beugte sich vor, prägte sich jedes Detail des unscharfen Bildes ein, während er nach seinem Handy griff und Per Teglgårds Nummer heraussuchte.

»Mads Lindstrøm hier. Wir haben ihn.« Er fasste sich kurz, während seine Augen noch immer am Bildschirm klebten, wo die Gestalt den Kopf kurz in Richtung Kamera gedreht hatte.

»Wo?«

»Jachthafen Aabenraa, heute Nacht um 02:12 Uhr.«

»Beschreibung?«

»Die Qualität der Bilder der Überwachungskamera ist leider zu schlecht.«

»Mist!«

»Es gibt keinen Zweifel«, sagte Mads. »Auf den Bildern sehen wir, wie er etwas, vermutlich handelt es sich dabei um Helena Rybner, an Bord des Bootes schleppt.«

Es wurde still am anderen Ende. Die Worte blieben eine Weile zwischen ihnen in der Luft hängen, bis sie verhallt waren.

»Wo ist das Boot jetzt?«

»Weg!«, antwortete Mads. »Der Platz ist leer.«

»Wir starten eine Überwachung. Du verlässt den Ort erst, wenn das Observationsteam da ist.«

25. September

Toftlund

Ein irritierendes, hartnäckiges Brummen drang zu Mads durch, das so gar nicht in seinen Traum passte. Er versuchte es auszusperren, um zurück in den Schlaf zu finden, aber irgendetwas drängte sich in sein Bewusstsein und zog ihn aus dem Dämmerzustand. Als das Handy auf dem Nachttischchen erneut zu vibrieren begann, streckte er den Arm aus.

»Mads Lindstrøm.« Seine Stimme war belegt. Er drehte sich auf den Rücken und biss die Zähne zusammen, um ein Gähnen zu unterdrücken.

»Per Teglgård hier.«

»Ja?«, antwortete Mads und richtete sich auf. Er fuhr sich durchs Haar, schwang die Beine aus dem Bett und sah auf die Uhr. 02:17 Uhr.

»NC3 hat angerufen.«

»Was?« Eine Welle aus Adrenalin schwappte durch Mads. Er klemmte sich das Handy zwischen Ohr und Schulter und zog sich die Hose an. Dann nahm er es wieder in die Hand.

»Charon«, fuhr Teglgård fort. »NC3 hat wieder ein Video von ihm gefunden. Ein Livestream. Ich brauche dich hier.«

»Bin unterwegs.«

*

»Das ist echt heftig«, sagte Per Teglgård und drehte den Bildschirm so, dass sie beide etwas sehen konnten. »NC3 hat das Video blockiert.« Er rieb sich über die Stirn und beugte sich vor. Für einen Moment blieb sein Blick am halb vollen Kaffeebecher hängen, der neben der Tastatur stand. Dann sah er wieder zu Mads. »Es dauert etwa eine Stunde.«

»Livestream?«, fragte Mads.

»Ja, es wurde heute Nacht als Livestream gesendet. Kurz nach eins ging das los.«

»Und es ist ... Charon?«

»Ja«, antwortete Teglgård. »Vor dem Beginn des Livestreams sieht man ein Standbild mit einem Countdown und dem Namen Charon.«

»Und das Opfer? Ist es ...«

»Ja.« Per Teglgård nickte, bevor Mads den Satz zu Ende bringen konnte. »Es ist ohne jeden Zweifel Helena Rybner. Die Haare sind wie bei Caroline gebleicht worden, aber sie ist es.« Er klickte auf den Startknopf.

Mads starrte auf den Bildschirm. *Charon.* Die weißen Buchstaben brannten auf dem schwarzen Hintergrund. Der Countdown wurde von einem Klicken begleitet. Mads blinzelte, als der Name verschwand und für einen Moment nur der schwarze Hintergrund zu sehen war. Noch drei Mal klickte es, dann war es still, beunruhigend still. Als wäre die Zeit elastisch, während das Ticken in seinem Inneren weiterging und die Stille nur noch verstärkte. Er zuckte zusammen, als das Bild wechselte. Die Augen des Mädchens waren weit aufgerissen. Die Haare klebten am Gesicht, der Blick flackerte, während ihr keuchender Atem durch den Lautsprecher zu hören war. Unbewusst ballte er die Hand zur Faust. Er wusste, was kommen würde. Trotzdem zuckte er erneut zusammen, als sie aufschrie und der Film sich in vier separate Bilderreihen aufteilte. Ihr Gesicht verzerrte sich unter Schmerzen, während eine schwarze, in einem Handschuh steckende Hand einen dünnen Metallspieß etwas oberhalb der Leiste in ihren Körper drückte. Sie schnappte nach Luft. Ihre Brust hob und senkte sich ruckhaft und ungleichmäßig.

»Psst.« Im Hintergrund war eine tiefe Stimme zu hören. Die Finger streichelten ihre Wange, während der Daumen ihre Lippen liebkoste. Sie drehte den Kopf zur Seite, und ein leises Lachen begleitete ihren keuchenden Atem. Kurz darauf war ein leises Summen zu hören. Mads richtete seinen Blick auf das Bild unten rechts. Eine Schraubzwinge spannte ihre Hand ein, dann war ein Knacken zu hören, und ihre Knochen verschoben sich unter der Haut. Mads wurde übel, während er wie hypnotisiert auf die Knochen starrte, die sich von innen gegen ihre Haut drückten. Sie zitterte vor Angst und Schmerzen.

Mads versuchte, normal zu atmen, aber die Schmerzensschreie raubten ihm die Luft. Die Muskeln des Mädchens zitterten ungehemmt unter der Haut, und mit jeder Bewegung drangen die Riemen, mit denen ihre Handgelenke gefesselt waren, tiefer in ihre Haut ein.

»Er hält sich an die Vorgehensweise.«

»Bis jetzt«, antwortete Per Teglgård und schob seinen Stuhl etwas zurück. »Er hat gerade erst begonnen.« Er nickte in Richtung des Bildschirms. Auf einem der Teilbilder kam ein weiterer Metallspieß zum Vorschein, mit dem er langsam über ihren Körper strich, bevor die Spitze sich zwischen ihre Rippen bohrte und ruckweise in ihren Körper gestoßen wurde. Ihre Schreie erstickten, als sie panisch nach Luft schnappte. Luftblasen drangen aus der Wunde und zerplatzten zu dünnen Blutspritzern.

»Er hat ihre Lunge punktiert«, stellte Mads fassungslos fest.

»Ja«, antwortete Teglgård, als sie zu husten begann.

Die Angst schrie aus ihren Augen, während die schwarzen Finger wieder über ihre Wange strichen. Langsam, fast spielerisch glitten sie über ihren Hals nach unten und zogen drei lange, blutige Striche über ihren Bauch. Ihr Körper zog sich unter krampfhaften Schluchzern mehrmals kurz zusammen.

»Dieses sadistische Schwein«, zischte Mads.

»Das ist noch gar nichts«, antwortete Per Teglgård leise.

»Nichts?« Mads starrte ihn an. Die Wut brodelte in seinen Adern und ließ seine Stimme zittern.

»Nein.« Teglgård nickte in Richtung Bildschirm. Der Täter legte ein feinmaschiges Kupfernetz über Helenas Körper. Das rotgoldene Metall glänzte im Licht, während sich an den einzelnen Drähten das Blut sammelte.

»Was ist das?«, fragte Mads entsetzt.

Teglgård antwortete nicht. Eine Spritze erschien im Bild. Mit ruhigen Bewegungen drückten die Finger den Stempel nach unten. Ein farbloses Gel legte sich auf die Kupferdrähte und formte eine Gondel.

»Das ist die Todesbarke«, sagte Teglgård, während die schwarzen Finger die Kupferdrähte um die beiden Metallspieße drehten und ein paar Leitungen daran befestigten.

»Charon – das Boot des Fährmannes«. Er zuckte zusammen. Die schwarzen Finger bohrten sich in Helenas Wangen und zwangen die Kiefer auseinander, sodass er ein kleines Tütchen in ihren Mund pressen konnte. Hustend versuchte sie sich zu wehren, doch er drückte nur noch fester zu.

»Still liegen bleiben«, ertönte seine Stimme zischend durch die Lautsprecher. Helenas Blick flackerte kurz, bevor er panisch erstarrte. Kurz darauf bohrte sich eine grobe Nadel durch ihre Lippen. Sie wand sich, hatte aber kaum noch Kraft. Die Brust ging ruckhaft auf und ab, und das Gurgeln in ihrem Hals wurde immer lauter. Dann verschwand für einen Moment das Licht, bis Funken sprangen und sich alle Muskeln in Helenas Körper anspannten. Ihr Oberkörper bäumte sich wie ein gespannter Bogen auf, während die Bilder sich wieder vereinten und ihren ganzen Körper zeigten. Flammen loderten auf, flackerten kurz und fielen wieder in sich zusammen, ehe die Todesbarke aus dem Dunkeln zum Vorschein kam.

Sekundenlang starrte Mads auf den Bildschirm, bis nur noch der Hintergrund zu sehen war, auf dem der Reihe nach die weißen Buchstaben erschienen. Dann war das Video zu Ende. Es war vorbei. Sie konnten nichts mehr für Helena tun.

»Und das war ein Livestream?«, fragte Mads, stand auf und trat ans Fenster. Er versuchte, mit dem Blick die Scheibe zu durchdringen und die fast menschenleeren Straßen zu sehen, doch es wollte ihm nicht gelingen. Ihm begegnete nur sein eigenes Spiegelbild, das ihn an ein Gespenst erinnerte.

Als sein Handy klingelte, wandte er sich vom Fenster ab und nahm das Gespräch an.

»Mads Lindstrøm.« Er hörte selbst, wie matt seine Stimme klang.

»Das Boot hat angelegt.«

Er blinzelte ein paarmal, bis die Bedeutung von Mathias Larsens Aussage zu ihm durchdrang.

»Hallo? Sind Sie noch dran?«, erkundigte sich der Polizeiassistent.

»Ja, natürlich. Entschuldigen Sie bitte«, antwortete Mads. Sein Blick wanderte zu Per Teglgård, und er nickte ihm zu.

»Haben Sie Namen und Bootskennzeichen gecheckt?«

»Moment.« Leise Stimmen waren zu hören, dann war Mathias Larsen wieder dran. »*Hannah*«, sagte er. »Und auf dem Rumpf steht DK QU.« Er zögerte. Nur sein Atem war durchs Mikrofon zu hören.

»Was ist los?«, fragte Mads.

»Moment. Da kommt gerade jemand zum Vorschein.«

»Ja?« Mads drückte sich das Handy fester aufs Ohr. Im Hintergrund erklang eine Reihe leiser Klicklaute. Schnelle, kurze Sequenzen, dann war es wieder still.

»Ein Mann, ohne Begleitung. Gedrungener Körperbau. Wohl Anfang fünfzig, aber das ist schwer zu sagen. Wir haben ihn fotografiert«, fuhr Mathias Larsen fort.

»Infrarot?«, fragte Mads und bemerkte Teglgårds hellwachen Blick.

»Ja«, antwortete Mathias Larsen. Es folgte eine weitere Serie von Klickgeräuschen. »Moment, er verlässt das Boot. Bleiben Sie dran.«

Das Knacken eines Funkgeräts war im Handy zu hören.

»*Team 1 an Team 2, bitte kommen.*«

Unwillkürlich drehte Mads sich um und ließ seinen Blick über die Lichter der Stadt schweifen. Sein Puls stieg, und das Blut rauschte irritierend laut in seinen Ohren. Er ging hinüber zu Teglgård.

»*Team 2 bereit, bitte kommen*«, hörte Mads durch Handy.

»*Ein Mann mittleren Alters verlässt das Boot und kommt auf euch zu. Größe vermutlich einen Meter achtzig. Gedrungener bis kräftiger Körperbau. Kapuze auf dem Kopf*«, sagte Mathias Larsen.

»*Verstanden. Wir sehen ihn.*«

Mads hielt die Luft an und lauschte.

»*Er geht zu den Booten, die an Land liegen.*«

»Das Bootskennzeichen«, warf Mads ein, als es einen Moment still war. »Sind wir sicher, dass es sich um das richtige Boot handelt?«

»Ja«, antwortete Mathias Larsen. »Es ist das richtige Boot.«

Mads erstarrte. Sein Herz setzte einen Schlag aus, dann spürte er das Adrenalin so heftig durch seine Adern pulsieren, dass ihm fast schwindelig wurde. »Er ist es«, sagte er und sah zu Teglgård. »Verdammt noch mal, das ist er!« Es knackte im Hörer, dann war niederfrequent das Geräusch eines Motors zu hören.

»*Er setzt sich in einen silbergrauen Seat Ateca*«, kam es vom Observationsteam 2. »*Moment.*«

Es wurde still. Mads starrte auf den Schreibtisch. Auf Teglgårds halb vollen Kaffeebecher neben der Tastatur. Die Unterlagen, Plastikhüllen und Mappen.

»*Fuck!*« Der spontane Ausbruch ließ ihn zusammenzucken. Das Wort hing zitternd in der Luft. Die Zeit gefror, bis sich das Observationsteam 2 endlich wieder meldete. »*Er nimmt die Kapuze ab. Das darf ja wohl nicht wahr sein! Ist das nicht der aus der Zeitung?*«

»Was ist?«, rief Mads. »Verdammt noch mal, was seht ihr?«

Ein paar Sekunden herrschte Stille. Mads sah sich um, bis sein Blick an dem kleinen Tisch hängen blieb. In wenigen Schritten war er da. Mit der freien Hand faltete er die Zeitung auseinander und starrte das Foto auf der Titelseite an. Erik Hvilshøj und Jens Moes reichten sich die Hände. Mads sah zu Teglgård und zeigte auf das Foto. »Verdammt!«, flüsterte er leise. »Das ist er!«

25. September

Aabenraa

Die Räder des Wagens drehten durch, als Mads vom Parkplatz des Polizeireviers in Haderslev fuhr und Gas gab. Er trat die Kupplung durch und schaltete, bevor er Werner Stills Nummer heraussuchte und ihn anrief.

»Sie sind aber früh auf«, hörte er dessen schlaftrunkene Stimme durch den Lautsprecher, als er endlich am Apparat war.

»Das Boot hat angelegt«, sagte Mads. »Wir haben ihn!« Er zögerte einen Augenblick und umklammerte das Lenkrad, während er in Gedanken Laugesens Zeugenbefragung in Sottrupskov vor sich sah. »Er war verflucht noch mal da draußen!«, fuhr Mads fort und biss die Zähne zusammen. »Dieser Arsch hat den Mord an der Frau in Sottrupskov selber angezeigt.« Seine Fingerknöchel wurden weiß.

»Ich komme nicht ganz mit«, sagte Werner Still.

»Der Täter selbst hat den Mord an der unbekannten Frau angezeigt«, erklärte Mads. »Hätte ich ihn befragt, hätte ich die Narbe bemerkt, aber Laugesen hat das übernommen, bevor ich überhaupt vor Ort war. Ich habe nur die Zeugenaussage gelesen, und das klang alles nicht weiter verdächtig.«

»Ich verstehe das noch immer nicht«, sagte Werner Still. »Wie ist er erkannt worden?«

»Die Biogasanlage in Sottrupskov. Gestern war ein Artikel in der Zeitung.«

»Ja, und?«

»Mit einem großen Foto auf der Titelseite.« Mads bog auf die Hauptstraße in Richtung Aabenraa ein und trat das Gaspedal durch. »Von Jens Moes und Erik Hvilshøj.«

»Ist er noch auf dem Boot?«

»Nein. Das Observationsteam folgt ihm. Sie sind jetzt bei ihm zu Hause in Rødekro und warten auf das Einsatzkommando.«

»Und Sie?«

»Ich bin auf dem Weg zum Jachthafen.«

»Allein?«

»Nein. Sarah Jonsen und ihr Team sind schon da«, antwortete Mads, während er auf den Parkplatz des Jachthafens fuhr. Sarah Jonsens weißer Kastenwagen stand vor dem Restaurant Skuden. Einige ihrer Kollegen hatten bereits weiße Overalls angezogen. Das Absperrband flatterte im Wind, und das Blaulicht wurde von den dunklen Fenstern des Restaurants und dem offenen Wasser reflektiert.

»Und das Boot ist die ganze Zeit observiert worden?«, wollte Werner Still wissen.

»Ja«, antwortete Mads und hielt hinter dem Kastenwagen. Er nickte Sarah kurz zu, die in diesem Moment aus dem Auto stieg. »Mathias Larsen vom Observationsteam ist auch noch hier.«

Er schnallte sich ab und öffnete die Tür. Die kühle Morgenluft ließ ihn schaudern. Eine Möwe flog von einem Holzpfahl auf und kreiste über ihren Köpfen, ehe sie sich wieder setzte. Er schloss die Augen und atmete tief durch. Der Geruch des Meeres war nicht so deutlich wie am Tag zuvor.

Er warf die Tür zu und ging zu Sarah. Das Klappern der Seile an den Masten durchbrach laut die Stille und bildete einen scharfen Kontrast zu dem lautlosen Blinken des Blaulichts.

»Halten Sie mich auf dem Laufenden«, sagte Werner Still, bevor er den Anruf beendete.

»Hallo.« Sarah nickte ihm zu. »Was hast du für uns?«

»Eigil Wests Boot«, antwortete Mads, während er aus den Augenwinkeln einen groß gewachsenen Mann bemerkte, der auf sie zukam. »Mathias Larsen?«, fragte er und streckte ihm die Hand hin. »Mads Lindstrøm.«

Mathias Larsen reichte ihm die Hand. »Per Teglgård hat gerade angerufen. Das SEK ist bereit. Wenn es sonst nichts mehr gibt, fahre ich jetzt nach Rødekro.«

»Danke«, sagte Mads. »Ich gebe Bescheid, sobald wir mehr wissen.«

»Dann legen wir mal los«, sagte Sarah und zog sich den Mundschutz über.

*

Mads schob den Dietrich ins Türschloss und zuckte zusammen, als es nachgab. Er richtete sich auf und legte zitternd die Hand auf die Klinke, bevor er die Tür zur Kajüte öffnete. Hinter ihm schaltete Sarah ihre Taschenlampe an. Für den Bruchteil einer Sekunde fiel Licht auf die Szenerie vor ihm. Der Geruch nach verbranntem Fleisch, Blut, Chemikalien und Tod lähmte ihn, bis Sarah die Taschenlampe wieder anhob und enthüllte, was die Dunkelheit wieder verborgen hatte. Unwillkürlich trat er einen Schritt zur Seite und ließ die weiß gekleideten Kriminaltechniker vorbei. Sein Blick glitt von der rostigen Säge, die auf dem Boden hinter der Tür lag, über den blutigen Tisch bis zur Winde und den Kameras unter der Decke. Dann zog er sein Handy aus der Hosentasche. »Lindstrøm«, sagte er, als Teglgård sich meldete. »Es gibt keinen Zweifel. Er ist der Täter.«

*

Sein Herz hämmerte wild gegen das Brustbein, als Mads in die Einfamilienhaussiedlung in Rødekro einbog. Etwas weiter vor sich sah er die schwarz gekleideten Gestalten, die sich an die Ligusterhecke drückten. Er schaltete den Motor aus, als auch schon jemand an die Scheibe klopfte.

»Das SEK ist bereit«, sagte Mathias Larsen und nickte in Richtung des Hauses, vor dem das Kommando Stellung bezogen hatte. »In der Küche ist vor zwanzig Minuten das Licht angegangen.«

»Danke«, antwortete Mads und schloss vorsichtig die Wagentür. »Sind andere im Haus?«

»Wissen wir nicht«, sagte Mathias Larsen. »Wir haben nur eine Person im Haus observiert. Unseren Verdächtigen.«

Er drückte sich die Hand aufs Ohr und lauschte der Mitteilung, die über seinen Ohrhörer kam, während sie langsam zum Haus gingen.

»Also los«, sagte Mads und nickte Mathias Larsen zu. Hinter ihnen schlichen die schwarz gekleideten Gestalten vorbei und bezogen auf allen Seiten des Hauses Stellung. Er drehte sich um und sah zum Küchenfenster. Für einen Moment tanzte ein Schatten über die Wand, dann war wieder alles still. Langsam begann es zu dämmern, weit entfernt am Horizont verdrängte bereits ein blauer Streifen die Nacht.

Er holte tief Luft, hob die Hand und gab Mathias Larsen ein Zeichen. Dann lief er zur Haustür und hämmerte laut dagegen. »Aufmachen! Polizei!« Er wartete. Die Sekunden vergingen quälend langsam. Aus dem Augenwinkel sah er wieder den Schatten an der Küchenwand. Drinnen klirrten Scherben, und instinktiv warf er sich gegen die Tür. Der Rahmen antwortete mit einem trockenen Knacken, und beim zweiten Anlauf flog die Tür auf.

»Polizei!«, brüllte Mads und umklammerte seine Dienstwaffe etwas fester. Sein Herz hämmerte wie wild, während er mit den Augen den Flur absuchte. Im gleichen Moment sah er den Schatten eines Beistelltisches, der auf ihn zuflog. Holzsplitter stoben durch die Luft, als der Tisch an der Wand zersplitterte. Er konnte gerade noch rechtzeitig ausweichen und sah dabei, wie Jens Moes ins Wohnzimmer lief.

Mads presste den Rücken an die Wand und schob sich lautlos weiter, den Zeigefinger am Abzug. Dann bog er um die Ecke ins Wohnzimmer. Sein Blick schweifte durch den Raum und blieb an der Gestalt hängen, die sich gerade gegen eines der großen Panoramafenster warf.

Die Zeit stand still. Mads' Zeigefinger krümmte sich weiter, bis sich der Schuss löste. Die Scheibe zersplitterte in einem Inferno aus Glas. Durch das Klirren war ein Brüllen zu hören, dann ging die Gestalt zu Boden.

Mads zuckte zusammen. Die Zeit lief weiter, und er stürzte nach vorn und presste Jens Moes das Knie auf den Rücken. Aus den Augenwinkeln sah er, wie sich die Kollegen vom SEK näherten und Moes packten. Sie legten dem Gemeinderat Handschellen an und zogen ihn weg. Mads starrte Moes hinterher, ehe er nach Mathias Larsens ausgestreckter Hand griff und sich hochziehen ließ. Sie hatten Helena Rybner nicht retten können, doch Charon würde nie wieder töten.

Flughafen Heathrow
London

Mads lehnte sich mit dem Kopf an die Wand und sah aus dem kleinen Fenster. Die Wolken hingen tief über Südengland, und der Regen perlte an der Scheibe nach unten, während das Flugzeug die graue Decke durchbrach und zur Landung in Heathrow ansetzte. Die Häuser unter ihm wurden rasch größer, und für einen Moment war das mechanische Geräusch der ausfahrenden Räder zu hören. Kurz darauf setzten sie mit einem dumpfen Laut auf dem Asphalt auf. Die kräftigen Bremsen waren bis in die Kabine zu hören. Durch den Lautsprecher hieß der Pilot die Passagiere in Heathrow willkommen.

Mads sah aus dem Fenster, während die Menschen um ihn herum aufstanden. Er wartete, bis die Kabine fast leer war, bevor er sich von seinem Sitz erhob. Bevor er das Flugzeug verließ, nahm er aus dem Gepäckfach seine Tasche und ein buntes Päckchen, auf dem *Für Elliot von Mads* stand.

Willst du wissen, wie es im Grenzland weitergeht?

Leseprobe aus
NIEMAND SIEHT DICH

28. November

Karl Uwe Kleibner sah vom Bildschirm auf. Das gelbliche Licht der Schreibtischlampe fiel auf die rotbraune Platte des Tisches. Er schob den Stuhl nach hinten und stand auf, während das Läuten der Türklingel langsam im Wohnzimmer verklang. Die Finger legten sich um das Glas, er trank die letzten Tropfen Cognac, stellte es auf das Tablett auf dem Regal und ging in den Flur. Für einen Moment streifte sein Blick über die großen Fenster des Wohnzimmers. Die Lichter von Schleswig schimmerten über die Schlei zu ihm herüber und spiegelten sich im nachtschwarzen Wasser. Er schaltete das Licht im Flur ein, als es erneut klingelte.

»Ja?« Karl Uwe Kleibner öffnete die Tür und sah nach draußen. Das Licht der Hoflampen fiel auf die dünnen Zweige der Trauerweide. Unter dem Vordach hatte eine Spinne ein Netz gewebt. Er holte tief Luft. Als Erstes fiel ihm das Auto an der Reihe der Bäume auf, dann erst bemerkte er die dunkel gekleidete Gestalt, die ihm den Rücken zudrehte, als betrachtete sie die Landschaft. Karl Uwe atmete noch einmal tief durch und trat einen Schritt nach draußen. Die Luft roch nach Salzwasser, prickelnd, pikant und kalt. »Sie können hier nicht parken, das ist Privatgrund.« Er blieb stehen und betrachtete die Gestalt, die sich langsam umdrehte. Weißer Atem stand vor ihrem

Gesicht, und für einen Moment erstarrte Karl Uwe, ehe die Wut in ihm hochkochte. »Was wollen Sie hier?« Seine Stimme war hart, und sein Blick bohrte sich in die schwarz gekleidete Gestalt. Das Adrenalin mischte sich mit dem Alkohol und ließ seine Haut glühen. »Verschwinden Sie!« Er trat einen weiteren Schritt vor und schlug zu. Traf die Schulter, sodass die Gestalt sich leicht zur Seite drehte. »Verschwinden Sie, oder ich rufe die Polizei!« Er wartete einen Augenblick und holte zum nächsten Schlag aus, der aber ins Leere ging. Dann drehte er sich schnaubend um und ging zurück zum Haus. Seine Finger zogen das Handy aus der Hosentasche und weckten den Bildschirm zum Leben, als ein stechender Schmerz seinen Körper durchbohrte. Er schnappte nach Luft, während seine Beine unter ihm nachgaben. Fieberhaft griff er nach der Mauer neben den Stufen, doch er fand keinen Halt und ging zu Boden.

»Sie glauben doch wohl nicht, dass es das war?«

Die Worte kamen durch zusammengebissene Zähne, während eine Hand sich auf seinen Mund und seine Nase legte. Dass Messer bohrte sich tiefer zwischen die Rückenwirbel, und Karl Uwe schlug nach hinten, um seinen Gegner zu treffen, aber die Kräfte verließen ihn. Der Knorpel knirschte, als die Klinge gedreht und die Knochen weiter auseinandergedrückt wurden. Er öffnete den Mund, es kam aber kein Laut über seine Lippen. Ein Inferno aus Nervenimpulsen spülte durch seinen Körper, breitete sich wie brennendes Napalm entlang seiner Wirbelsäule aus und ließ seinen ganzen Körper zittern. Die Welt vor ihm geriet in Bewegung, und die Sterne über ihm zuckten wie Feuerwerkskörper über den schwarzen Himmel – wirbelten wie in einem Mahlstrom um den Irrsinn, der dem Blick zu entnehmen war, der ihn traf. Er wollte die Beine zu sich ziehen. Sein Körper reagierte aber nicht.

»Warum?« Das Wort erstickte unter der Hand, die sich mit immer größerer Kraft auf seinen Kiefer drückte, die flammende Hölle in seinem Inneren war kurz davor, ihm die Besinnung zu rauben, trotzdem entging ihm nicht, dass das Gesicht über ihm lächelte. Dann hörte er das laute Lachen.

»Warum?« Ein höhnisches Schnauben löste das Lachen ab, und mit einem Mal war der Blick wieder eiskalt. »Du hast mir das Letzte genommen, was ich noch hatte. Meine Identität, mein Leben.« Das Gesicht verzog sich zu einer Grimasse, ehe der zynische Ausdruck wieder da war. »Es ist an der Zeit, dass du denselben Albtraum durchlebst. Dass du dahin gehst, wo ich war. Und dort bleibst.«

Die letzten Worte erreichten Karl Uwe Kleibner nur unklar, denn seine Kieferknochen gaben nach, und eine neue Welle aus Schmerz schoss durch seinen Schädel. Er schmeckte Blut auf der Zunge, und die Dunkelheit des Himmels senkte sich über ihn. Seine Lunge brannte, und Lichtpunkte, vielleicht waren es Sterne, tanzten vor seinem inneren Auge, als die Muskeln sich krampfhaft zusammenzogen, bevor sein Körper schlaff auf die Granitplatten des Hofs fiel. Ein letzter Rest elektrischer Entladungen ließ die Muskeln erzittern, während das Gesicht zur Seite kippte und die Gestalt über ihm die Hand wegnahm. Der Blick starrte leer auf die hell erleuchteten, schwach im Wind wehenden Zweige, als wollten sie seiner Seele den Weg weisen.

Mit einem verächtlichen Blick auf den leblosen Körper richtete die Gestalt sich auf und ging zum Wagen. Ein Klicken durchbrach die Stille, als der Kofferraum geöffnet wurde und die Hand zu den schwarzen Plastiksäcken am Boden ging und den Beutel mit dem Blut nahm.

18. Februar

Toftlund

Mads blieb stehen. Adrenalin pumpte durch seinen Körper. Der Blick ging über die Felder, auf der eine dünne Schicht Raureif lag. Er atmete tief durch. Die klare, kalte Luft füllte seine Lunge mit befreiender Leichtigkeit. Er beugte sich vor und stemmte die Hände auf die Knie. Sein Herz hämmerte und trieb das Blut durch seinen Körper, während der Atem vor seinem Mund tanzte. Er sah auf die Uhr an seinem Handgelenk. Eine Stunde und achtunddreißig Minuten. Mehr als eine Minute schneller als sonst. Er drehte den Kopf und sah zu dem roten Ziegelhaus. Die braunen Blätter der Buchenhecke rahmten den großen Vorgarten mit dem halbhohen, welken Gras und dem alten, knorrigen Apfelbaum ein, der dicht an der Terrasse wuchs. Für einen Moment blieb sein Blick an der Terrasse hängen. Die Schmutzschicht an den Scheiben verwehrte den Blick auf die dahinter gestapelten Pappkisten.

Er richtete sich auf. Die Kälte drang durch die klammen Joggingsachen, und seine Muskeln zitterten leicht. Er drückte die Hände an die Wangen, legte den Kopf nach hinten in den Nacken und atmete aus, als es an seinem Oberschenkel sanft zu vibrieren begann.

»Lindstrøm«, antwortete er und drückte sich das Handy auf das kalte Ohr.

»Teglgård hier. Wo warst du?«

»Draußen«, antwortete Mads und ging über die Einfahrt zum Haus. Der Kies knirschte unter seinen Schritten. »Was ist denn los?«

»Du weißt schon, dass wir gestern eine Verabredung hatten?«

»War das gestern?«, antwortete Mads und atmete schwer aus.

»Verdammt, Mads. So läuft das nicht. Du verbaust dir nur selbst die Zukunft.«

»Meine Zukunft verbauen?«, schnaubte Mads. »Wenn dich die auch nur ein bisschen interessieren würde, hättest du dich doch wohl wehren können.« Er steckte den Schlüssel ins Türschloss und drehte ihn herum. Die Knöchel hoben sich weiß von der rötlichen Haut ab, als er die Hand auf die Klinke legte.

»Hör auf, Mads.«

»Womit?«, fragte Mads und öffnete die Tür. Im Flur schlug ihm die warme, beklemmend abgestandene Luft entgegen, und für einen Moment erwog er, wieder nach draußen zu gehen und einfach weiterzulaufen.

»Du musst dich der Sache stellen. Du hast gegen meine Anordnung gehandelt«, antwortete Teglgård. »Drei Menschen sind gestorben, aber wir müssen das irgendwie hinter uns lassen.«

»Hinter uns lassen?«, wiederholte Mads, streifte sich im Flur die Schuhe ab und schloss die Tür hinter sich. »Du gibst mir die Schuld, sagst aber gleichzeitig, dass wir das hinter uns lassen müssen?« Er zögerte ein paar Sekunden. Das Adrenalin lag wie eine Decke über der tief in ihm lodernden Wut. Er atmete langsam ein und wieder aus, konnte aber nicht verhindern, dass es in ihm brannte.« »Du weißt nicht, ob das nicht so oder so passiert wäre.«

»Nein, das wissen wir nicht«, räumte Teglgård ein. »Der Punkt ist aber, dass wir das nicht beweisen können. Unsere Position ist ziemlich schwach.«

»Und mit uns meinst du vermutlich mich«, sagte Mads. »Du sitzt fest im Sattel, dabei hast du den Fall gar nicht aufgeklärt.«

»Verdammt noch mal! Wir sitzen im selben Boot«, schnitt Teglgård ihm das Wort ab. »Die Sache betrifft uns alle. Hierbei geht es nicht nur um dich.«

»Aber nur ich bin suspendiert worden.«

»Du bist nicht suspendiert worden«, antwortete Teglgård.

»Ach nein?«, schnaubte Mads und ging ins Wohnzimmer. »Freigestellt. Das kommt ja wohl auf dasselbe raus.«

»Es ging nicht anders.«

»Nicht?«, fragte Mads. »Du hättest die Interne davon abbringen können, Anklage zu erheben. Du hättest ihnen sagen können, dass ihr den Durchbruch, der zur Festnahme von Sharon geführt hat, nur mir zu verdanken hattet.«

»Du weißt genau, dass ich da nichts machen konnte«, antwortete Teglgård. »Du hast dich über einen Befehl hinweggesetzt, und dafür musst du nun die Verantwortung übernehmen.«

»Und wer hat die Verantwortung für die Festnahme?«, fragte Mads und warf sich aufs Sofa. »Was ich getan habe, war das einzig Richtige.«

»Das kann keiner von uns wissen«, antwortete Teglgård. »Aber auch wenn du es nicht glaubst, ich bin auf deiner Seite.«

»Ach, wirklich?«, fragte Mads. Er legte die Füße aufs Sofa und griff mit der freien Hand nach der Zeitung. »Du hast mich nicht mal über die weitere Entwicklung in diesem Fall auf dem Laufenden gehalten. Das habe ich alles aus der Zeitung erfahren.«

»Du kennst doch das System«, antwortete Teglgård mit einem Seufzen. »Solange die Interne ermittelt, muss ich dich aus dem Fall heraushalten.«

»Muss?«, wiederholte Mads. »Wärst du wirklich auf meiner Seite, hättest du es gar nicht erst so weit kommen lassen.«

»Ich halte mich lediglich an die Vorschriften«, antwortete Teglgård. »Und die besagen, dass wir in den Monaten, die seither vergangen sind, regelmäßig miteinander reden müssen. Deshalb erwarte ich, dass du morgen in meinem Büro erscheinst. Hast du das verstanden? Oder ist das wieder ein Befehl, den du zu missachten gedenkst?«

19. Februar

Haderslev

Mads zog die Handbremse an und schaltete den Motor aus. Er lehnte sich zurück und sah zum Präsidium. Die weißen Ornamente an der Mauer waren in dem grauen Straßenbild ein echter Lichtblick. Er öffnete die Tür und stieg aus, den Blick noch immer auf das alte Gebäude gerichtet. Einige der Fenster standen auf Kipp. Er schob die Hände in die Taschen und ging über den Platz. Auf dem Parkplatz vor dem Haus standen einige Autos. Eine altvertraute Wut stieg in ihm auf, als er Laugesens Schrottkarre auf dem Parkplatz stehen sah, der eigentlich ihm selbst zugedacht war. Er ballte die Hände zu Fäusten und drückte die Tür des Präsidiums mit der Schulter auf.

Mit einem kurzen Nicken hinüber zum Polizeiassistenten, der am Empfang saß, ging er die Treppe hoch. Vor der Glastür des Morddezernats zögerte er kurz, dann öffnete er sie und ging über den Flur zu Teglgårds Büro. Der vertraute Geruch von Toner gemischt mit Kaffee zog ihn an, auch wenn er dagegen ankämpfte.

»Ah, da bist du ja«, sagte Teglgård, der im selben Moment den Kopf aus der Tür streckte. »Setz dich schon mal. Ich komme sofort.« Er öffnete die Tür. Auf dem Schreibtisch standen eine Kaffeekanne und zwei Tassen. »Bedien dich«, fuhr er fort und verschwand über den Flur.

Mads öffnete die Jacke. Sein Blick ging durch das Fenster zu der Kindergartengruppe, die draußen am Präsidium vorbeiging. Die hellen Stimmen mischten sich mit dem Rauschen des Verkehrs, das durch das Fenster nach innen drang. Er zog die Jacke aus und warf sie auf die Lehne des kleinen Sofas, über dem die Porträts der früheren Dezernatsleiter hingen. Dann ging er zum Schreibtisch und setzte sich.

»Hast du dir genommen?«, fragte Teglgård, schloss die Tür hinter sich und ging um den Schreibtisch herum. Er musterte Mads ein paar Sekunden, dann zog er den Stuhl zurück und setzte sich.

»Danke, ich brauche nichts«, antwortete Mads und hob ablehnend die Hände, als Teglgård die Kanne anhob und sich selbst nachschenkte.

»Sicher?« Teglgård stellte die Kanne auf den Rand des Tisches. Er ließ die Hand auf dem Henkel und sah zu Mads, der die Hände sinken ließ.

»Ja.«

»Dann legen wir los«, sagte Teglgård und nahm eine Mappe. Für einen Moment erstarrte er, dann verzog sein Gesicht sich zu einer etwas gequälten Grimasse, bevor er wieder zu Mads hinübersah. »Wie geht es dir eigentlich?«

»Okay, denke ich«, antwortete Mads und zuckte die Schultern.

»Ich meine das ernst, Mads. Wir müssen darüber reden können, wie es dir geht. Was machst du zurzeit?«

»Nicht so viel«, antwortete Mads und zuckte wieder die Schultern.

Teglgård seufzte. Er griff nach seiner Tasse und trank einen Schluck. »Denkst du an deine Zukunft bei der Polizei?«

»Was soll ich denn sonst tun?«, fragte Mads. »Schließlich

bin ich vom einen auf den anderen Tag vor die Tür gesetzt worden.«

»Du bist nicht vor die Tür gesetzt worden«, antwortete Teglgård. »Ich verstehe ja gut, dass sich das so anfühlt, aber so ist es nicht, und es ist wichtig, dass du das weißt.«

»Dann erklär mir, wie ich das verstehen soll, denn aus meiner Sicht sieht es wirklich so aus, als hättest du mich geopfert.«

»Ich habe dich nicht geopfert. Du hast gegen meinen Befehl gehandelt, und du weißt ganz genau, dass ich auf so etwas reagieren muss«, antwortete Teglgård und nahm die Papiere aus der Mappe. »Außerdem hat Steen Hvidtfelds Anwalt Klage erhoben gegen die Art, wie sein Mandant verhört wurde.«

Mads schüttelte den Kopf. »Klage?« In seiner Stimme klangen Wut und Abscheu mit. »Gregers Tornborg hätte seinen Mandanten bitten können, die Karten auf den Tisch zu legen und uns die Wahrheit zu sagen. Dann wäre er früher aus der Haft entlassen worden, und für die Ermittlungen wäre das auch gut gewesen.«

»Das ist deine Sicht der Dinge. Ich gehe davon aus, dass du eine Stellungnahme geschrieben hast?«

Mads biss die Zähne zusammen und nickte.

»Ich weiß nicht, wie diese Sache enden wird«, fuhr Teglgård fort. »Ich habe von den Anklagebehörden noch nichts gehört, es ist also alles möglich.« Er zögerte und trank einen weiteren Schluck Kaffee. »Da ist aber noch ein ganz anderes Problem. Mir ist zu Ohren gekommen, dass du nicht zu den Sitzungen bei dem Psychologen gehst, die wir vereinbart haben, nachdem wir dich freistellen mussten.«

Er stellte die Tasse ab, schob den Stuhl nach hinten und

griff nach einem Dokument, das auf dem niedrigen Regal hinter ihm lag. »Laut Troels Halland hast du dich weder abgemeldet noch sonst irgendwie auf die Nachrichten reagiert, die er dir auf dem Anrufbeantworter hinterlassen hat.« Er legte das Dokument zwischen sie auf den Schreibtisch und sah Mads eindringlich an.

»Für so was habe ich keine Zeit«, antwortete Mads und lehnte sich zurück. Er verschränkte die Arme vor der Brust und streckte die Beine aus.

»Es geht nicht darum, ob du Zeit hast oder nicht, das ist eine Auflage«, sagte Teglgård.

»Soweit ich weiß, bin ich freigestellt, und in dem Bescheid steht nicht, dass du auch über meine Freizeit verfügen kannst.«

»Das ist nicht nur eine Auflage, damit du wieder zurück in den Polizeidienst kommen kannst, Mads. Ich mache mir ehrlich Sorgen um dich.« Teglgård beugte sich vor. »Verstehst du das? Um dich als Mensch. Du bist einer der besten Ermittler des Dezernats, aber du vergräbst dich in einem Loch, und das wird immer tiefer und tiefer.«

»Was weißt du denn schon darüber?«

»Mehr, als du denkst«, antwortete Teglgård und faltete die Hände vor sich. »Der Weg, auf dem du da gerade bist, ist verdammt gefährlich.«

»Und was soll das für ein Weg sein?«, schnaubte Mads.

»Du lässt die Sachen zu nah an dich ran, als wärst nur du dafür verantwortlich. Wir sind ein Team. Niemand hier funktioniert ohne die anderen. Auch du nicht.«

»Es fühlt sich gerade nicht so an, als wäre ich Teil des Teams.«

»Das bist du aber«, beteuerte Teglgård. »Ich habe gesehen, wie der Job die Leute brechen kann.«

»Jetzt fang nicht wieder damit an«, fiel Mads ihm ins Wort. »Nicht der Job hat meinem Vater das Leben genommen.«

»Das wollte ich doch gar nicht sagen«, erwiderte Teglgård und lehnte sich mit einem Seufzen zurück. »Aber vielleicht ist das auch eine Sache, über die du mit Troels Halland reden könntest. Ich habe ihn gebeten, ein bisschen flexibel zu sein, und er hat nachher eine Stunde Zeit für dich.«

»Das geht nicht.«

»Das steht nicht zur Diskussion«, antwortete Teglgård, als die Tür aufging. Er hob den Blick und sah zu Torben Laugesen, der in der Türöffnung zum Vorschein kam, dann sah er wieder zu Mads und tippte mit dem Finger auf das Dokument zwischen ihnen. »Die Adresse steht hier. Das ist bei ihm zu Hause.«

»Wir haben einen Einsatz«, sagte Laugesen und ignorierte Mads. Seine Hand lag auf der Klinke, und sein Blick ging zurück auf den Flur, bevor er sich wieder Teglgård zuwandte.

»Ein Mord?«, fragte Mads, legte die Hand auf die Armlehne des Stuhls und drehte sich zu Laugesen. »Wo?«

»Das geht dich doch nichts an«, antwortete Torben Laugesen, ohne Mads auch nur anzusehen. »Sarah Jonsen ist mit ihrem Team bereits unterwegs. Bylderup Kirke.«

»Verdammt«, antwortete Teglgård und stand auf. »Ich komme.« Er sah kurz zu Mads. Rote Flecken zeichneten sich auf seiner Haut ab, während er das Dokument über den Tisch schob. »Du bewegst dich da auf einem schmalen Grat.« Er nahm seine Jacke vom Garderobenständer hinter der Tür und warf noch einmal einen langen Blick auf Mads. »Das ist deine letzte Chance.«

Mads folgte Teglgård mit dem Blick, als dieser eilig durch die Tür verschwand. Vom Flur drangen hektische Stimmen zu ihm herein, doch nur kurze Zeit später war es wieder still. Er stand auf und nahm seine Jacke von der Sofalehne. Sein Blick überflog die Adresse, dann knüllten seine Finger das Dokument zusammen. Er warf es weg, bevor er das Büro des Dezernatsleiters verließ.

Interview mit Karen Inge Nielsen

Du bist Bioanalytikerin in der Pathologie. Was genau machst du dort?
Eine Bioanalytikerin, genauer eine biomedizinische Laborwissenschaftlerin, die in der Pathologie arbeitet, untersucht Gewebe und Zellen. Der Hauptzweck besteht darin, die Art der Krankheit zu untersuchen, die zum Tod führte – insbesondere, ob es sich um Krebs handelt oder nicht. Das Gewebe wird beschrieben und herausgeschnitten, bevor es in Paraffin eingebettet wird, damit ultradünne Scheiben geschnitten und gefärbt werden können, sodass verschiedene Bestandteile des Gewebes hervorstechen und unter dem Mikroskop identifiziert werden können. In den einundzwanzig Jahren, in denen ich in der Pathologie tätig bin, habe ich fast jeden Teil des Körpers untersucht. Wir führen auch Autopsien durch.

Hat dein Beruf dich inspiriert, Thriller zu schreiben?
Ja und nein. Ich hatte schon immer ein großes Interesse am Tod. Als Kind wollte ich Archäologin werden, weil mich Skelette faszinierten. Später wurde mir klar, dass mich alles, was der Körper – auch nach dem Tod – offenbart, in seinen Bann zieht. Durch meine Arbeit in der Pathologie weiß ich, wie ein Autopsieraum klingt, riecht und aussieht. Außerdem sind viele

der analytischen Prinzipien, die von biomedizinischen Laborant:innen angewandt werden, die gleichen wie die von Forensiker:innen, und so habe ich meinen Beruf in mein Schreiben einfließen lassen.

In deinen Thrillern sind die Körper, die Umgebung und die Figuren wie mit dem Skalpell geschnitten. Präzise und detailliert. War das eine bewusste Entscheidung oder ist das Teil deines Berufs, der sich dann auch auf deinen Schreibstil übertragen hat?
Es gehört zu meinem beruflichen Hintergrund, Dinge so zu beschreiben, dass sie für die Leser:innen verständlich sind. Wenn ich ein Gewebestück beschreibe, nutze ich nicht nur mein Augenlicht, sondern auch meinen Tastsinn. Der Pathologe sieht das Gewebe oft nicht in vollem Umfang und muss es sich daher anhand meiner Beschreibungen vorstellen können. Die Tatsache, dass ich sehr anschaulich schreibe, ist sozusagen ein Vermächtnis meiner Arbeit.

Gerade im ersten Fall von Mads Lindstrøm haben wir es mit sehr grausamen Morden zu tun. Was hat dich dazu bewogen, so dunkel zu schreiben?
Es ist eine lange Geschichte, warum Mads Lindstrøms erster Fall so düster ausfiel, aber sie hat ihre Wurzeln in der Metapher der Grenzgebiete. Ich habe mich schon immer zu Grenzen hingezogen gefühlt und dazu, die Grenzen zu verschieben. Denn im *Grenzland* geht es nicht nur um die Zusammenarbeit an der deutsch-dänischen Grenze. Es geht auch um das Grenzland, das wir betreten, wenn sich die tiefste Dunkelheit der Menschen zeigt. Ich gehe an die Grenze, und manchmal überschreite ich sie, denn erst wenn unsere Grenze erreicht

oder überschritten ist, fangen wir wirklich an zu denken – und ich möchte, dass meine Leser:innen über viele Dinge nachdenken.

In der *Grenzland*-Trilogie geht es um viel mehr als nur um die Morde, die begangen werden. In den drei Büchern geht es vor allem um die Folgen des Tötens. Nicht nur für das Opfer, den Täter und seine Familie, denn die Folgen sind offensichtlich. Es geht ebenso sehr um die Folgen für die Ermittler und ihre Familien. Um diese Elemente ans Licht zu bringen, musste ich Mads über den Rand drängen. Bis zu dem Punkt, an dem er seine Dämonen nicht mehr verbergen konnte. Und deshalb ist der erste Fall auch so düster.

In einem dänischen Interview hast du einmal gesagt: »Ich bin ein lieber und netter Mensch. Aber ich erlaube mir, zu denken: Was wäre, wenn…?« Als Krimiautorin muss man es also wagen, tief in seine hässliche Seite vorzudringen und sich erlauben, verbotene Gedanken zu denken? Das ist sehr spannend – und auch mutig.

Es ist beängstigend, wenn man erkennt, dass auch in einem selbst eine große Dunkelheit herrscht. Mir ist das einmal passiert, als ich eine Fernsehsendung gesehen habe. Zwölf Menschen wie du und ich wurden in zwei Teams aufgeteilt und mussten versuchen, sich gegenseitig gefangen zu nehmen und wichtige Informationen aus dem jeweils anderen herauszubekommen. Sie durften alles machen, was sie wollten – der Auftrag war klar. Am Anfang war es aus meiner Sicht noch relativ harmlos. Sie fesselten ihre Gefangenen. Wenn diese nicht sprachen, zogen sie ihnen die Kleider aus, sodass sie froren. Als auch das nicht half, wurden sie wachgehalten, in kaltes Wasser gelegt und so weiter. Am Ende der Sendung wurde festgestellt, dass die meisten ihrer Handlungen gegen die Genfer Konvention verstießen – also Folter waren. Und da wurde mir klar, dass ich es genauso gut hätte sein können, wenn ich mitgemacht hätte. Unsere Grenzen verschwinden, wenn wir uns hinreißen lassen. Es hat mir viel abverlangt, so tief in meine eigene Dunkelheit vorzudringen. Ich musste mich trauen zu sehen, was ich in mir trug, als ich mir erlaubte, böse zu werden. Zu erkennen, dass wir alle, wenn wir tief genug graben, dunkle Seiten haben, die zum Vorschein kommen können, wenn wir über den Rand geschoben werden. Es vermittelt ein Verständnis dafür, warum manche Menschen einen Punkt erreichen können, an dem sie töten. Das heißt nicht, dass es das legalisiert, aber es könnte gesund sein, zu erkennen, dass wir alle eine Grenze haben, wie viel wir widerstehen können, bevor unsere innere Dunkelheit entfesselt wird.

Wie erklärst du dir die Sehnsucht so vieler Menschen nach düsteren Geschichten?
Das ist eine gute Frage, aber ich denke, es liegt daran, dass es – zumindest für mich – ein legaler Weg ist, sich dem Verbotenen zu nähern. Zu sehen, was wir nicht sehen wollen, was uns aber trotzdem erregt. Die Blaulichter der Einsatzfahrzeuge haben mich schon immer fasziniert, und zwar zu gleichen Teilen mit Neugierde und Widerstand.

Uns hat an deiner Trilogie auch der Ort von Beginn an fasziniert: das Grenzland zwischen Deutschland und Dänemark. Wieso hast du diesen Schauplatz gewählt?
Die Wahl des Ortes ist, wie oben gesagt, in erster Linie auf die metaphorische Bedeutung von Grenzland zurückzuführen.

Aber da ich auch eine kleine Verbindung zu dieser Region habe, war es für mich ganz natürlich, genau diesen Ort zu wählen. Darüber hinaus bietet die dänisch-deutsche Grenze die Möglichkeit, mit einigen der Vorurteile zu arbeiten, die viele Dänen gegenüber den Deutschen und insbesondere gegenüber Südjütland haben. In Dänemark haben die Deutschen beispielsweise den Ruf, sehr ordentlich zu sein.

Du gehst bei deinen Morden auch an die Grenzen der Leser:innen und scheust nicht davor zurück, das Böse im Detail zu zeigen. Wie kam es dazu?
Als Mensch begann ich mich daran zu stören, dass in vielen Kriminalromanen und Thrillern Mordfälle fast romantisch und rosig dargestellt werden. Ein Mord ist alles andere als das. Wir verschließen unsere Augen vor dem, was wir nicht sehen wollen. Was wehtut. Was unangenehm und unerträglich ist.

Mit der *Grenzland*-Trilogie möchte ich die Folgen eines Mordes zeigen, und deshalb lade ich den Leser dazu ein, hautnah dabei zu sein, denn nur, wenn wir mit dem konfrontiert werden, womit die Ermittler konfrontiert werden, können wir verstehen, womit sie es zu tun haben.

Du bist mit deinen Thrillern sehr erfolgreich in Dänemark – und hoffentlich auch bald in Deutschland! Wie viel Zeit widmest du inzwischen deiner Tätigkeit als Autorin? Und wo schreibst du?
Ich nutze die Zeit, die mir zwischen meiner Arbeit und meiner Familie bleibt, um zu schreiben. Ich wohne auf dem Land, und die offenen Felder und der Wald geben mir die Ruhe zum Schreiben. In meinem Büro gibt es nicht viele Geräusche außer dem Klicken der Tastatur, denn ich brauche absolute Stille,

um nicht abgelenkt zu werden, wenn ich mich auf die Figuren einstelle.

Was liebst du am Schreiben am meisten?
Das Beste am Schreiben ist für mich, dass ich wie eine Fliege an der Wand bin. Ich beobachte meine Figuren. Ich höre ihnen zu und spüre ihre Gefühle und Frustrationen. Was sie sagen und tun, ist die Geschichte, die ich an den Leser weitergebe, und das gefällt mir sehr.

Herzlichen Dank für das Interview!

Dank

Es ist kein Geheimnis, dass mein Herz für Thriller schlägt – und auch gerne für Thriller der etwas brutaleren Art, weshalb mein Verlag DreamLitt mir im Herbst 2018 geraten hat, mich doch einmal auch diesem Genre zu stellen. Mit gewissen Bedenken habe ich im Frühjahr 2019 den Vertrag für die *Grenzland*-Trilogie unterschrieben, denn schließlich gibt es in Dänemark eine ganze Reihe guter Thriller- und Kriminalautorinnen und Autoren. Verlagschef Jacob Hedegaard Pedersen glaubte aber an meine Fähigkeiten. Ihn als Sparringspartner an meiner Seite zu haben war ein Glücksfall für die Trilogie und ein Geschenk für mich.

Indem ich diese Bücher zu Papier gebracht habe, bin ich auch weit über meine eigenen Grenzen gegangen. Ich habe die dunkelsten Ecken meiner Seele ausgegraben, wodurch sich neue Welten geöffnet haben.

In diesem Zusammenhang möchte ich gerne Hans Petter Hougen und Kjersti Ravn Fosheim danken, die ihre rechtsmedizinischen Erfahrungen mit mir geteilt haben, ebenso wie Uffe Stolborg, der mir nach meinen unzähligen Fragen zu Wasserleichen eines seiner grundlegenden Lehrbücher der Rechtsmedizin vermacht hat.

Ich danke auch Vivi Aagreen Wøldike für ihre Informationen zum Vorgehen der Polizei, Kathrine Ask Asmussen für die Beantwortung meiner pharmazeutischen Fragen, Anja Pauline Bodin für ihr Chemiewissen und außerdem den Schwestern Lis und Charlotte Jessen, die der dänischen Minderheit in Deutschland angehören, mich mit großer Gastfreundschaft empfangen und mir etliche Fragen zu Deutschland beantwortet haben.

Ich danke Karina Rye Pedersen, Sussie Cederstrøm Jensen und Cecilia Gabriel Holst, die mich während des Schreibprozesses unterstützt haben. Ohne euch wären die Bücher nicht so geworden, wie sie sind.

Ein großer Dank geht auch an meine Familie – meinen Mann und meine Kinder, die es mir ermöglicht haben, mich in mein Büro zurückzuziehen, um zu schreiben. Sie haben akzeptiert, dass ich sie so viele Stunden allein gelassen habe, um meine Zeit am PC in Gesellschaft von Mads Lindstrøm und Werner Still zu verbringen. Das erfüllt mich mit größter Dankbarkeit. Ich liebe euch.

Und last, but not least danke ich dir, dass du dieses Buch gelesen hast. Dass du dir Zeit für meine Geschichte genommen hast. Erst durch Leserinnen und Leser wie dich bekommen die vielen Stunden in meinem Büro einen Sinn.

Wie tief sind die Abgründe der Vergangenheit?

Linus Geschke
Wenn sie lügt
Thriller

Piper, 416 Seiten
ISBN 978-3-492-06486-6

Sie waren beste Freunde, bis sich eine von ihnen in den falschen Mann verliebte. Die Clique zerbrach, als David, Norahs Ex-Freund, auf einem abgelegenen Parkplatz ein Liebespärchen tötete. Norah war für alle im Ort nur noch »die Freundin des Killers«. Zwanzig Jahre später erhält sie plötzlich Drohbriefe, die klingen, als würden sie von dem verstorben geglaubten David stammen. Die Clique hat Norah immer geglaubt, dass sie mit den Morden nichts zu tun hatte. Aber was, wenn sie lügt?

Leseproben, E-Books und mehr unter www.piper.de